# 等待呼吸

钟求是——著

北京出版集团公司
北京十月文艺出版社

# 目录

# 第一部　莫斯科的子弹

# 一

杜怡仍新鲜地记得，她和他的第一次相遇是在阿尔巴特街。当时已是午后，天仍冷着脸，像要下雪的样子。她在一家咖啡馆用过一杯饮料和一片面包，然后出来往东北那一头逛去。每次到红场附近放风散心，她都乐意在这条步行街走上一回。

因为是周末，街上的人比平时闹了一些。

她走过一家书店、两间小玩品店，遇到了普希金家门口的那座双人雕像。她给了普希金一眼，又给了那位叫娜塔丽亚的女人一眼，没有停住脚步。前边有音乐的声音，那是一位老头儿坐在一张木凳上演奏手风琴。他的脸上有一批皱纹，样子像是退休工人。再行一段路，见街边围了半圈人，靠近了看，里头站着一位拉小提琴的姑娘。她小小瘦瘦的，拉出来的琴声也有些单薄。好玩的是，地上的琴盒打开，里边躺着一条白毛宠物狗，耳朵跟着琴声一动一动。

杜怡逗留一小会儿，催着自己往前逛。前边有三两家画廊，门面有点瘦，卖的都是油画。她选了一家进去，先冲女店主点点头，再去看墙上挂着的众多画框。画框有大有小，装着各种景色和人物，呈出惯有的苏联味道。杜怡看了一遍，目光停在一只小画框上。画框里有一朵金黄的向日葵探过一堵砖墙，砖墙上坐着一位展开天真笑容的小男孩，两只脚调皮地甩来甩去。是的，那两只脚在画面定格中，仍有甩来甩去的动感。杜怡满意了，转过脑袋问价格。女店主盯她一眼，似乎在心里对眼前的中国姑娘研究两秒钟，然后说了一个数字。这个数字比杜怡预料的要便宜，她没有还价。

从画廊出来，杜怡胳膊夹窝里多出一朵向日葵和一位小男孩。这正是今天她上街的一种动力。宿舍的床墙上已空了很久，她一直想买一幅油画挂上。

此刻这幅油画让杜怡的脚步有了小快乐，不远处就是街口了。这时路旁一堵长墙撞入她的目光。她慢一下身子，往长墙靠过去——每回逛这条街，她都会在此逗留一下。这长墙有点意思，据说前几年才竖起的，起先也许是让旅游者留言，后来不知怎么变为各种思想的投放地。因为内容无拘束、颜色无厘头，它成了著名的涂鸦墙，也成了阿尔巴特街上一处新亮点。

杜怡踱着脚步，抬头巡看上面花花绿绿的内容。一堆放肆表达各种想法的俄文，中间偶尔夹着几句英语。也有一些即兴画作，譬如一位耸着肩膀的女郎、一个镰刀加锤子的图案、一只展开翅膀的双头鹰。有趣的是，在一片斑驳的色彩中，还出现了一句中文：我认为，卡尔·马克思已经不满意了！这句话是刚写上去的，字迹新鲜，红色的涂漆还淌下一些挂滴。杜怡侧一下脸，注意到旁边站着一位中国面孔的年轻眼镜男。他一手提着小漆桶一手捏着刷笔，眼睛认真盯着墙上的字，一副二分之一油漆工的样子。杜怡心里一乐，靠前一步说："嗨，中国老乡。"眼镜男回应一眼，点点头，仍去看墙上的字。杜怡说："你这是什么意思呀？"眼镜男说："中国人看中国字，看不懂吗？"杜怡说："我是说，干吗与马克思扯上关系？"眼镜男说："我在想象马克思。现在的这里，肯定不是马克思原来想象的样子了。"杜怡"嘻嘻"一笑说："你在想象马克思的想象，够狂放的！"眼镜男说："你看看上面的这些话，才叫一个狂放。"杜怡细瞧那些粗瘦不一的一行行俄文，确实有些放浪："克里姆林宫的声音像是在吵架！""私有化放进保守改革计划里，就像刺猬和蛇杂交！""我们为什么把让步一个接一个送到美国的脚边？""波罗的海三国独立出去是对的！""我想在社会主义下工作，在资本主义下生活！""我今天排了三小时的队，终于买到一只水果罐头！"

杜怡用手一指说："我支持水果罐头这一句。"是呀，眼下的莫斯科啥食品都稀缺，到处排队还买不到什么，譬如到菜市场走一趟，买到的不是土豆就是卷心菜了。眼镜男说："现在什么话都能喷了，以前可不敢。"杜怡起了玩心，说："刷子能借我用一下吗？我也喷一句。"她放下画框，从眼镜男手里取了漆桶和刷笔，站到墙前一笔一画写下一句：在莫斯科，我学会三十种土豆烧法啦！

看到最后写出的几个字，眼镜男笑了起来。他说："三十种烧法，真行呀！来多久啦？留学妹吧？”杜怡说：“一年多，友谊大学。你呢？”眼镜男说：“我莫斯科大学的，来了也一年多。”杜怡点点头：“噢，原来是莫大学兄。”眼镜男说：“还涂一句什么吗？”杜怡说：“不啦，谢谢你的刷子！”

交还了刷子，似乎没必要逗留了。杜怡捡起画框夹在腋下，继续往前行步。

现在她要做的是再走一段路，然后坐地铁回学校。

经过加里宁大街时，她往红场方向看了一眼，几根戳向天空的塔尖清晰可见，仿佛直立的导弹守在那里。就在几天前，红场举行了纪念十月革命阅兵式。因为是放假日，她在寝室电视机前懒懒坐一会儿，看到了时针指向十点的大钟、红色列宁像、历史博物馆的两座小塔、圣巴索大教堂的洋葱头和古姆百货商场屋顶未化掉的一层薄雪，当然还有整齐行走的士兵方阵和导弹车阵。在她的印象里，中国1984年的天安门大阅兵比这次红场阅兵式要气派得多。一场阅兵式碰到经济不景气，就像一个人遇上寒冷空气，即使裹紧大衣也容易缩头缩脑。

这么想着，杜怡真的紧了一下大衣。她抬头望一眼，天空越发灰白了，有些撑不住的意思。看来不能磨蹭了，她让自己加快脚步。

不一会儿，眼睛里出现了一个醒目的M字母，这正是她要的地铁口。她走进去站到扶梯上，趁着空闲将画框换到左边，右手伸进衣兜里找硬币。她不仅摸到一枚五分戈比，还抓到一片口香糖。

她用硬币买了车票，嚼着口香糖走过长长通道，进入1号线大厅。站台上的人不少，但还算好，没有高峰时的拥挤。她瞧一眼手表，静了身子等着，这时腋下的画框被轻轻拽了一下，转头一看，竟是半小时前的眼镜男。她“咦”了一声说：“你怎么来了？”话一出口便自知问得不对，他是莫大的，与友大是近邻，当然得坐这条1号线。眼镜男说：“半小时遇到两次，算是缘分哩。”杜怡点一下头说：“看来莫斯科还是不够大。”眼镜男说：“刚才在涂鸦墙，我的嘴巴还想说点儿中国话，一抬头你已经走了。”杜怡说：“今天总共没跟人说几句话，你已经是最多的一个啦。”这话让眼镜男笑了起来。

车子进站，眼镜男伸手取过画框，引着杜怡进了车厢。下车的人也不少，两个人找到了位置。眼镜男将画框搁在腿上，看着上面的向日葵和小男孩说：“你是学美术的吗？”杜怡说：“学美术还会到街上买这种画儿？我是学俄语的，号称俄语文学。你呢？”眼镜男说：“经济系，学《资本论》的。”杜怡说：“怪不得去想象马克思的想象，你……什么大名？”眼镜男说：“我号称夏小松。”他伸出手指，在画框上方划出自己的名字。他的手看上去有结实的肌肉，不是纤瘦的那种。他又告诉说，自己去年秋天来莫斯科自费读研，花了 年学俄文，现在以研二的年龄屈居研一。杜怡心里说，都研二年龄了，老男人呀。眼镜男夏小松说：“那么你呢？”杜怡说了名字，又说自己更亏，在国内读过一年大学，到这里也补了一年俄文，眼下刚混上大一。想一想，她补充说："你们莫大我认识几个人，譬如张汝娟。"夏小松说："张汝娟我见过两面，好像是历史系一年级……我明白了，你们是同一批的公派生。"杜怡点点头，她们这一批公派生有五十人，一起到的莫斯科，然后撒到各个大学了。夏小松说："才是大一……你看上去挺老练的。"杜怡说："我看上去是不是有点老？"夏小松笑了说："我是说看上去老练。"杜怡说："如果在国内接着念，我该是大三了。"

说过这些，算是彼此把自己做了介绍。两张嘴巴停顿一下，一时没找到新的话头。这时又一站台到了，车门打开走出去一些人，车厢随之空了不少。杜怡正觉得该说点儿什么，听见夏小松嘴里发出一声轻笑。杜怡问怎么啦。夏小松说："你看对面大胡子男人。"杜怡目光溜向对面——刚才被站着的人挡住，现在畅通了——一位身穿呢子大衣的络腮胡男士严肃地坐着，手里拿着一瓶矿泉水，像是随时要喝上一口。杜怡说："一个没表情的男人，有啥好笑的吗？"夏小松说："你看他的鞋子。"杜怡这才发现大胡子男人的两只皮鞋颜色不同，一只黑色一只棕色，这跟严肃的神态一搭配，的确有些滑稽。杜怡忍住笑，使劲嚼几下口香糖。夏小松低了声音问："你说这是为什么？"杜怡说："穿错了呗。"夏小松说："这个回答过于简单，一个中年男人没事似的穿着两只不同的鞋子，得有个深度解释。"杜怡说："那你的说法是？"夏小松说："咱们猜猜看，反正闲着也是闲着。"杜怡想一想说："也许是时尚，不对称的美嘛。"夏小松说："也许是昨晚与夫人吵了一架，出门时心情不好丢了注意力。"杜怡说："家里只有两双皮鞋，每双刚好坏了一只——是被老鼠咬坏的。”夏小松说：“某种强迫症患者，穿一样的鞋子很不痛快。”杜怡说：“购物的时候寄错了，又不让退换。”夏小松说：“这两只鞋有时候就是一个颜色，因为该先生是重度色盲。”这说法有想象力，杜怡“哧哧”笑出了声。

对面的胡子男人有了警觉，目光直直地看过来，高声说了一句俄语，意思是你们讲一堆中国话，是说我吗？夏小松赶紧用俄语回答：“我们在讨论问题。”胡子男人说：“我看见你们在说我，我看见了。”夏小松说：“我们在讨论男人的胡子，以你为例。”胡子男人说：“我不高兴我当作一个问题被别人讨论，在地铁车厢里。”夏小松说：“这位中国姑娘认为你胡子漂亮，她很固执。”胡子男人松了脸，看着杜怡说：“这是个有趣的情况，你为什么这样认为？”杜怡说：“你的胡子……布局很好，茂盛但不乱。”胡子男人满意地咧了咧嘴，从兜里摸出一块巧克力递给杜怡，杜怡不能表现得没礼貌，伸手接了过来。胡子男人又将矿泉水递给夏小松，夏小松犹豫一下也接了过来。为了回应对方的友谊，他拧开盖子使劲喝了一口，然后身子一抖嘴里喷出一团雾水，又抻直脖子送出一串咳嗽声——原来瓶子里装的是伏特加。胡子男人“咕咕咕”笑起来，杜怡愣一下也乐了，一边将酒瓶子夺过来还给胡子男人。

夏小松喘着气，仍要张嘴讲话的样子。杜怡说：“你要说什么？”夏小松说：“我想起……马克思说过的一句话：唯有咳嗽无法掩饰。”杜怡说：“这时候还找咳嗽依据呀！现在我明白了，这男人鞋子错乱不是别的原因，就因为他喝了酒。”夏小松委屈似的看看胡子男人，胡子男人友好地耸一耸肩。

列车钻出地面停在莫斯科河的桥上站台。广播里响起声音，列宁山到了——与下一站Университет（大学）相比，从这个站口去莫大似乎还方便些。夏小松放下画框说声再见，站起身出了车门。杜怡回头望一眼窗外，没捉住他的背影，只看见一片河水和河水上方飘动的白色絮片。原来开始下雪了。

杜怡把画框放在跟前，画面上多了几颗水粒，应该是夏小松刚才口中溅出的酒滴。她暗笑一声，掏出纸巾将水粒擦掉。对面的胡子男人时不时送过一眼来，他似乎不明白中国小伙子为什么撂下中国姑娘。杜怡不再理他。

过一会儿，西南站也到了。杜怡下了车，坐长长的扶梯上到地面。一阵寒冷扑面而来，让她缩了缩身子。她抬一下头，几瓣雪花落到了脸上。

## 二

以后几天，校园里攒了一层白雪。杜怡每日踩着白雪去上课。

教学楼离宿舍楼也就几百米远，杜怡裹一件大衣在雪地里走上七八分钟便到了。进了教室，她会脱下大衣坐在靠边的座位上，一边等着老师一边跟周旁不同肤色的同学聊上几句。因为是走班制，教室里一般坐着二三十号人，这些同学出处甚广，大约一半苏联东欧一半亚非拉。同样的俄语，从一群嘴巴里讲出来是七腔八调的。坐在他们中间，杜怡常常觉得自己是世界地图册中的一页。

这个学期由于刚刚入系，课程安排得有些紧，除了语音学和苏联文学，还有历史、地理。地理老师是个豪迈的秃头胖子，喜欢用数字说事儿。有一次他把苏联15个加盟共和国报了一遍，又在黑板上写出国土面积，然后走到一个坦桑尼亚学生跟前说："苏联面积是贵国的23.7倍。"走到一个古巴同学跟前说："是贵国的203.6倍。"又站到杜怡前面说："中国地盘也不小，但也只有我们的42.8%。"这个时候，他看上去像个爱国的数学老师。

历史老师是个漂亮女人，只是身上多了一些洋葱味儿。杜怡喜欢她说话的样子，但最好是站在两米之外。讲课途中，她会加入一些历史轶事，让课堂的气氛不太干巴。譬如她说沙皇尼古拉二世很有钱，当时存在欧洲各个银行有2万亿美元，十月革命胜利后尼古拉二世一家被枪决，本来应有十一具尸体，清点时只有九具，于是传说王储和小公主没有死；在以后的许多年里，西欧国家冒出好几个女人自称是死里逃生的公主，要求继承沙皇遗产。历史老师说："她们都是假的。"历史老师又说："假如这2万亿美元有一部分回到苏联，我们国家就能够摆脱眼下的经济困难。"

讲授苏联文学的是一位有着忧郁表情的青年教师。他讲课基本不按教材走，各种内容相互穿插，一会儿黄金时代一会儿白银时代，一会儿《阿尔巴特街的儿女》一会儿《日瓦戈医生》。讲到《日瓦戈医生》时，青年教师忧郁的脸有了一点亮光。他介绍了该小说的身世，说这本书在苏联被封杀三十年，直到去年才公开出版，随后帕斯捷尔纳克的儿子去瑞典代领了诺贝尔文学奖。"认为这本书是污蔑十月革命，那是不恰当的。"青年教师点评，"把一本书当作政治武器，就会发生许多无奈和丑陋。"青年教师补充说："帕斯捷尔纳克长着一张挺帅的马脸，可他一辈子没有像马一样自由过。"这个比喻有点好玩，杜怡不明白的是，一张马脸为什么也可以帅？这按中国的说法是不成立的，但她没有举手跟老师讨论这个问题。

每个上午和下午，杜怡就这样在教室里待上几个小时，听这几位老师讲苏联的各种事情。她不觉得自己是个认真的学生，老师讲得好听就多听一些，讲得不好听便恍惚一些，毕竟都是些关于他国的知识。她的目标不是做一个优等生——考试可以不要考得太好，有个4分便OK。

傍晚下了课，她回寝室对付自己的肚子。同室是个匈牙利姑娘，饭菜吃不到一块儿，所以她的晚餐得一个人做。来这里一年多，尤其近两三个月，食品供应越来越苍白，她的口腹已被改造降级，不敢有超现实的欲望。通常的现实是，做一份土豆，再做一份卷心菜、西红柿、黄瓜组成的沙拉或菜汤。如果有一个鸡蛋出现，心中便按不住欢喜。主食是白面包或黑面包，偶尔也焖一小锅米饭。即使是这样，她的饭菜也能获得匈牙利姑娘的叫好。匈牙利姑娘名叫让娜，她说："你们中国女人的手能很好帮助胃口。"又进一步表扬说："你们中国政府也很好帮助了你们。"

让娜后一句赞语指的是钱。每个月初，杜怡都能从中国使馆领到一笔80美元的补助金——这是中国公派生独有的福利。这笔钱若买经济机票，能在莫斯科和北京之间飞一个来回，若在黑市换为卢布，能变成一个让人暗喜的数字。这种挺有力道的支援让匈牙利姑娘很是羡慕，她不知道的是，每次杜怡拿着钱包走进货架空空的商场，就恨不得把卢布塞到嘴里吞下去。

杜怡和让娜吃着晚饭时，也会聊上几句各自的家乡。让娜来自匈牙利东南部的塞格德，那里盛产辣椒和腊肠，还有可以治胃病的温泉。杜怡的家在中国浙江南边一个县城，讲着一种叫温州话的方言，那里离海岸只有十多公里。杜怡告诉让娜："中国也有许多吃辣椒的地方，不过我们那儿不吃，我们的菜以海鲜为主。"让娜说："你说的是海鱼对吗？"杜怡说："不光是鱼，还有很多海里的东西。"让娜说："你可以说出来，我有兴趣听。"杜怡没法在俄语里找到那么多海鲜，只好用中文一溜儿报出：黄花鱼、墨鱼、鲳鱼、带鱼、龙头鱼、香螺、泥螺、牡蛎、花蚶、海瓜子、蛏子、虾蛄、海蜇、对虾、跳鱼、梭子蟹、海带、紫菜……这念白似的中国话使让娜有些发愣，她生长在内陆国家，无法去想象海鲜。她唯一能确认的，是在杜怡脸上看到了垂涎欲滴。

杜怡往嘴里塞一块土豆，想起了爹妈和弟弟，想起了遥远的家中餐桌。她算了算，自己已经有四百多天没吃上爸妈做的饭菜了。这四百多天里，杜怡每个月给家里写一封信汇报平安，顺便也撒个娇叹声苦。过不多久，爸妈便会寄来安慰和教育。安慰是妈妈的，因为她是妇联干部；教育是老爸的，因为他是中学教师。信尾有时也会出现弟弟写的一行字，他还是初中生，字里有幼稚的调皮。但所有的安慰和教育和调皮加起来，也只是一堆纸上的东西，不能改善食物的单调，更不能改善日子的单调。

当然啦，眼前这位匈牙利姑娘懂不了中国海鲜，也懂不了中国式心思的，杜怡想。

周六上午，杜怡睡了个小懒觉，弹开眼睛后，在被窝里做出决定，去莫大看看张汝娟。她和张汝娟初到莫斯科时，因为等待分配大学，一起在暂留营里待了十多天。后来俩人去了各自的大学就读，但由于校园离得近，隔些日子也走动一下。

杜怡吃了点早餐面包，穿上大衣戴了帽子出门。从友大到莫大，只需要坐五分钟公交加两站地铁。这样的距离有串门的感觉，远近恰到好处。

到达莫大已十点多，正是一天中开始开朗的时间。天气不错，阳光穿过薄云照在雪地上，大块头的教学楼看上去很精神。杜怡每次来莫大玩，都要对着这座著名的大楼认真看上两眼：一眼给主楼顶上的五角星，一眼给右边副楼顶上的温度盘。此时的五角星有些发亮，因为上面沾了白雪；温度针则指向零下七摄氏度。

杜怡进入副楼找到历史系宿舍区，给管理员看过学生证，便坐电梯上楼。莫大宿舍楼太肥胖了，据说有五千多个房间，容易让人晕头转向。好在杜怡来过几次，能在脑子里找出张汝娟的房间号。

不一会儿，眼睛里出现想要的房间号，她推门进去。张汝娟正坐在椅子上看书，抬头见了她，给出一个拥抱。杜怡说：“我就怕一推门，不见你的影子。”张汝娟说：“我可是静女噢，不像你喜欢乱窜。”杜怡说：“我哪里是乱窜，我就是嘴巴闲得慌，想跟你说说话。”张汝娟将手中的书往旁边一丢，推一推眼镜说：“反正你一来，我就知道自己不用那么用功了。”杜怡嘻嘻一笑，卸下大衣帽子搁在对面床上，又将自己搁在张汝娟床上。她知道，这屋里的另一位是莫斯科人，到了周末便会回家。

两个人的话题从气温开始，一路经过课程、食品、同室、同乡，聊得东一榔头西一棒槌的。杜怡说："在莫大的中国同乡有多少人了？"张汝娟说："得有二三十人吧，没细算过。"杜怡说："平常聚吗？"张汝娟说："聚过两三次，但人总是不齐，大家也没太当回事。"杜怡说："知道有一个叫夏小松的吗？"张汝娟说："知道呀，经济系读研的，照过几回面……你跟他认识？"杜怡将一周前的两人相遇简单说了说，又问："你对他有啥点评？"张汝娟说："没啥点评，跟他也算不上熟，不过我对他有个目击记。"杜怡说："什么目击记？"张汝娟说："有一天我在食堂排队买午餐，突然听见前边有争吵声，伸头一看，是那个夏小松和一位苏联同学在拌嘴，经济自由、奴役之路什么的，反正是一堆专业词儿。我想怎么把课堂上的争论搬到食堂里啦，正觉得有趣，只见那夏小松恼怒地一把揪住对方的衣领，那苏联学生也不示弱，双手攥住夏小松的衣襟，双方的样子像要打一架。呵呵，这种情况我是第一次见到哩。"杜怡说："后来呢？"张汝娟说："后来轮到买饭啦，他们撤了手去端盘子，又坐到一张桌子上边吃边聊，像是在和平谈判了。"杜怡说："这夏小松有点好玩，有一股认真劲儿。"张汝娟说："平常很少遇到，但就这么一个镜头我把他记住了。"杜怡说："要不中午咱们多烧一个菜，把他叫过来一块儿吃。"张汝娟说："你什么意思？不光自己蹭我的饭，还想拉来一张嘴巴呀。"杜怡说："咱们再目击一下他嘛，三张嘴巴比两张嘴巴热闹。”

看看时间差不多了，两个人开始合作弄饭，做了酱烧土豆块、西红柿炒鸡蛋和红菜汤，还找出几个憔悴的小苹果。接近尾声时，杜怡说：“可以了，赶紧把夏小松招过来吧。”张汝娟便去了。

杜怡将碗盘筷叉摆好，又洗了一把脸，静下心等着。等了一会儿，又等了一会儿，张汝娟回来了，不过只有一人的脚步声。抬头去看，她的身后果然没有别人，杜怡问：“怎么啦？”张汝娟做了个扫兴表情，说累了腿费了嘴，夏小松的房间倒是找着了，可他偏偏不在。杜怡说：“看来也是个不安分的人。”张汝娟说：“也许上街了，也许去图书馆了，谁知道呢。”

看来三个人的菜得由两张嘴对付了。张汝娟打开录音机，音乐响起。两个人坐在小桌前边吃边听，歌曲一首一首走过，来到了《莫斯科郊外的晚上》。张汝娟提示这首歌的背景地就是莫大这儿的列宁山。杜怡说那是五十年代吧，五十年代的苏联比现在景气，所以“夜色多么好，心儿多爽朗”。张汝娟说现在到列宁山观景台上拍婚纱照的人还是不少，土豆卷心菜也能支撑起幸福。两个人便笑，一边往嘴里多塞了一些菜。

一组歌听完，用餐已毕。杜怡伸一个饭后的懒腰，问夏小松的房间号。张汝娟说：“你啥意思？”杜怡说：“我去找找他。”张汝娟说：“饭都吃完了还找他干吗？”杜怡说：“我得把吃饭找不到他这件事告诉他。”张汝娟挪一下嘴巴说：“我算明白了，你今天来我这儿的醉翁之意是见他。”杜怡说：“好吧，就算这是一个小小的阴谋。”张汝娟说：“我想知道阴谋的形成原因。”杜怡说：“我昨晚做了一个梦，梦见自己坐在地铁里，对面一个人穿着两只不同颜色的鞋。我定睛一看，那人原来是夏小松。”张汝娟说：“夏小松为什么要穿两只不同颜色的鞋？”杜怡说：“不知道呀，所以我今天过来问问他。”张汝娟哧哧笑了，说：“你可真能扯！”杜怡说：“真的真的，我的梦是真的。”

杜怡按张汝娟的指示来到经济系宿舍区，未费周折便找着夏小松的房间。夏小松仍然不在，屋里有一位苏联同学正在练一只哑铃。杜怡问夏小松哪儿去了，大约什么时候回来。哑铃男说：“这是今天第二位中国姑娘提这个问题了，我很抱歉无法解答。”杜怡说：“我能在这里等一会儿吗？”哑铃男做了个请的动作，另一只手继续做哑铃的提拉。杜怡打量一下属于夏小松的床，被子未叠，三两本书从被窝里钻出一角。她不便去干扰床铺，就坐到小桌前。桌子上也有一摞俄文书，大都是经济理论方面的。书的旁边立着一只小相框，前后各有一张照片，一面是严肃的马克思，另一面是一位同样严肃的尖鼻子老头儿。

哑铃男走过来说：“需要给你一杯饮料吗？”杜怡客气地表示不用，又没话找话地说：“你的这位同屋也练哑铃吗？”哑铃男说：“夏小松不饮酒不抽烟也不练哑铃，他是个爱好不多的人。”杜怡指着桌上的照片问：“这位尖鼻子的先生是谁？”哑铃男说：“哈耶克呀，奥地利学派经济学家，新自由主义的扛旗人物。”杜怡说：“那为啥把他跟马克思放在一起?”哑铃男说:“一位创立社会主义，一位反对社会主义，夏小松喜欢看着他们两个人斗来斗去，这是他的爱好之一。”杜怡说:“这很有趣……但我认为夏小松会站在马克思一边。”哑铃男说:“你是对的！你对他为什么那么了解?”杜怡用手指比画一下说:“我对他的了解只有一点点，用中国话说只是皮毛。”哑铃男说:“中国话古怪，比我们格鲁吉亚语还古怪。”杜怡说:“你是格鲁吉亚人?”哑铃男做了一个肯定的表情，说:“格鲁吉亚人可以和中国人建立友谊，就像是我和夏小松。”杜怡说:“但你似乎反对他不饮酒不抽烟也不练哑铃。”哑铃男耸耸肩，咧嘴笑了。

这么待了一会儿，杜怡觉得自己应该告辞。哑铃男说:“你有什么话，可以让我转告夏小松。”杜怡说:“我写一些字给他，用中国话说叫留言。”哑铃男点点头，走开又练起了哑铃。

杜怡找出一张纸，写下几句话：夏小松，我今天到莫大找张汝娟玩，做了几样菜想让你过来一起吃，可惜你没有口福。又签下落款：一周前与你相遇两次的杜怡。

杜怡离开莫大时，心里有一点点空。

她原路返回，先坐两站地铁，再去坐公交。到了站台，一辆公交车刚刚开走。她犹豫一下，决定步行回去。不知为啥，此时她愿意累一累腿脚，吸点冷爽空气。

人行道上的薄雪已踩实了，稍稍有些滑。她不敢走快。

走一会儿，见街边一家售货店前排着一长溜人儿，甩出去有一百多米。眼下日子里，排队是常事儿，但周末还坚持售货的不常见。她靠过去，问队尾一位老大妈卖什么东西。老大妈说还没开卖呢，听说是手套。杜怡对手套没有兴趣，转过身子往前走，走了数十米，听见背后传来急促的呼唤。回头一看，刚才那位老大妈小跑着近过来。杜怡赶紧回迎几步，问怎么啦。老大妈喘着气说："请问您是……日本人还是朝鲜人?"杜怡说："我是中国人。"老大妈"呀"了一声说："中国姑娘也长这么漂亮……还有这大衣。"杜怡说："大妈您想说什么?"老大妈说："我小女儿也是您这样的年龄，马上要结婚了。我想送她一双手套和一件大衣，可我买不到好看的大衣……"杜怡说："您想买我身上穿的这件大衣?"老大妈又高兴又腼腆地点头。杜怡说："可我是中国南方人，特别怕冷，没有大衣过不了冬。"老大妈说："您这是拒绝的意思吗?"杜怡说："是的，我很抱歉!"兴奋从老大妈的脸上褪去，她失意地摊一下手，嘴里咕噜一句什么，慢慢走回队伍。

这一插曲有点逗人又有点硌人。去年来莫斯科，杜怡携了两件大衣，一件保暖些，一件优雅些。优雅的这一件灰呢料子，款样又好，平常舍不得上身，今天出门时取出穿上，当然不是为了给张汝娟看的，也不是为了给苏联老大妈看的。这么想着，她看见自己在心里也失意地摊一下手。

一刻钟后，杜怡脸冒热气回到宿舍楼。进屋刚脱下大衣，让娜就从一本杂志里抬起脑袋说："上午有人找你，一位中国小伙子。"杜怡说："哪个系的？是不是又通知搞中国留学生什么联谊活动？"让娜说："不对，是从莫斯科大学过来的。他说问了好几个人才问到我们这个寝室。"杜怡暗吃一惊，还没搭话又听见让娜说："他一边等着一边跟我聊天，我让他知道了你的一些事情。"杜怡说："然后呢？"让娜说："然后他走了，因为我没法留他吃饭。"杜怡愣怔着说："他就这样……走了？"让娜说："他在纸上给你留了话。"

杜怡赶紧往小桌上看，果然有一张折叠的白纸。拿到眼前翻开，上面写着两行字：杜怡好！想起你说过会三十种土豆烧法，就忍不住跑来了，可惜我没有口福。落款是夏小松。

# 三

杜怡知道，日子不一样了。

没有心神动乱，没有不眠长夜，恋爱就这样开始了。是的，就这样开始了，仿佛在莫斯科的这个初冬，一位叫缘分的人士戴着礼帽悄悄来访，将一个神秘消息通知了她，又将同一个神秘消息通知了他。

不过在之后的日子里，杜怡和夏小松对恋爱的起步时间有过争议。争议指向三个时间点：一是阿尔巴特街上相遇的那一刻，二是两个人互赴对方大学留下纸条的那个中午，三是莫斯科河边会面的那个晚上。

见到纸上留言的时候，杜怡就明白自己只需要等待，等待夏小松的敲门声。一天过去，两天过去，到第三天的傍晚，才等来宿舍管理员转达的一个电话号码。电话在一楼的管理室内，她跑下去打了，听筒里果然是夏小松的声音。夏小松说今天晚上见个面吧。杜怡很想问，为什么是今天晚上而不是昨天晚上前天晚上？但她忍住了没问。

那天晚上，她与夏小松在列宁山地铁口不远的一间小咖啡馆碰面。坐在咖啡馆里，可以看到莫斯科河的水面沉默幽静，好像在悄然结冰。两人喝过一杯咖啡后，去了河边探看究竟。借着岸边的灯光，可以看到水面上真的结了一层似有似无的玻璃。夏小松捡了一块石子贴着河面掷出去，石子跑了一小截路坠入河中。杜怡拿起一块更小的石子扔出去，石子在冰面上一路婀娜滑行，停在了挺远的地方。这是小石子对大石子的意外胜利，杜怡哈哈笑了起来。

以后每回讲起那个河边的晚上，夏小松都会提到她的笑声。夏小松有一个略为夸张的比喻，说她的笑声在冷冽空气中轻盈透明，像一支冰棍把整个夜晚弄甜了。尽管这样，他并不认为那个晚上比阿尔巴特街的相遇更重要，或者比两个人的相互留言更有意思。杜怡则愿意把河边的见面作为交往的起点，而之前都是铺垫。她这么认定，是因为心里存了小心思——把两人的相恋跟“莫斯科郊外的晚上”连在一起，容易抹上浪漫的底色。

既然往浪漫上靠，那个晚上两个人当然还讲了一堆有趣的闲话。杜怡说：“夏小松你知道吗？我做了一个梦，梦见你穿着两只不同颜色的鞋。”夏小松说：“这个梦属于抄袭，没有想象力。”杜怡说：“但这个梦鼓励了我，让我去莫大找你。”夏小松说：“后来格鲁吉亚同学至少用了二十分钟向我传达你的来访，他说你不错。”杜怡问：“那你见到我的纸条，为什么不马上约我？”夏小松说：“我让自己淡定，不能猴急猴急的。”杜怡又问：“你淡定了一天，昨天该打我电话的。”夏小松说：“昨天我在等你的电话，我琢磨着你也许会不淡定。”杜怡说：

“真复杂！夏小松你是个复杂的人吗？”夏小松说：“呵呵，我得谦虚地回答，我还在学习复杂。”杜怡说：“我喜欢简单，我不喜欢你学会复杂。”夏小松说：“这种话真嫩，只有大一学生才说得出来。”杜怡说：“我说过的，在国内连着读我应该大三啦。”

然后两个人谈到以前的国内大学生活，谈到为什么要来苏联。杜怡的原因很单调，她说自己高考没考好，本想投奔英语的，一拐弯被丢到俄语专业。俄语就俄语，无所谓地学着，遇到一个公派机会，又无所谓地来了。杜怡点评：“顺着日子走，就不会那么累了。再说啦，除了吃的这一项，莫斯科也没啥不好。”

夏小松的留学经过则有些绕。他的生长地是山西晋城，中国中部一个很有年头的城市，出产过女娲补天、愚公移山等神话故事。父母都是下岗工人，心情沾着灰尘，对生活的城市没有好感。儿子到北京上学后，他们的一个重要心愿就是儿子不要回去。夏小松在大四的时候考了托福，并已拿到美国一大学的半额奖学金，因指望不上父母的钱，还在等待一份更合适的全额奖学金。就是在那一年，中苏关系解冻，他心里一动，一个念头跳了出来。夏小松说：“我是个喜欢在课堂上争论的人，同学们说我拧巴，一遇到新的经济论点就会兴奋。大学几年我们读了马克思、恩格斯，也读了萨缪尔森、弗里德曼，然后哈耶克也在中国公开登场了，那段时间我读到了他的《个人主义与经济秩序》中文版和《通往奴役之路》的部分英文章节。在我的脑子里，各种论点在不停地打架。”夏小松说：“把留学目标瞄向美国、加拿大，这是我们班同学的当然选择。那天坐在电视机前，我想我何不去莫斯科呢！跟着一堆人去美国，还不如掉个头去苏联，对经济学的争论而言，那儿应该更有现场感。”夏小松又说：“打定主意后，我提着劲儿向莫斯科几个大学去函申请。也许是老戈访华带来的福利，这回我比较幸运，出国手续一路没有卡壳，终于赶上了当年入学时间并拿到一些奖学金。到了这里才知道，我是中苏关系解冻后莫大经济系的第一个中国自费研究生。”

在夏小松说着这段故事时，杜怡能感觉到对方语气中的温度。她想，这温度是由半份认真和半份激情凑成的。

恋爱的日子总是平常而又异样的。作为学生，他们不可能时常泡在咖啡馆里。时为冬天，他们也不可能时常闲步在寒冷河边。经过几次无序游击，两个人找到了约会的恰当地点：两个大学的图书馆。每个周末下午，她去他的莫大，或者他来她的友大，两个人一起坐在图书馆里看书。

待在图书馆的好处是安静而不孤独。一个阅读厅里，两边是排列的书架，中间坐着上百只身子，形成了冬日与我无关的气场。杜怡发现，夏小松看书时喜欢一只手托着腮帮子，另一只手则隔一会儿去翻书页，样子特别投入。如果她不轻语说点儿什么，他是不会主动出声的。但即使两个人许久不搭腔，杜怡仍然觉得心里是熨帖的，有一种一屋相守的踏实。这样的感觉挺好。

有时看书看累了，杜怡就怂恿自己逗趣一下。她在一张纸上写几个字，在桌上推给夏小松：你很认真哟，先生。夏小松笑一下，在纸上写两个字：别闹。杜怡又在纸上写：你让眼睛休息一分钟，看看周围苏联美女。夏小松看了她一眼，写：东方美女比苏联美女好看。杜怡写：这是《资本论》上说的吗？夏小松不写了，伸出手在她脑袋上轻轻拍了拍。

杜怡喜欢这种小调皮，也喜欢夏小松轻抚她的脑袋。在国内大学一年，她差点谈了恋爱。班里一位爱好排球的男生，时不时地出现在她身边，还冷不丁送她小礼品企图制造惊喜。她渐渐对他有了些好感，偶尔也拉上两三位女生去操场看他打球。有一次她正在球场边站着，他跳出来一个扣杀，球偏离路线砸在她脑袋上。她几乎被打蒙了，眼眶里渗出泪水，但她的疼痛和狼狈被他忽略了，他没有跑过来安抚一下。从那一刻起，她便中断了还没真正开始的情感发展。

现在坐在夏小松的身旁，杜怡似乎才懂得了什么叫恋爱。原来恋爱可以相互不讲话，原来恋爱只需要一只手伸过来按在她的脑袋上，原来恋爱在一百个人中间也能悄悄生长。她想，我坐在这里看课程书，同时也是在练习恋爱课呢。

在这样的心境中，图书馆的时间就不会缓慢。近了傍晚，俩人离开椅子回宿舍做饭。杜怡主厨，夏小松帮手，主要原材料依然是土豆、西红柿、卷心菜。杜怡因为有过夸口，就真的在土豆上花些心思，每次尽量换花样，煎、炸、炒、烤、焖、红烧、拌丝、椒盐、酱焖、搅泥、拔丝等等。这些土豆烧品有的好吃，有的不好吃。不好吃也没关系，夏小松说自己的嘴是山药蛋根据地，允许各种土豆进来打游击。

吃过晚餐，两个人进入分手环节。如果在友大，杜怡就陪夏小松在校园里走一圈，然后送到公交站台。如果在莫大，夏小松则陪杜怡走一段不短的路到地铁口，再一起坐上两站，下车后也送到公交站台。公交站台成了两个人每次暂别的地方——以前杜怡老嫌公交车不准时，现在只恨公交车来得太快。

有时杜怡不愿意晚饭后马上分开，就拖着夏小松去看电影。在莫大学生公寓旁边，有一家名为“立陶宛”的电影院，外观呈着旧色，霓虹灯招牌上的五个字母通常只亮着三个，但里头的阶梯观影厅还算气派，可坐七八百人。影片每周一换，不仅有苏联片子，偶尔还有美国和西欧国家的片子。据说也很有声势地上映过中国的《红高粱》，可那是两年前的事了。

杜怡坐在观影厅的暗色中，总是喜欢握着夏小松的手。夏小松的手温暖且硬朗，她的手贴住他的手，有一种小鸟似的依偎感。在放映过程中，依偎的小鸟并不安静。当银幕上突然爆出血腥，小鸟会惊跳一下，使劲搂住手掌。当银幕上出现催泪情节，小鸟则变得弱弱的，在掌心里一拱一拱。

有一回银幕上一对男女在海滩上相拥一起接吻，浪头一个接一个溅在他们身上，两只嘴巴一直不肯分开。这时阳光在摇晃，音乐配合地响起，镜头里游走着激动的气味。杜怡的手躺在夏小松手里一动不动，微微有些细汗。过一会儿，她的手指苏醒过来，用力穿过他的手指，扣在了一起。

电影散场，两个人随着人流往外走。到了门口，一阵寒冷逼来，让杜怡后撤一步。此时最不需要的便是冷飕飕的空气了，她扯着夏小松的手退回休息厅。过了片刻看看无人，又退回到观影厅。大厅已熄了灯，暗淡安静，但空气中残留着电影的余味。两个人坐在角落座位上，似乎有点好玩又有点茫然。茫然了一会儿，夏小松的嘴巴明白过来，起了急去找杜怡的嘴巴。杜怡右手一抬挡住，眼睛看着夏小松。看了几秒钟，又看了几秒钟，她眼睛闭上了，右手耷拉下来。她的嘴巴立即被一团柔软的温暖堵住。

这种经过情绪培养的接吻，味道真是不一样。很快，她有一种喘不出气的感觉，同时一股清凉包围过来，就像影片里的浪头打到身上。

这一次，两条舌头纠缠了足足有一刻钟。

天气越来越冷了，莫大教学楼上的温度针指向零下二十摄氏度。

杜怡没有嫌天气，嫌的是跟夏小松在一起的时间太少。挨到周末才见面，见了面钟点又溜得那么快，一不留神一个下午已过去，下午过去是晚饭，晚饭之后是分手。想一想就让人不高兴。

这天星期六傍晚，两个人照例从莫大图书馆出来，回宿舍做了简单的晚饭。尽管一边吃一边扯话，也不能把一顿饭拖得太长。格鲁吉亚同学又在旁边练哑铃了，嘴巴里还发出“嘿嘿”的声音。杜怡努一努嘴，知道到了离开的时间。

两个人穿上大衣出门。这么冷的天，校园里是没法溜达的。电影院中午先探看过了，放的是一部滥竽充数的老片。杜怡有些不甘，也只能让夏小松送自己回去。走一会儿进入地铁站厅，车子很快来了。因为是周末，又过了高峰时间，车厢里的人不算很多。两个人坐在长椅上，能看见对面玻璃里自己的影子。那两只影子挨在一起，在闪移的灯光中一晃一晃。夏小松突然说：“杜怡同学，你的样子有点郁闷噢。”杜怡做一个伤心的表情，说：“两站地马上到啦，一会儿你就丢下我了。”夏小松说：“我有个办法能让你的郁闷换上高兴。”杜怡说：“你说说看。”夏小松说：“我决定不丢下你了，咱们把今晚剩下的时间花在车厢里。”杜怡说：“什么意思呀？我……有点小恍惚。”夏小松说：“咱们今晚就待在地铁里，一直坐坐坐。”杜怡回一下神，明白了。她抬起手拍拍夏小松的肩膀，说：“夏小松同学，这个办法不错！”又咧嘴一笑说：“这么无聊的主意，咱们早该想出来了。”

定好了想法，就得换一辆开往市内方向的地铁。到了下一站车门打开，两个人出来走到对面站台。不一会儿列车到了，两个人上了尾部车厢。这儿看上去比较宽松，似乎每个人都拥有座位。通亮的灯光中，不少人手里拿着书本，这让车厢在奔跑声里也显得安静。

两个人在椅子上坐下，有点得意今天晚上灵机一动的主意，又想到接下来的自由时间，禁不住快活起来。杜怡说：“这儿比图书馆好，因为可以说话。这儿也比咖啡厅好，因为不用付账。”夏小松说：“跟电影院比呢？”杜怡说：“至少能打个平手。”夏小松说：“平不了手吧？电影院里嘴巴可以任性，想干什么就干什么。”杜怡说：“在这里你的眼睛可以任性呀，一会儿看看苏联美女，一会儿看看中国美女。”夏小松呵呵笑起来。

车子稳定行驶着，广播里隔一会儿报一个站名，列宁山站、伏龙芝站、文化公园站。杜怡说：“说点儿什么吧，最好关于中国的事。”夏小松说：“中国的事从咱们嘴里出来，都变成回忆了。”杜怡说：“我爱听你的回忆，譬如你的中国大学、你的初恋。”夏小松说：“我的初恋不是跟你汇报过嘛，没啥情节可挖了。”夏小松的初恋有点奇葩，大三时他上体育课撕伤肌肉，住了半个月校医院，其间遇到隔壁病房的一位社会学系女生。她正处在阑尾炎术后恢复期，但同时也可能处于寂寞中的发情期，主动向夏小松热烈示爱。两个人在病房和休息区相伴十多天，说了一大筐话。可出院后，夏小松再也见不到这位女生了。过了不少日子，他才打听到她的踪迹，原来出国留学了，去的是美国。夏小松曾和杜怡探讨，问这一段算不算初恋？杜怡说，只要你动了感情就算。夏小松使劲打捞回忆，仍弄不懂自己当时有没有真的动了感情。杜怡说：“你后来想去美国读书，是不是想追随她？”夏小松说：“应该不是，如果有那个动力，就不会脑子一跳投奔莫斯科了。”

现在，这段往事仿佛一盘小点心，仍是杜怡愿意放到嘴里嚼一嚼的。杜怡说："我就不问那位女生到底长得咋样了，估计她没有我漂亮。"夏小松说："杜怡同学，你真自信。"杜怡说："可我有一个问题，如果你去成了美国，会找她续上医院里的爱情吗？"夏小松说："啥叫医院里的爱情？好像爱情上面沾着许多病菌。"杜怡说："不许你打岔……你会不会使劲找她？会不会呀？"夏小松说："你的问题不好回答，我得想想。"杜怡说："给你一分钟时间。"夏小松说："不用一分钟了，我的回答是会！"杜怡说："你真会去找她呀？看来你当初还是动了感情。"夏小松说："然后我跟她说，你在苏联有一个敌人，她正在想法打败你。"杜怡说："可你那会儿不可能认识我。"夏小松说："上天会安排咱们俩认识的。"杜怡说："只要咱们俩认识了我就有信心打败她。"夏小松说："打败别人应该是一种不错的感觉。"杜怡说："当然啦，一定比吃上一顿大餐还舒坦。"夏小松说："可惜你没法享受这种舒坦了。"杜怡说："为什么？"夏小松说："因为你压根儿没有敌人，你的美国敌人其实是虚构的。说真的，我都忘了她的脸。"杜怡说："不能吧，夏小松同学，你的记忆力怎么可以这样差呢?!"夏小松用手摸摸杜怡脑袋，乐一下脸。杜怡说："不过刚才你说到上天安排咱们认识，这句话还是让我舒坦。"夏小松说："呵呵，上天这东西也是虚构的。"杜怡说："上天才不是虚构的呢，只是暂时有点远而已。哪一天我信了佛，上天就是佛，我信了基督，上天就是上帝。"夏小松说："要这么说，上天更可能是马克思。"杜怡说："为什么？"夏小松说："因为是马克思怂恿我来莫斯科的。"杜怡眨一下眼，嘻嘻笑了。

这么说笑着，车子已过了列宁图书馆站、卢比扬卡站。再往前就窜到东北郊外了，两个人决定在共青团站掉头返回。

到了共青团站，两个人下来。这里的大厅布满金黄，漂亮富丽，差不多是一座宫殿。两人之前很少到这边来，来了也是匆匆一过，现在用休闲的眼睛打量，觉得这个站台还真是气派。俩人抬头看浮雕，在一只五角星中间找到四个字母“CCCP”。以前的苏联，确实气壮如牛呀。

不一会儿，返程列车进站，两个人上去。夏小松回味着说：“看来咱们泡地铁呀，不一定老在车厢里待着，拣一些站台看看也挺好。”杜怡接过去说：“好呀，我现在就想看一个站台。”夏小松问：“哪个站台？”杜怡说：“革命广场。”夏小松说：“告诉我为什么。”杜怡说：“很快要考试了，我得去摸摸那狗鼻子。”这么一说，夏小松“哈”了一声。在革命广场站有许多组青铜塑像，其中一组是一位战士伴着一条狼狗，据说摸一摸狗鼻子能带来幸运，助考试过关。

车子很快抵达猎人商行站，俩人下来找了找，顺着指示箭头穿过一段行人通道，便到了3号线的革命广场站。这里的装饰又是另一种风格。在站台与廊厅之间的门洞口，立着士兵、工人、农民、游击队员、水手、空军飞行员、抱着婴儿的父亲、抱着公鸡的母亲等众多塑像，构成了反法西斯战争的主题。

一模一样的士兵与狗塑像共有四座，杜怡拉着夏小松走近其中一座。眼前的士兵一手搂枪一手抚狗，专注地盯着前方，那条狼狗也是一脸认真的样子，只是鼻子部位被千万只手摸得锃亮，露出了黄铜色。杜怡说我先摸，就闭上眼睛一边攒着心愿一边将手伸向狗的鼻子，快要碰到的时候，突然听到一声犬吠，手尖被一张嘴咬了一口。她惊叫一声弹开眼睛，见夏小松咧嘴坏笑。她气了说："你这条狼狗，一口把我分数咬掉了一分。"夏小松说："你想考几分？"杜怡说："本来也就要4分，现在只有3分了。"夏小松说："你得想着5分，再来一次。"

杜怡退后几步又闭上眼睛。这次她往前走时偷了一些眼光，并快速伸出两只手：一只手摸向狗鼻子，另一只手奔袭旁边的夏小松鼻子。当两只鼻子控制在手里时，她哈哈大笑起来。

下一个周六晚上，夏小松、杜怡从校园出来又上了地铁，不过这一回俩人都携了书包。杜怡带的是一本苏联文学作品选，这是考试用的参阅书。夏小松书包里则放了《资本论》俄文版和《通往奴役之路》中文版，近日他在积攒资料，准备写一篇有点厮杀味道的论文，题目暂定《当代苏联语境中的马克思和哈耶克论点比较》。为了找哈耶克这本书，他在图书馆搜索了小半天，结果俄文版扑了空，却意外借到中国商务印书馆1962年出版的中文译本。夏小松对杜怡说了一个比喻，虽然哈耶克还活着而马克思已去世一百多年，但他们都像是武林顶尖高手，凭着各自的武功秘籍，可以隔空比试招法。他相信马克思功力深厚，能够击败现已年过九十的哈耶克。

两人进的还是尾部车厢。车厢内依然温暖安定，挺适合阅读。他们找了座位坐下，掏出书静看。

看书似乎让时间变快了，车站一个一个过去。在此过程中，杜怡身子渐渐歪向夏小松，靠在了他肩膀上。又过一会儿，杜怡放下书脑袋动来动去，好像想到了什么。夏小松说："杜怡同学，别这样不安分。"杜怡说："车厢不是图书馆，可以说说话的。"夏小松说："你要说什么？"杜怡笑嘻嘻地说："我想起咱们第一次相遇那天，你在车厢里把伏特加当饮料喝，结果喷了一串咳嗽。"夏小松说："你脑子够飘的，想到那儿了。"杜怡说："当时你挺逗儿，说马克思有一句话，唯有咳嗽无法掩饰。"夏小松说："这句话现在应该修正，原话是：唯有爱情和咳嗽无法掩饰。"杜怡说："又加上爱情啦，这句话所有权是夏小松的吧？"夏小松说："还真是马克思的。"杜怡说："呵呵，我就想抓你一个谎言现行，请夏小松同学拿着《资本论》指给我看。"夏小松合上手中的《资本论》，说："这句话不在《资本论》里，是苏联教授在课堂上引用的马克思语录。"他正一下身子，用苏联教授的嗓子说了一遍俄语"唯有爱情和咳嗽无法掩饰"。杜怡笑了说："我一直以为马克思是很严肃的，想不到他还能说这种俏皮话。"夏小松说："你对马克思知道得太少了，怎么跟你说呢……他年轻时曾是个所谓的问题青年，乱花钱，爱喝酒，好打斗，有一次因为夜间饮酒放狂被学校关了禁闭，又有一次因为纠纷与人比剑决斗，呵呵，反正不驯得很。他还是个文艺青年，写过不少诗，但又时常蓬头乱发，衣服扣子老是扣错。"杜怡稀奇地说："你说的这是马克思？"夏小松说："我说的这些逸事一点儿不损害马克思，反而让他像一个好玩的小伙子一样真实。只有真实，才能让马克思的强大变得可靠。”杜怡说：“这种话没错儿……说下去。”夏小松说：“同时呢，马克思又被称为真正的思想工厂。他一生写的著作和论文达1974种，和这个吓人数字相伴一起的是各种疾病和深度贫穷。”杜怡说：“嗯，这是我听过的马克思。”夏小松说：“稍微往深里刨一刨，你就知道马克思不是个严肃的符号，他是个有趣的人。即使《资本论》这样的书，不仅有严密的逻辑，还经常能读出文学的味道。”他拍拍手中的书：“啥时候你耳朵饿了，我读给你听。”

车子到猎人商行站，两人下来转2号线。这次他们选择了往西方向，计划坐几站后再转5号线绕回来。

过不多时，广播响起“马雅可夫斯基站”的提示。杜怡说咱们下去溜达一下吧，这个站好玩。夏小松没有反对。

列车进了站，两人下到候车大厅。该大厅最大的特色是墙柱式结构，一眼望去，能觉出王了般的前卫大气。大厅两边，是 座座镇定的大理石拱门，拱门们排成了左右两列长队。天花板上是飞碟似的圆形围灯，灯光照向顶部，那里有好看的马赛克壁画。

不过此时，夺走目光的是大厅中间的一位小伙子。他站在圆形灯下，侧了头认真拉着一把小提琴，跟前围了一些候车者——在地铁行人通道里，这种艺术演奏是常见的，出现于站台大厅倒有点稀罕，因为两边不时有列车停靠又出发，不容易聚集人们的注意力。

夏小松、杜怡凑过去，见小伙子下巴瘦尖、眼睛微闭，神情有点忧伤，奏出的琴声悠扬好听，但也有点忧伤。杜怡说：“这拉琴男不是失恋就是失业。”夏小松沉吟一下说：“正好，我借用一下他的琴声。”杜怡说：“什么意思?”夏小松说：“配乐朗读……我读一段《资本论》!”

夏小松没有犹豫，掏出书本走到离小提琴一米远的地方。小伙子弹开睫毛看一眼夏小松，手中的琴声没有停下。夏小松站定了，翻开书本捧在眼前，橘黄的灯光正好打在他身上。他用俄语开始朗读：

> 原来的货币所有者成了资本家，昂首前行；劳动力所有者成了他的工人，尾随于后。一个笑容满面，雄心勃勃；一个战战兢兢，畏缩不前，像在市场上出卖了自己的皮一样，只有一个前途——让人家来鞣。
>
> ……于是，属于前一种类型的人蓄积财富，后一种类型的人则是除了自己的皮以外，没有其他的可以赎卖的东西。结局：无论怎样劳动，仍只有拿自己本身来出卖的大多数人的贫，和老早就不劳动但财富仍不停增加的少数人的富，就成为自有原罪以来的现象了。

伴着朗读声，夏小松的脸也变得忧郁起来，仿佛他脑子里出现了一百多年前不好的社会景象。他翻动书本，找到新的句子，然后让自己的声音在琴声中继续：

> 资本家害怕没有利润和利润太少，就像自然界害怕真空一

样。一旦有适当的利润，资本家就胆大起来。如果有10%的利润，他就保证到处被使用；有20%的利润，他就活跃起来；有50%利润，他就铤而走险；为了100%的利润，他就敢践踏一切人间法律；有300%的利润，他就敢犯任何罪行，甚至冒绞首的危险……作为资本家，他只是人格化的资本。他的灵魂就是资本的灵魂。而资本只有一种生活本能，这就是增殖自身，获取剩余价值，用自己的不变资本即生产资料吮吸尽可能多的剩余劳动。

掌声响了起来，先是杜怡一个人的，然后周围跟上来一些。能感觉得到，周围的掌声有些勉强，这或许是因为被列车的声音打扰了耳朵，或许是因为听不太懂朗读者的中式俄语发音。

杜怡能听懂夏小松的发音，但也听不太懂声音中的术语。把《资本论》里最俏皮有趣的话拿出来，也不可能是一篇抒情散文。不过夏小松的样子有些抒情，他的神情暗淡，精神却饱满，像是进入了资本家反对者的角色。灯光将他的脸部和身体照射得半亮半淡，又似乎有了雕塑感。

杜怡恨自己这时没有相机，不然哈哈，可以把他的模样定格存照，以做备案。

# 四

当然啦，在杜怡的记忆里，这个莫斯科冬天需要存档的还有几件事。先是经历入系后的第一场期末考试，每门课都得使劲背背写写，几个回合下来，刚好把脑袋培养出一点儿晕。之后是有些仓促的寒假，因为时间短，日子就容易打滑，几次约会几本闲书再加几个懒觉，假期就用完了。

新学期开始的时候，冬季远远没有过去。不过随着气温的上浮，地上的雪渐渐化开并制造出泥泞，给行走的脚步带来不爽。好几次上课，杜怡看见匆匆赶到的老师鞋帮上或裤脚上沾了泥渍。有一回，历史女教师的灰呢裙子也溅上了几粒黑点，但她并不在乎。她说："过不了多久，莫斯科的春天就来了，那是我喜欢的日子。"她又说："糟糕的是物价和食品，这才是可怕的泥泞，不知啥时能走出来。"

下次见面，杜怡把历史老师的话学给夏小松，说物价和食品这些话题都进入历史课堂了。夏小松点评说："讲这些话时，她已不是历史教授，而是一个需要营养补充的女人。"叹口气又说："更加错乱的还是我们那些经济学教授，他们手里的一堆经济术语像卢布一样贬值了。”这么说着，话题就转到了他要写的那篇论文。

那段时间，夏小松的论文撰写似乎也沾上了泥泞，推进变得困难。夏小松承认自己的脑子有些受困，因为马克思和哈耶克的主要用力点不一样，马克思对付的是资本主义，哈耶克抨击的是计划经济，两个人的比武有时候站不到一个擂台上。夏小松说：“哈耶克主张经济完全自由，其实自由这种东西马克思早玩过了，后来马克思发现在资本跟前，工人和老板都是奴隶，根本无自由可言。他对资本的分析有强有力的逻辑链条，你承认他的一，就得认同他的二，然后认同他的三。在资本主义这个论题上，哈耶克不是他的对手。”夏小松又说：“知道吗？哈耶克的经济思想首先来源于马克思，他在伦敦政治经济学院讲授过马克思的危机理论，还真心赞扬过《资本论》。他后来在《通往奴役之路》里反对中央集权和计划经济，的确有可怕的远瞻性，一本1944年出版的书，许多内容在眼下的苏联得到了验证，但他主张的自由意志和市场主控就那么可靠吗？市场的管制能力有那么强吗？这个论题他在三十年代与凯恩斯打嘴架，就输掉了。如果马克思穿越时间站到今天的经济现场，也会发出跟哈耶克不同的声音。”

杜怡不懂经济学，也不想追问那些争斗论点，但夏小松的认真让她觉得好玩。她说：“要是马克思真的来到今天的莫斯科，他会说点儿什么？”夏小松说：“不知道，但我知道他会生气，这里的不好情况超出了他的想象。”杜怡说：“那么他走在街上，会做点儿什么呢？”夏小松说:“如果我刚好在他身旁，我会建议他排一次队。排队是对莫斯科最直接的体验。”杜怡在脑子里想象一下，呵呵笑了。夏小松没笑，他说:“问题在于，马克思来不了莫斯科，他离这里有108年的距离。而他的对手哈耶克，虽然眼睛已老，此刻却可以坐在电视机前盯着莫斯科。”

排队的事很快成为现实版。

下一个周末，两个人坐在莫大图书馆看书。杜怡记着一个日子，就分一下心，在一张白纸上写字：我有个建议，去排一次长队。夏小松歪头看一眼，在纸上写“?”。杜怡写：去吃麦当劳。夏小松写：没有理由，建议无效。杜怡调皮一笑，写：你的生日，理由够吗？夏小松愣了一下，写：我的生日在后天。杜怡写：提前过了！夏小松写：你这是阴谋吗？杜怡写：哈，我为嘴巴谋幸福。

下午提前从图书馆出来，两人坐地铁去了普希金广场的麦当劳快餐店。这家麦当劳去年春天开业，是莫斯科也是全苏联唯一的一家。当“McDonald's”店标刚亮相时，好奇的市民们不光睁大了眼睛，也备好了嘴巴，想用舌头出一回国界。等待就餐的队伍最壮观时，能把普希金广场绕上一圈，没有两个小时到不了点餐台。去年9月底，快餐店的价格上蹿一倍，吓退了许多人的食欲。但没过多久，人气回来了，队伍又越来越长。杜怡吃过两次，每次都觉得爽了嘴巴苦了双腿。

现在，两个人站到了长蛇尾部。杜怡打量一下队伍，估计至少得排上一个小时。天气还未脱冷，静着身子容易受冻。两个人只好一边跺脚一边聊话。杜怡心里对今天自己的创意有小小的得意，说："你以前过生日吗？"夏小松说："不过不过……要是记起了，最多送自己一碗鸡蛋面。"杜怡说："今天可没面条，也不会有蛋糕。"夏小松点点头说："这地方我没来过，但听说过汉堡薯条。"杜怡说："那你应该兴奋起来。"夏小松说："我心里已经有点兴奋了……不是为了吃的。"杜怡说："那为了什么？"夏小松说："瞧着前头一长溜儿的脑袋，我在猜此刻他们脑子里想的什么。"杜怡说："在想着前边还有多少人、还得多少时间才能吃上东西呗。"夏小松说："想这个只需要一分钟，多出来的时间，他们也许会去想戈尔巴乔夫。"杜怡说："什么意思？"夏小松说："老戈的新思维，老戈的把经济完全交给市场，让莫斯科的食品像他的头发一样越来越少。"杜怡点点头说："结果到这儿吃上一顿麦当劳，成了一次奢侈的活动。"夏小松说："老戈的经济自由，走的就是哈耶克的理论路数。"杜怡说："绕半天原来要绕到这儿呀，你太敬业了吧。"夏小松说："所以我觉得，哈耶克可以在苏联找到一部分胜利，但也会证明一部分失败。"杜怡说："今天能不谈那个哈耶克吗？咱们说点儿别的吧，譬如前边那俩老人孩了。"

队伍前头隔着几个人，有一位老妇人牵着一个小男孩。小男孩七八岁左右，脸蛋清爽模样可爱。老妇人则穿着旧色外衣，脑袋包一条浅色头巾，靴子已有些破了。杜怡注意到她，是因为想起不久前登在苏联《文学报》头版上的一张著名照片，照片上一位老妇人坐在国家价格委员会大楼正门的黑色牌子下，瘦骨的手捂住脸，很累的样子。那幅照片很有冲击力，让许多莫斯科人沉默。杜怡在脑子里将两位老人叠合一起，说："这老人排在McDonald's队伍里，有点文不对题哩。"她这样说，是指此类老人每个月养老金大约几十至一百卢布，到自由市场上只能买回两三公斤牛肉或一堆卷心菜，哪有余力让嘴巴去串美国餐店的门。夏小松说："那男孩是她的孙子吧？她肯定是为了孙子。"杜怡说："为了给孙子一口好吃的，老太太真是拼了。"这么说着，她觉得自己有点幸运，大使馆每月发给的80美元挺争气，按黑市价1美元兑换30卢布，兜里总算装着一个让人踏实的数字。

两个人随着队伍往前挪，转过拐角，看见了店门，再过一会儿，看见了透亮的一排玻璃。玻璃内外，是心情不一样的人群。

迈进店门的时候，杜怡看一眼手表，排队用时70分钟。随后，一切都温暖起来，温暖的室温，温暖的服务生，温暖的菜单。两人点了汉堡、薯条、鸡块和草莓牛奶，一起端到座位上。夏小松第一次到这个地方，脸上没能压住新奇。他打开汉堡纸，说："这就是所谓的美国味道吗？"他咬了一口，杜怡说："好吃吗？"他没答话，又咬了一口。杜怡说："夏小松同学，你太着急了，生日嘛得许个愿才是。"夏小松说："对着一只面包，许什么愿呀！"正这么说着，生日歌响起，"祝你生日快乐"的音乐来到耳边。夏小松吃了一惊，眼睛望向杜怡。杜怡说："这个地方不错吧？"夏小松疑惑地点头，杜怡笑起来说："这生日歌不是给你的。”她拿着薯条的手往旁边指了指。

旁边是个儿童专区，几个孩子站成一排，由一位身穿红色制服的姑娘服务员领唱生日歌。歌声是送给一个男孩的，他头戴尖角纸帽子，双手抱着一个“巨无霸”汉堡包。杜怡马上认出，这男孩就是排队时关注的那个孙子，此刻他祖母坐在一旁的塑料小凳上，目光盯着孙子。杜怡说：“原来那小孩今天生日呀，为什么他父母不来？”夏小松说：“这个没法回答，有很多种可能性。”这时生日歌唱完了，音乐还在继续，姑娘服务员领着孩子们蹦蹦跳跳地做游戏。游戏中的小男孩仍抱着大汉堡，样子不很灵活。那祖母跑过来想代管大汉堡，小男孩使劲摇摇身子，表示了拒绝，那祖母只好又退回一旁的凳子。

杜怡嬉笑着说：“你要不要戴上尖角纸帽子，然后也抱只汉堡去蹦跳一下呀。”夏小松说：“你要把我变回七八岁的男孩吗？一见面我得管你叫阿姨了。”杜怡说：“那我跟着你回去，变成吃棒棒糖的小女孩。”夏小松往嘴里塞了一根薯条，说：“你不能尽往小里变，你也可以给自己添岁数。想象一下，过了多少年，你就是那位坐在旁边的祖母。”杜怡惊叫一声：“不要不要，我不要那么老。”夏小松嘿嘿笑了。

这时儿童区那边又有了新花样，女服务员手里拿着一只相机，几个孩子站在一起认真地望向镜头。杜怡说：“咱们也去拍张照片吧，把岁数留住。”夏小松说：“想法不错，能让吗？”杜怡说：“咱给钱还不行吗？”说着起身去跟那女服务员讲了几句话，女服务员答应了，端着相机走过来。杜怡坐到夏小松旁边，搂住他的肩膀。相机举在半空中,“咔嚓”响了一声。

交过了钱，杜怡说:“我跟服务员说了，将照片寄到学校……不过得一个月，莫斯科冲洗照片真是又贵又麻烦。”夏小松说:“其实我也爱拍照，早想着买一只相机玩了，就是嫌冲洗麻烦。”杜怡说:“怀孕生孩子也就十个月，冲洗照片竟然要一个月。”她抗议似的撇一下嘴，把夏小松逗乐了。

重新拿起吃物时，夏小松似乎想到什么，说:“我知道那男孩父母为什么不来了。”杜怡说:“为什么不来?”夏小松说:“他们想给孩子一次快乐，家里又没有那么多余钱。”杜怡说:“没太懂。”夏小松说:“男孩父母来了不好意思只给孩子点餐，老人磨得开这脸儿。”杜怡扭头再看一眼那边，果然，那祖母一直坐在一旁小凳子上，没吃一口东西。

到了五月上旬，暖和的日子终于驾到。天空全是蓝色，蓝色里有一朵朵白云散布。草坪很绿，绿色里像是无故开出许多鲜花。人们的衣裳也变得艳丽而多样，于是校园里移动着好看的颜色。唯一让人不放心的是，莫斯科的春天很短。

这种温暖天气解放出来的，不仅有人们多色的衣裳，还有人们激烈的思想。如果不跟夏小松在一起，杜怡也许不会知道这一点。但因为有了夏小松，杜怡不得不去关注这个春天里的政治声响。

听夏小松说，他们经济系教授们早已分化为几个理论派系，包括经济新自由主义、民主社会主义、经济修补主义等。学生们相随其后，形成了不同的思想阵营。现在气势最猛的是提倡经济彻底市场化的一派，领头者是系里的一位年轻教授，他参与了“500天纲领”的起草。夏小松解释，所谓“500天纲领”是老戈和叶利钦组织起草的一个“国家向市场关系过渡”的500天行进计划，写作班子由13位经济学家组成。文件在去年8月底写成，核心部分随后刊登于一份叫《民主俄罗斯》的报纸上，当时在街头大卖。

夏小松说，那年轻教授是13位起草人之一，当然挺自负，一副正伸手挽救苏联的样子。但是500天已过去一半，苏联经济不仅没有从泥浆里拔出身子，反而越陷越喘不过气来，而且谁都看得出，老戈和叶利钦走的是一个方向，但步幅并不一致，前后拉开的距离越来越大。

夏小松由此引出一段故事，有一天中午在学生食堂，就餐的人不少，一位自称是那年轻教授重要弟子的经济系研究生突然跳上一张桌子，开始发表即兴演讲。他用高分贝的声音表扬叶利钦，抨击老戈。他调侃戈尔巴乔夫为了保住权力让自己的脚步像鸭子一样摇摆，而向往北欧福利社会模式则像蹩脚厨师做的夹生菜，说着猛地掀起衣摆，露出一块肚皮，肚皮上文着“Hayek”英文名字。他说在他营养不良的肚皮上，哈耶克不断提醒，经济彻底自由化是苏联唯一的出路。说到这里，夏小松停了一下。杜怡说：“然后呢？你不会跳上桌子跟他辩论吧？”夏小松说：“我没有，不过在那一刻，我脑子里突然蹦出一个念头。”杜怡说：“什么念头？”夏小松说：“我在想，要是现在苏联还允许决斗就好了，我可以向对方投书约战。”杜怡乐了说：“还决斗呀……决斗好像可以用枪也可以用剑，你准备选哪个？”夏小松一耸肩说：“反正谁都没练过，让对方先选吧。”杜怡说：“用枪太危险了，还是用剑吧。”这么说着，她眼前出现食堂餐桌拼成的决斗台，夏小松站在上面手持长剑，一脸专注地盯着对方。她在心里笑着补上一句：可惜这样的决斗不是为了爱情。

不过事后证明，夏小松不是只停留在玩笑中，他用另一种方式落实了自己的态度。

半月后的周六，杜怡吃过中饭去莫大上爱情必修课。进了宿舍楼来到夏小松门前，敲了几下竟没有敲开。按往常剧情，这种场景是不会发生的，即使夏小松暂时不在，格鲁吉亚同学也会出来开门。杜怡纳一下闷，也没有在意，想起有些日子未见张汝娟了，就转过楼道去找她。张汝娟在，见了面便闲聊没有主题的话，讨些远远近近的信息。聊了半小时，杜怡告辞出来再去找夏小松。门仍闭着，人还是不在。杜怡想，难道他急着查资料，一个人先去了图书馆？这个念头推动她离开宿舍楼，去两人常去的图书馆阅览室走了一圈。眼睛忙碌一阵之后，没有捉着夏小松的身影。

杜怡又回到宿舍楼，在不礼貌的门前站一会儿，然后从包里取出一本书，坐到旁边的楼梯台阶上。因为不高兴，书上的文字也呆呆的，看了几页，没看出滋味来。她心里起了生气，找出一张纸写上几个字塞入门底，反身往外走——这么等着太无趣了，她决定先回去。

刚慢着脚步走到大楼前的广场，后面追来一声叫唤。杜怡不让自己高兴，抿着嘴转过身子，一眼撞上夏小松有点兴奋的脸。杜怡瞧着对方，目光里有直愣愣的问号。夏小松说：“你要一个解释还是要一声道歉？”杜怡说：“我都要！”夏小松说：“到美术系那儿去啦，被拖住了身子。”杜怡说：“这个解释不及格。”夏小松搂了杜怡肩膀，说：“回宿舍去，我给你一个及格的解释。”

夏小松携着杜怡快步回到寝室。进了门，杜怡打量一下屋子说：“哑铃先生呢？”夏小松说：“今天有个格鲁吉亚同学聚会，一早就跑开了。”杜怡哼一声说：“知道这样还不早点回来。”夏小松说：“杜怡同学，请在椅子上坐好，然后张大眼睛。”杜怡退后两步，坐到椅子上。

夏小松站在那里脱掉衬衣，看一眼杜怡，又双手一翻将贴身汗衫从脑袋上卷出。现在，答案揭晓了——他的前胸文着一位大胡子头像，是马克思。没错，他的胸膛上进驻了马克思！杜怡愣了几秒钟，说：“你去文身了……上午？”夏小松嘿嘿一笑，说：“两天前就文了，上午去修补，以为会很快的。”杜怡说：“你们美术系还有文身这专业？”夏小松说：“美术系一位教师的业余爱好，能赚些外快……他的手艺不错。”

杜怡不吭声了，站起身靠前两步，静静盯着文图。眼前的头像褐色做底，线条干净，神态若真，那眼眸仿佛在做一次重要的思考，杜怡心里晃了一下，抬手去抚摩头像。她的手指滑过头发、眼睛，又滑过鼻子、嘴巴，抵达了胡子。这部从小熟悉的胡子本是智慧的标物，此刻却散发着男人的气息。她轻眯了眼，用鼻子长长吸一口气。然后，她的身子被对面的身子箍住，她的脑袋靠在他的胸膛上。杜怡说："夏小松，你的解释通过了。"夏小松说："得谢谢那位食堂里的演讲者，是他给了我提示。"杜怡说："这会儿我的耳朵，听到了兴奋的心跳。"夏小松说："从今以后，我的心跳马克思都能听到了。"

杜怡抬起脑袋，说："有一个问题早想问了，眼下周围许多人听到马克思的名字就想躲开，你为什么不？"夏小松说："那是人们把他完全意识形态化了，他成了政治的标识……他现在到处被误解。"杜怡说："那你最愿意把他看作什么人？"夏小松说："一个伟大的学者，一个很重要的男人。"杜怡说："你还应该加上《资本论》的作者。"夏小松呵呵一笑。杜怡说："再给一个问题，此时此刻我脑子里跑出一个念头，你猜猜是什么？"夏小松说："这种问法最无赖，我不猜。"杜怡说："我也想在胸口文一样东西。"夏小松说："什么东西？"杜怡说："夏小松头像！对我来说，他也是一个很重要的男人。"夏小松说："这个念头有点夸张！"杜怡说："才不夸张呢，我是个女孩子，不需要关心政治也不需要关心马克思和哈耶克，我只让自己关心你！"夏小松不吱声了。过了一小会儿，他说："好吧，我不反对你的念头，你的念头立马可以兑现。"杜怡说："什么意思？"夏小松说："现在我就教你怎么文身。"说着一捞手，将杜怡身子横在空中，走几步搁到床上。

杜怡心里跳跳地仰躺着，不说话，眼睛瞧住夏小松。很快，她看见夏小松的一只手伸过来，解自己衬衣的纽扣。一颗、两颗，当解到第三颗时，她抬起手一把捏紧纽扣，止住对方的进展。不过这只是很短的暂停，过了几秒钟，她的手松开，随后的推进一路畅通。不一会儿，所有的衣物脱离而去，仅剩下浅蓝短裤。她的身子像一本打开的书，安静地摆放在那里。

现在，阅读这本书的是一双认真的眼睛。这双眼睛看了看她光滑的腹部，然后往上移动，停留在两只乳房之间。这里是嫩白迷人的凹缓地带，安静又有动感，仿佛山坡下的一块草地，可以放马撒欢。

夏小松的手再次出动，在这块嫩白地带轻轻游走。他说："要文身，先得进行布局，你的胸口想放多大的头像?"杜怡咬一咬嘴唇说："还要布局呀……就你的巴掌这么大吧。"夏小松用手掌在胸口皮肤上比了比，说："那就这个位置……现在，我在这里涂上转印膏，再用描好的图案一贴，我的头像线条就出来了。"杜怡说："你要画得好看一些，我可不想一个丑男待在我身上。"夏小松说："你要一个严肃沉思的夏小松还是嬉皮笑脸的夏小松?"杜怡说："都不要……我要阳光点儿的。"夏小松点点头说："那就来一个装酷的夏小松……接下来做割线，就是用文身枪把线条勾出来，这会有点痛。"杜怡说："很痛吗?我的一个缺点就是怕痛。"夏小松说："一点小痛，忍一忍就过去了，然后是打雾上色，把选好的颜色文上去。"杜怡说："我喜欢紫色，还有玫瑰红。"夏小松说："好的，紫色打底，再配些红黑什么的。不过你别动，还有一道工序是上高光，给图案提点儿白，这样我的头像会有立体感。”杜怡说：“工序还挺多……现在好了吗？”夏小松说：“好啦，一幅作品做完了。”杜怡说：“好看吗？”夏小松说：“你坐起来。”

杜怡坐起来挺直腰身，摆出展示的姿势。她纤细的身子仿佛一下子饱满起来，又因为呼吸的起伏，两只乳房微微颤动。夏小松使劲稳着目光，呼吸也变得起伏。杜怡再次轻声问：“好看吗？”夏小松说：“好看。”杜怡说：“怎么个好看？”夏小松说：“有立体感。”杜怡说：“还有呢？”夏小松说：“柔软。”杜怡说：“还有呢？”夏小松说：“白。”杜怡说：“你的字越说越少。”话音未落，夏小松猛地抱住杜怡，并将鼻孔热气喷到她脸上。杜怡身子扭动一下静住，然后闭上眼睛，等待夏小松嘴巴的旅行。果然，那张嘴巴没有拖沓，先扑向右边乳房，又走过左边乳房，然后顺势而上，沿着颈脖到达她的嘴巴。两根舌头相逢的时候，两只身子一起摔向床面。

拥吻中，夏小松的手终于伸向她最后的阵地。她的手跟过去，攥住了裤衩。两只手开始了争夺，撕撕扯扯，进进退退。几乎占领，又被打回去。杜怡没有放弃守卫的意思。

夏小松停了手，说：“我想。”杜怡说：“不行。”夏小松说：“很想！”杜怡说：“我说过的，以后给！”夏小松说：“以后是啥时？”杜怡说：“以后是以后，不是现在。”夏小松说：“你不喜欢现在吗？”杜怡说：“喜欢，我喜欢这个下午……你在我身上文出了你。”

# 五

杜怡跟夏小松的身体相处，总的调子是放而不肆、彻而不底，未让情况失控过。她不知道这样好不好。

当然，两个人肌肤相缠的时候，也有侵略也有偷袭，但杜怡在退撤中总能守住最后的防线。有时也会犹豫，几乎要缴械的样子，却又在最末一刻醒过神来。杜怡说："夏小松同学别着急，我给你留着，你会老觉得重要的日子在后头。"

她的这种态度不是缓兵策略，而是迎接式的等待。她觉得自己身体准备好了，但内心仍在候着某个时刻，仿佛一壶坐在炉子上的水，温度往上走着，到了一个点才能发出快活的声响。

不对，这个比喻还是不对。水壶烧开是可预见的一百摄氏度，她心里等待的那个时刻是神秘的、不可知的，也是有点让人害怕的。耐点心等待这样的时刻，是女孩子的权力。

再拐个弯分析，人在他乡，谁心里都躲不开一种叫孤独的东西。一个人跟莫斯科拼时间，既无聊又累心。她跟夏小松伴在一起，可以相互取暖，让内心安定一些，日子也跟着顺溜一些。心的安定，许多时候比身体的获取更重要呢。

这么想着，杜怡嬉笑对自己说："我这么为身体找借口，是不是有点耍赖?"

这个学期，日子真的有点顺溜。不知不觉课就上完了，进入了考试周。

一周一门课。一门课一门课考过去，待最后一门历史课考完，已是六月底了。

不知是对中国有好感，还是对中国学生有好感，历史女教师给了杜怡5分。因为5分引起的高兴，杜怡给了老师一个拥抱，尽管她身上仍存着一点洋葱味儿。这种小友谊让双方多聊了一会儿话。历史女教师对这个夏天抱有几分热情，表示自己一家人将住到郊区别墅去，那里种有土豆、黄瓜、洋葱。她还向杜怡发出邀请，说如果有空闲，可以去她的别墅看看。杜怡说斯巴西吧（谢谢），我准备回国呢。

对这个暑期，杜怡早已做好规划。她要回家，并且已订妥机票。她惦念父母惦念弟弟也惦念海鲜，她的胃像清空的仓库，能装得下一吨虾和一吨鱼，如果再加一吨海蟹海螺，应该也没问题。遗憾的是把这些海鲜说给夏小松，他并无感觉。他记挂的是羊杂割、过油肉和缠丝蛋。

不过男人的胃到底粗糙，家乡的吃食并不能引诱夏小松回国。他给自己列出长长的阅读书单，打算把这个假期交给莫大图书馆。瞧他的架势，倒像是要吃掉一吨书。

其实杜怡明白，夏小松不回国的另一个原因是皮夹虚弱。他没有公派生的经费补助，父母下岗又难以支援，只能靠单薄的奖学金撑住日子。好在平时在校园里待着，不需要枝枝叶叶的支出。若是回国一趟，往返机票加上国内费用，确是很伤元气的。杜怡手里剩了些余钱，有过替他订机票的念头，念头还未说出口，已被夏小松拦下。他说："莫斯科是避暑地，却花钱跑回山西去烧烤，经济系学生这个账算得过来。"又说："一写论文才知道自己浅薄，我真的想好好看几本书。"这个学期，他关于马克思和哈耶克论点比较的论文到底没有写成，成了半拉子工程。这让他既沮丧又不甘心，重新打量一下自己，还是读书太少根基尚浅，该用力时用不上力。结论是，要把论文做下去，得先补看一长队书。

离回国还有几天，杜怡便开始收拾行李。一只不大的箱子，放进一些衣物，又放进一些杂品，还剩着不小的空间。本应买些吃的回去，让父母弟弟甜甜嘴，可想了一圈，实在想不出还能买到的点心食品——总不能带几只大列巴回去吧。

同室的让娜没回匈牙利，而是坐火车去了弗拉基米尔。那里有一位远亲新开了一家皮货店，允许她去打一份暑期短工。临走前她说："去那个地方做一份短期工作不是好的选择，但留在这里加倍不好。"杜怡说："为什么加倍不好？"让娜说："没钱外出旅行，整天待在放了假的学校里，我将无法赶走孤单。"她摊一下手说："我不喜欢孤单。"

这天晚上，宿舍楼灯光少了许多，声音也少了许多，确有一种集会散场后的气息。杜怡坐在床边不知道让自己干什么，就打开收音机听节目。先说着社会新闻，又播放天气预报，之后飘出了好听的乐曲。杜怡识得这旋律，是《孤独的手风琴》。在手风琴伴奏中，有点沙哑的男声似乎在空寂的街上行走：

黎明来临前
大地入梦乡
没有声响也没有灯光
唯有从街上还可以听到
孤独的手风琴来回游荡
…………
讲出来吧你找寻的是谁
年轻的手风琴手你快说
也许心上人
就在你近旁
但她不知道你在找谁
…………

杜怡忽然有些感动，为歌声中的传情，也为歌声中的忧伤。以前她也多次听过这首歌，但似乎只是跟耳朵简单相遇。此刻不一样，她心里一动一动的，同时眼前出现了一个场景：一位年轻男生在校园里踽踽而行，琴声罩住他孤零零的背影。

第二天上午起床，草草吃了点早餐，她打开旅行箱，取出衣物摆到床上。这些衣物像一群被疏远的孩子，默默接受她眼中的歉意。然后她起身出门，去学校邮局排队打国际长途。平常她都是写信的，这时候得打个电话。因家里未装座机，她按惯例将长途挂到了妈妈单位。电话一接通，听筒里传来妈妈又喜又惊的声音。她问候了妈妈，告诉说这个暑假不准备回去了。妈妈奇怪地问："你不是已订了机票吗?"杜怡说："学校有点事，我改主意了。"

给妈妈打过电话后，她心里轻松了，随后又给夏小松拨了电话，告之自己的决定。夏小松说："杜怡同学，你不会哭鼻子吧?"杜怡说："我要哭也是哭眼睛而不是哭鼻子。"夏小松说："嘿嘿，跟你们那儿的海鲜一比，看来我更重要一些。"杜怡说："敢跟海鲜比高下呀？好吧，算你侥幸胜了一个回合。"

接下来的日子平静安淡，挺有假期的味道。杜怡有时也去莫大图书馆，陪在夏小松身边看书；有时一个人去自由市场买些牛肉鸡蛋，变着花样做些可口饭菜，让夏小松吃进东西吐出表扬。有时她还愿意待在自己的寝室里睡个懒觉，再听听收音机里的音乐。即使是一个人，她也没遇到让娜所说的孤单，因为夏小松就是不在身旁，其实仍待在她的日子里。

听收音机时，除了音乐，杜怡还顺便听到了不少新闻。中央领导人视察莫斯科波修瓦剧院，视察中出现一个意外，一位女人站在舞台上，批评他在镇压波罗的海诸国中所扮演的角色。中央主要领导人与共和国领导人就新联盟协议在新奥加列沃庄园进行协商，会议讨论了联邦税收问题，一个新的苏联体系即将产生。一位妇女在排队买到一大瓶牛奶后过于高兴，不慎失手将奶瓶摔破，她掩面哭泣的照片被登上报纸。美国总统布什访问基辅，他在公开演讲中表示，美国不会帮助那些“助长建立种族仇恨之上的自杀式民族主义”的人，他的态度让民族主义者失望和迷惑。一位退休老人在自家别墅旁的池塘里钓上一条4斤重的鲤鱼，以前不吃河鱼的他打算分两次烧烤这条鱼，他还表示，自己钓鱼的秘诀是往池塘里倒一点伏特加。

对杜怡来说，国家大人物的活动新闻并不有趣，倒是与吃有关的生活见闻更加逗人。当别墅和鱼的词儿出现时，杜怡想起了历史老师和她的邀请。眼下的暑假生活太过单调，去老师家的别墅待上几天是不错的调节，不仅放闲散心，也耽误不了看书。这样的念头一起，她兴奋得赶紧翻找历史作业本，上面记有老师别墅的地址。

下一天她跟夏小松一说，夏小松也觉得好，只是担心会不会搅了人家的日子。杜怡说：“不会，这历史老师对中国学生挺好，再说我们给她一些卢布，我机票退的钱正好派上点儿用场。”又说：“我先写信探路，征得她同意。”她当即写了一封信投出去。

过了几日，历史老师回信了，在文字中显示出高兴的心情，并详细注明坐车路线和车次，最后一句写道：我们一家人欢迎你和你的朋友！

第二天一早，两个人出发了，先搭地铁找到达拉少夫斯卡雅火车站，乘半小时火车来到梅季西，再坐上一辆乘客不多的公共汽车。公共汽车开得不快，沿路能看到不少教堂、二战纪念碑和森林河流。大约走了一小时，车子抵达终点。两个人下车一望，眼睛里全是花花绿绿的树林草地，一串别墅卧在其间。幸好有老师信上的指示，他们很快找到了一幢橙蓝两色粉刷的两层别墅。

老师和丈夫、女儿站在门口欢迎两位中国学生，一阵热烈的介绍寒暄之后，便一起参观房子。楼下外间放着一些常用农具、修理工具和一只空油桶，里边是休息室和厨间。上了二楼，是一个客厅和两间不大的卧室。客厅里有电视机、壁橱和一张方桌、两张单人沙发。老师示范地拉开单人沙发，摇身一变成了单人床。不用说，这是两个人的睡处。

到了中餐时间，老师将黑面包、蔬菜沙拉、西红柿土豆汤和几段香肠摆放餐桌上，形成一种欢迎的气氛。席间老师表达了对中国的好感和向往。老师丈夫叫瓦西金，他和老师一起配合，问了些杜怡和夏小松的家庭情况。老师女儿十三四岁，样子有点腼腆又有点勇敢，时不时会发出一些笑声。趁着一个闲隙，夏小松悄悄跟杜怡说中文："你说你的老师有洋葱味儿，我没闻到呀。"杜怡一笑说："是淡了不少，跟以前比。"

吃过午饭，老师又带着两人去看园子。园子有半个篮球场那么大，周边布一些果树和鲜花，地里种着黄瓜、土豆、青葱和几棵大麻，中间还搁了一只水缸。老师说："这自来水已在水缸里养了一夜，你们有兴趣的话，可以帮着浇浇黄瓜。"两个人正想干点儿什么，就拉了皮管给黄瓜喂水。开始皮管有些不听话，在手里挣来挣去，过一会儿渐渐顺了，喷出的水花在空中散开，扑得黄瓜叶子摇摇晃晃。两个人觉得好玩。

此后几日，两个人进入休闲状态，吃过早餐后便在周边散一会儿步，看看草地河水，然后找个地方看书。看书的地方随心而变，经常是草坡、河边、树下，有一次两个人还爬上一棵树，坐在树枝上。到了下午，则在园子里干些浇水、松土的活儿，让身子出些汗，再冲个痛快澡。晚餐是交流时间，五个人围坐一起，边吃边聊些现在或以前遇到的事情。晚饭之后，老师煮上一壶咖啡，大家坐在客厅里看电视。把控频道的是老师丈夫瓦西金，他一般选择电视剧或球赛。

这样的日子安静松弛，跟想象中的度假差不太多。杜怡交给老师一百美元，巩固了老师的好心情。

一日下午在园子里干活出了汗，夏小松提议去河边洗身子，杜怡"耶"了一声表示同意。杜怡不会游泳，夏小松说自己也只有狗刨功夫，但在皮管下冲澡当然不如泡河水有趣。

两个人走一段路到了河边。河水开阔清澈，有点像安静的湖。夏小松护着杜怡在浅水里蹲泡一会儿，然后让她上岸。杜怡坐在岸边双腿留在水里，抬眼看着夏小松向河心游去。他的狗刨姿势并不难看，脑袋抬起手脚积极，划水动作一下一下的挺有气势。他游到河的中间踩一会儿水，再掉过身子游回来。游到半途时，不知是否因为累了，他的动作慢下来，脑袋也沉入水中。杜怡刚要惊叫，见水下的身影在向前移动，一点点近过来。近到十来米时，水里的身子蹿起来，一片白花花的水珠跌落下去——原来此处水已不深，夏小松站起身一步一步从水里走出来，湿淋淋的肢体带着一股男人的劲道。阳光中，他胸口的肖像闪着水的光亮。

杜怡大声说："夏小松你还能玩潜水呀，你吓我一跳！"夏小松喘着气说："呵呵，我在找缺氧的感觉！"

夏小松的这句话似乎有点意味，被杜怡收了起来。晚上在客厅睡觉，两个人分躺两张单人沙发上，灯光熄灭，周围被幽暗占领。杜怡不甘心就这么睡去，就轻唤一声夏小松，说："能说些话吗？"夏小松说："嗯。"杜怡说："下午，你为啥说在找缺氧的感觉？"夏小松说："你挺认真呀，一句话从下午记到晚上。"杜怡说："当然啦，因为我觉得你话里有话。"夏小松说："怎么说呢，苏联的树林和河流多么好呀，但生活中的空气是稀薄的，有点憋。"杜怡说："你是不是想说，你精神上有点缺氧。"夏小松嘿嘿一笑说："反正我脑子里有许多问号，有时前边似乎有答案了，手伸出去又抓不住。"杜怡说："你胸前不是有马克思嘛，向他求教呀。"夏小松说："马克思教我读书，也给了我想事儿的思路。眼下一边读书一边想事儿就像是潜水，潜一段时间后钻出水面，也许能吸到一大口氧气。"杜怡说："呵，你潜水是等着吸氧呀，不过缺氧吸氧，听着就让人有点喘气。”夏小松沉默一下说：“氧气，有时候是个孤独的词儿。”杜怡说：“夏小松同学，咱们的话题有点серьёзный（严肃），别人弄不懂咱们是讨论政治还是讨论化学呢。”夏小松说：“好吧，不说了，咱们说点儿轻松的。”

杜怡便在暗色中将手伸向夏小松，夏小松响应地将手递过来，两只手在半途中握在一起。杜怡说：“做一个假设，老师这里如果多一个房间，安排咱们住进去，你猜会发生什么情况？”夏小松说：“能有什么情况？拥抱五分钟，然后安心睡觉。睡着时，你可能还会抱住我一条胳膊。”杜怡说：“就这么简单？你呀低估了自己。”夏小松说：“那好吧，我得干点儿什么……我先脱掉你的上衣。”杜怡说：“说干就干呀……然后呢？”夏小松说：“再脱掉你的胸罩。”杜怡说：“真流氓！然后呢？”夏小松说：“这时候不能停下来，我小心翼翼脱掉你的裤衩。”杜怡说：“这可不行，我不会让你脱的。”夏小松说：“嘿嘿，可是已经脱掉了。”杜怡说：“那好吧……然后呢？”夏小松说：“我的身体会出现在你的上方。”杜怡说：“再然后呢？”夏小松说：“再然后得由你来说了。”杜怡说：“我嘴巴不说，我用脚发言。”夏小松说：“怎么个发言？”杜怡说：“我一脚把你从身上踹下去。”夏小松轻声笑了，说：“这是个不好的结果，但在意料之中，然后呢？”杜怡说：“然后就是睡觉。”

聊过这些调皮闲话，两只握着的手才分开。杜怡想，相比有点严肃的政治讨论，这些心跳逗语才是自己的睡前点心。

这天下午，老师宣布今天晚餐在屋外吃烤肉。不用说，这个通知让人稀奇并且期待。

到了傍晚，老师丈夫瓦西金将楼下工具间的空油桶推到外边园子里，固定好后，将一些干树枝放进油桶肚子点上火。老师已备好牛肉切片、面包、香肠和一瓶伏特加、几支啤酒。

大家坐在油桶两边，把牛肉片搁在烧烫的油桶上，不一会儿香味儿飘起。两个男人手里的杯子已加入伏特加，女人们的杯子则倒上了啤酒。牛肉和酒让一群嘴巴变得兴奋，大家边吃边聊。老师用专业的口吻问起两位中国学生的家乡，说："你们那儿有什么有趣的历史？"杜怡指着夏小松说："他的家乡盛产成语，每一个成语都是一段有趣的历史。"老师倾一倾身子，表示备好了耳朵。夏小松就一边嚼着牛肉，一边讲了女娲补天的故事，又讲了愚公移山的故事，听得老师和老师女儿同时瞪大了眼睛。

就在这时，瓦西金大约听到电话铃声，起身去了屋内。过了片刻，他没有回来。又过了片刻，他紧着脸出现在屋子门口，招呼说："你们，都上去看看吧。"

大家奇怪着放下牛肉酒杯，进屋上了二楼。客厅里的电视机正在播放新闻——是俄罗斯频道。瓦西金说："出大事了！早上开始的，咱们没留意。"大家赶紧坐下来看。电视上出现耸人的画面：俄罗斯总统府白宫前的跑马广场上，布满了黑压压的人群，少说有上万人。人群中停着一些坦克和汽车，其中一辆坦克上竖着一群男人身子和一面俄罗斯旗子。镜头拉近，坦克上站着银灰头发的俄罗斯领导者，他拿着一张纸在发表演讲，大意是号召莫斯科人和俄罗斯全体公民动员起来，用饥饿产生的力量，共同对付这次饱汉事变。呵，他把这个大场面的事件称为饱汉事变。那么如果把这次饱饿之争分为甲方乙方，他显然代表的是饥饿乙方。此刻，领导者的音量很大，饱满的躯体里似乎有足够“饥饿产生的力量”。瓦西金说：“他身上好像穿着防弹背心。”老师说：“可他的脑袋露在外面，它比别的部位更重要。”

辨认这段广场新闻，原来是今天下午的。瓦西金摁着遥控器转台，其他频道均被并机，播放的都是国家电视台的内容。此刻，画面里正在直播一个记者招待会，台上坐着六位穿灰蓝色西装的男人，他们代表的是甲方力量。坐在中间的是主答人，与记者们来回说着话。答话过程中，主答人的脸色有些苍白，手指在不停地弹动。这时有一位记者说了什么，记者群里响起一阵笑声，主答人沉默着不予搭理。

记者招待会之后，国家电视台重播了甲方委员会在凌晨六时发布的声明，要求公民们保持镇静，越线的行为要中止，非法持有的武器要上缴。播报声明的是明星播音员彼得罗夫，他的英俊脸庞因为内容的重量而变得有些僵硬。声明重播后，屏幕上播放柴可夫斯基的《天鹅湖》。

大家离开客厅回到楼下，油桶内的火已经熄灭，只冒着一缕淡烟。瓦西金重新将火点燃，牛肉又一片一片贴到油桶上。不过大家心里明白，刚才的轻快气氛已回不来了。瓦西金端起杯子吞下一大口酒，说：“我现在没有了支持和反对的立场，因为吃不准哪一派更好。我只是担心这个国家会破裂，在五个月前公投中，我是赞成保留苏联共和国联盟的。”老师说：“那次全民公投有76%的人赞成保留，我也是。”瓦西金说：“76%的数字已经没有用了，很多情况变得越来越糟糕。”老师轻叹一声说：“今天可能是一个很不好的日子，不知道历史教科书将来会怎么写。”瓦西金说：“我想知道，你们的中国眼睛怎么看今天的新闻？”夏小松微眯了眼睛，说：“我跟你一样，也吃不准今天的事。”这个回答有点简单，杜怡补上一句：“我们很吃惊，因为在中国没有这样的经验。”

睡觉之前，在客厅的暗色里，杜怡玩笑地说：“刚才人家问你，我以为你会说替马克思难过呢。”夏小松沉默一会儿，说：“明天上午，我们回城里去！”杜怡说：“为什么？看电视不好吗？”夏小松说：“不好！我不能只在电视跟前远远地看。”

# 六

第二天起床，杜怡向老师提出告辞。老师先吃惊一下，马上懂了学生心思。异常日子，年轻人是守不住安静的。早餐时，她加了鸡蛋，并说了好几句叮嘱的话，完了她又将一只大面包当作告别小礼物，塞给了杜怡。

两个人按来时路线先走一段路，然后坐上公共汽车。车厢内的乘客比上次多了一些。尽管没人说话，但此时的沉默是有内容的，似乎许多人的想法在空气中飘来飘去。过了一会儿，有人掏出一只收音机拧开，所有的耳朵被吸引过去。

收音机里的声音说：今天上午俄罗斯总统府白宫前的游行者越聚越多，现已将近五万人，但目前秩序没有出现混乱。

杜怡轻声说："按你好奇的劲头，今天会跑去白宫广场吧？"夏小松点点头说："这场热闹难得一遇，得好好看上一眼。"杜怡说："你去我也去，在人多的地方钻来钻去挺好玩的。"

因为携着旅行包，两个人先回了莫大。校园里人不多，但行走的身影似乎都显着仓促。已是中饭时间，杜怡简单做了些吃的。用过餐，夏小松出去一会儿，带回一只照相机。照相机比较小巧，装在棕色皮盒子里，盒子上显示的是“凤凰”牌子。他解释说，跟一位中国同学借的，连同一个胶卷。杜怡看一眼窗外的天色，将一把雨伞和老师给的面包一起放入背包。

两个人不再耽搁，出了校门坐上地铁。此时的车厢仍维持着安分，但每过一站，都添进不少人，驶进市中心时，已经身子挤着身子了。待到了站，车门打开，人流淌过站台，浪一般奔向地面。

白宫大楼的景象远远出现在视线里。黑压压的脑袋像一张阔大的毯子铺满广场，连白宫二楼的阳台走廊也站着众多身子。人群上空停着一只大气球，一面俄罗斯三色旗在气球下飘动。显然，这是一个容易出现意外的场面。杜怡拽一下夏小松的衣服，说：“这么多人，咱们走散了怎么办？”夏小松说：“你就这样拽着我的衣角。”杜怡一撇嘴说：“我又不是七岁小孩，怎么能老拽着你的衣角。”夏小松说：“要不这样，咱们真走散了就回到这个地方会合。”他指一指旁边的一家售报亭。售报亭很小，但黄绿相间的颜色还算醒目。

两个人扣住手指，鱼儿一般扎进广场人群。人群先是稀疏的，越往前走越觉出密实，不过此刻气氛暂时松掉了，甚至有点休闲的味道。许多人的脸显着无所事事，一些嘴巴在轻声交谈。比较有趣的是人群中停着一辆熄火坦克，拱背上坐了十几个人，其中一位小伙子抱着吉他在轻松弹奏，旁边一位年轻母亲搂着孩子坐在仓盖上，那男孩也就一岁多，伸出小手跟母亲一起摇着一面小旗。

杜怡心里乐了一下，松开与夏小松紧捏的手。夏小松拿起相机往坦克上拍了一张。

又朝前走一会儿，遇到一辆卡车上的演讲。演讲者为一位大胡子男人，他站在车厢里，没有扩音器，只是挥着手臂大声说话。激情的声音在空中飘散，没力量到达周围的耳朵，杜怡能听见的只有一句："让我们为了肚子的尊严进行斗争。"

再往白宫靠近一些，能看见一长溜儿公交车和卡车组成的路障，车子旁边站着或坐着不少持枪人员。他们的服装并不统一，看样子是临时拼凑的队伍。沿着大楼台阶看上去，则是铁架、木板等杂物设立的又一道拦障，一些沉默的身子守在那里，像是等待平静中的响动。

响动很快出现了，是一个大喇叭发出的。听了一会儿，杜怡才知道这是莫斯科新闻社在广场设的一个点，不定时地用喇叭滚动播出新闻。此时的新闻说到了地方政府的态度、特种部队"阿尔法小组"的立场、美国总统布什和英国首相梅杰的声音等，总的来说对乙方是有利的。

大喇叭传出的消息似乎让广场上的气氛变得更加轻松。一些人把手插在了裤兜里，一些人伸出胳膊打一个V的手势，还有人点上一支烟，与旁边的同伴开起玩笑。

不配合的是天空。天空心情不好似的渐渐暗淡，很快撑不住，下起了小雨。夏小松收起相机。杜怡拿出背包里的伞打开，撑在两个人头上。杜怡说："拍了几张啦?"夏小松说："十多张吧，就一个胶卷舍不得多拍。"杜怡说："拍着照你有什么感想?"夏小松说："你这是记者的口吻。"杜怡说："你就当是莫斯科新闻社记者的现场采访。"夏小松伸一伸脖子说："作为中国留学生，我对贵国目前出现的局势表示遗憾和担忧。我也生活在莫斯科，我希望事件尽快平息，恢复正常的城市秩序。"杜怡说："你这哪是中国留学生，你分明是中国外交官。"夏小松嘿嘿笑了。杜怡说："如果不是记者采访呢?"夏小松说："不是采访也说不好感想，因为我还是吃不准。我不认同经济过度自由化，所以也不会认同叶利钦，但准备进攻白宫的那帮人我也没有好感。我心里现在只有两个字……"杜怡说："矛盾?"夏小松说："迷茫!"杜怡说："你要是迷茫我就更不明白了，好在我现在的心态是看热闹。"夏小松说："你不光看了热闹，兴许还瞧了历史。"杜怡笑了说："这么大的场面，看上去是有点像历史。"

这么说着，杜怡心里真的有了一点小激动。她往夏小松身上靠了靠，把自己的心情传导一些给他。

雨下了一些时间停住，但天色没有变亮，因为傍晚已经来了。人群中忽然闪开一条小道，一队男女手里拿着食品鱼贯而过，往白宫的台阶而去——原来他们是往人楼里送晚餐。再往旁边看，一辆坦克的仓盖打开，露出一只军装身子，一位妇女将一个食品盒递给那士兵，士兵的脸似乎变得有点羞涩。

饿意是会传染的。杜怡看一眼夏小松，问要不要找个地方歇口气，并把面包吃掉。可广场上哪有闲坐的地方，正寻思着，大喇叭又响了，声音凝重地播出一条重要新闻：据军方人士的可靠消息，甲方委员会已向军队下达命令，随时执行夺取白宫的计划——这个计划叫“大使馆”行动。

原来真有武力攻占白宫的计划！现在这个计划居然启动了！广场上的人群开始蠕动，平静的空气像是注入汽油，迅速点燃起一片激奋。许多汽车打开车灯，形成紧张的亮光。纠察队员抖起精神，手中的武器也仿佛醒了过来。有人跳上一辆公交车车背大声疾呼。三色旗们在半空中使劲挥舞。

紧跟着，更有想象力的行动出现了。不知是谁先起了号召，很多人响应地相互挽起手臂，一米一米延伸开去，组成了人体链条。这人体链条越来越长，越来越长，沿着白宫外围绕了一圈，形成壮观的肉身保护墙。在此过程中，夏小松和杜怡都被拉扯进去，但夏小松因为要拍照很快挣脱出来，杜怡则嵌在了链条中。左边挽臂的是一位中年男子，问：“你是中国人吗？”杜怡说是的。中年男子说：“感谢中国人民对我们的支持！”杜怡愣了一下，冲夏小松说：“我怎么回答他？”夏小松说：“你用中文回答他。”杜怡明白了，扭头用中文说：“我代表不了中国人民。”中年男子说：“你说什么？”杜怡用中文说：“我是来看热闹的。”中年男子咕咕咕笑起来，说：“我听不懂中国话，但能感觉到你的勇敢。”杜怡又冲夏小松说：“他说我勇敢，赶紧给我拍一张。”夏小松举起相机拍了一张。

人体链条除了自我激动，似乎也无事可干，有人便领头哼起了《爱国歌》。这首去年才被定为俄罗斯共和国国歌的《爱国歌》暂时有歌曲无歌词，无法放声高唱，只能含在嘴里。不过此时这么多人鼓腮哼曲，倒是洪亮有趣。杜怡不会这首歌，一时又不好意思脱离队伍，只能拿目光在两边划来划去，同时不忘记跟住夏小松的身影。但夏小松不能老在跟前，他端着相机跑来跑去，一会儿消失一会儿出现。

如此闹腾了一些时间，人群的声势渐渐疲弱。这时大喇叭又响起声音，一条消息掠过人们的耳朵：甲方委员会为了改变局面，准备对白宫使用毒气——是的，准备使用毒气。广场顿时起了混乱，有人愤怒，有人紧张。杜怡趁机脱出身子，跑到夏小松身边。可到了跟前，才发现这个人不是夏小松。她赶紧再往旁边找，周围有许多身影窜动，可都不是他。她往这边跑几步，又往那边跑几步，一时乱了眼睛。

她让自己静下来，站在原地等着。夏小松有眼镜的帮助，容易在暗色中找人。不用几分钟，他就会来到她的面前。

可是过了一会儿，又过了一会儿，夏小松仍没出现，出现的是她心中的慌意。杜怡想起下午的约语，便决定往那个售报亭走。她走得很快，在紧紧松松的人群中穿行。没有多久，她像一条小鱼游离鱼群，到了广场之外。

她找到了那家售报亭。亭铺已关门，但黄绿颜色在街灯里仍然清晰。她没别的选择，只能让自己站在那里。

夏小松是半小时后才现身的。他像一个迟到的约会者，脚步急促，脸上有微汗。

杜怡心里攒了着急和委屈，一见他的身影，着急没有了，剩下委屈。她说："你怎么才来呀？我在这里等了很久很久。"夏小松说："多久了？"杜怡说："快一个世纪啦。"夏小松笑了说："哪有那么久，最多一个世纪的零头。"杜怡说："你还笑！听说要用毒气，我心里特别着急。"夏小松说："我觉得这消息不靠谱，对方不至于那么狠，再说总不会拿毒气往广场上喷吧。"杜怡说："这个我不懂……反正咱们是来瞧热闹的，可别沾上什么不好。"夏小松从衣兜里取出一瓶矿泉水，说："我不光没沾上不好，还顺到了一瓶水……我想你肯定渴了。"杜怡高兴起来："真正的又饥又渴，你不回来，我没动这面包呢。"

此时面包从背包里掏出，显得可爱诱人。两张嘴巴停了说话，你一口我一口地一阵忙碌，很快将矿泉水和面包瓜分掉。杜怡用手背拭一下嘴角，说："照片拍得怎么样了？"夏小松说："舍不得马上拍完，还剩十来张吧。"杜怡说："咱们先回去，要是明天还有热闹，再跑过来。"夏小松想一想说："要不这样，你先坐地铁回学校，我找个地方再看一眼，把胶卷拍完就回去。"杜怡说："那不行，我怎么能丢下你不管呢！"夏小松说："大晚上的两个人跑来跑去，还是容易丢掉一个人。"杜怡说："夏小松同学，你是嫌弃我吗？"夏小松说："好吧，你不回去我不反对，不过这一回你得跟紧我不能乱跑了。"杜怡张大眼睛说："谁乱跑了？明明是你乱跑好不好！"夏小松耸一耸肩乐了。

杜怡说："刚才你说再找个地方看看，是啥地方？"夏小松说："听说加里宁大街那边有不少坦克堵在路上，场面有些纠缠……"杜怡说："走过去吗？有点远的。"夏小松说："就算是在莫斯科街上散一会儿步吧。"杜怡说："哈，夜逛莫斯科街头，今天总算捞到了一点儿浪漫！"

两个人就往加里宁大街方向走，途中有一段短暂的安静。街灯映照的路道上，行人和车辆稀少，被雨水洗过的路面干净敞亮，凉爽的夏风吹来，让空气变得有些轻盈，仿佛这个晚上啥事也没有，仿佛这个晚上可以放入恋爱的心情。

不过没有多久，嘈杂的气息便一点点增加，人与车在夜色中生长出来。拐过加里宁大街街角，路上身影渐密，很快有了纷乱的感觉。夏小松拉住杜怡的手，不停歇地往前走，眼中的内容也沉重起来：一长队坦克停在路道中间，每辆坦克跟前都站着几位市民。一些坦克履带里塞着棍棒，一些坦克炮管口插着鲜花。

沿着街道再使劲走一会儿，便看见了立交桥，桥下一辆无轨电车拦在路上，挡住了最前头的坦克。在无轨电车与坦克之间，拥拥挤挤地站着好几排人墙，人们手里还拿着横幅标语。凑近了看，上面写着："我们要的只是面包和牛奶！""我们曾是军人，你我是兄弟！""士兵们，不要把你们的母亲和姐妹们视为敌人！"

或许是整条街道被时间弄累了，街灯夜色中，人群大体稳定着，没有发出太多的声响。一些忽暗忽明的烟头，映出一张张沉默的脸。

夏小松端着相机对准人墙和标语拍了两张，又转向坦克拍了两张。杜怡则紧紧跟住夏小松，一只手攥着他的衣角。

待夏小松拍好了，杜怡提醒说："别光顾着拍别人的，咱们自己也得合个影。"夏小松说："你以为是风景游览呀，现在这个地方，谁乐意帮着拍一对中国情人?"杜怡说："那你给我拍一张，我再给你拍一张。"夏小松瞧一眼相机，点点头说："只剩七八张了……不过咱们的现场照也是必需的。"说着他退后两步，把镜头瞄向杜怡摁下快门，接着杜怡拿过相机，对着夏小松也拍下一张。

两个人一时无事可做，就撤到街旁，找一个小石阶坐下。夜幕有点沉，眼前的场景安静而又诡异。也许今晚平安无事，也许今夜要闹出点历史。杜怡靠着夏小松身子，忽然想到一个问题："你说，今天莫斯科的这场热闹，有多少中国人刚好亲眼看到?"夏小松说："这种题目没法解答，不过这个点儿还待在现场的一定稀少，没准儿就咱们俩。"杜怡说："我觉得呀接下来即使不发生什么，今天我的眼睛也看饱了。"夏小松拍拍相机盒子，说："今天这只相机也有眼福，它看到了平时看不到的东西。"杜怡说："一只中国相机，记录了苏联的一天——呵呵，这话有点像广告语。"夏小松说："可惜只带了一个胶卷，有些不过瘾。"杜怡说："别贪心嘛夏小松同学，把剩下的几张拍完就收摊了，明天咱们多带两个胶卷来。"

话是这么说，杜怡知道夏小松不会轻易离开，自己得备好熬夜的心理。她把脑袋搁在夏小松腿上，想歇一会儿身子。眼睛刚眯上，脑子就起了迷糊，似乎向暗淡的地方一步步走去。还没走很远，听到一些奇怪的声响。她正纳闷着，身子已被夏小松摇醒。她说：“我睡着了吗?”夏小松说：“咱们等到了。”杜怡说：“啥意思呀?”夏小松说：“有情况了!”杜怡抬起脑袋看过去，街上的坦克仿佛也被摇醒，一边轰鸣着一边打出强烈的灯光。灯光中身影晃动，几排人墙在叫喊中快速整合。

夏小松从盒子里取出相机，很慢地说一句：“你得跟紧我!”然后跳起身，引着杜怡向喧闹处奔去。此时打头的坦克已开始移动，喷着声音绕过人墙冲上人行道，从旁侧向前驶进。场面顿时变得混乱，人群像棋子一般散开。夏小松拉住杜怡向前跑，跑动中瞧见那辆坦克前又凑起一些人，这些人叉着腿使劲攥着拳头，有人还端着吉他像一把冲锋枪。坦克慢了一下，突然向空中射出“哒哒哒”的枪声。人们往后退了几步，一位男子慌乱中摔倒，被另一位男子拽起。夏小松跪着一条腿端起相机，抓住了这个镜头。

就在这辆坦克与人们纠缠的时候，杜怡注意到前边的地下通道口人声喧闹，似乎更加激烈。她扯一下夏小松。夏小松往那边望一下，拉了她又跑。跑近了看，通道口正驶出一辆坦克，但被混凝土和铁架搭成的路障挡住了。坦克气恼地往前顶撞，试着想冲开路障。地上散落的混凝土块被人们捡起，飞向坦克。有人还提着木棍跑近坦克，挥手猛敲几下。坦克里的机枪不甘示弱，开始朝空射击，划出一道道白光。

人们的愤怒加倍上升。不知哪儿来的几粒子弹射向坦克，在钢板上造成爆豆的声音。接着一只汽油瓶掷向坦克背部，燃起一小团火焰。坦克的愤怒也在增强，一边鸣着枪，一边顶开了路障一角，气呼呼地要向前行驶。

就在这时，夏小松被旁边跑动的身子一撞，手中相机掉到地上。杜怡反应不慢，弯身伸手去捡，却被旁人的手抢了先。那人大约以为拾起的是石头，发一声怒喊，用力掷向坦克。相机在空中划出一道弧线，正好落在坦克的履带跟前。

夏小松犹豫一下，身子一蹿向坦克跑去。坦克还在缓缓前进，几乎要轧住相机。这时夏小松做了个幼稚动作，大腿绷直，双手抵住坦克边沿，仿佛就此能让对方停下。

杜怡尖叫一声扑了过去，奋力将夏小松往旁边拖。拖了几步，两人一起甩到地上，目光则追着那只相机——此时坦克履带覆盖了相机，若无其事地滚动过去，甚至没有微小的弹跳。

在那一刻，杜怡的脑子有点懵傻。懵傻中，周围似乎安静了一些。随后她看见夏小松跳起身子，蹿到坦克后面一伸手捡起地上的相机。她呼唤一声，夏小松往回走几步，脸上愣怔着。他手中的相机已变成薄薄的残片，像一本缺角的旧书。杜怡站到他身旁，嘴巴抖动几下，没说出话。

坦克已挟着声响去了前边，两个人仍沮丧地站在原地。夏小松似乎想起什么，低头去找相机里的胶卷，可胶卷扁成一团跟机身绞在了一起。他用劲扯一扯，竟然扯出已作废的一条胶片，差不多有半尺长。他对着黑乎乎的胶片，喉咙里滚出一声吼叫。

正是在此时，一声枪响撞入他的吼声。夏小松的手一抖，胶片上多了一个小洞。杜怡伸过脑袋，不明白地盯着那个小洞。这时一位穿着工装的中年胖子跑过来，一边晃着手里的短枪，一边嘟囔着：“这破枪，没打中人就好。”他看一看夏小松杜怡，又一溜烟跑开了。

相机残片脱离夏小松的手，掉到地上。紧接着他一抻脖子，也仰身向地上甩去。杜怡脸一紧扑上去，见夏小松的手捂着胸口，指缝间渗出红液。杜怡变了声音说：“怎么了，怎么了？”夏小松迷茫地看着杜怡：“我也不知怎么了。”杜怡慌慌拿走他的手，撕开衣襟，眼前的胸膛一片血色，染湿了文身头像。杜怡“哇”地哭喊起来。

夏小松的脸在几秒钟里浮起一层苍白。他动一动嘴角，像是凄笑了一下，说：“那破枪，一不小心射中了马克思。”

# 七

加倍的叫喊声。杂乱的脚步。嘴角的血。左边嘴角的血。救护车的鸣叫。飘忽的街头。喧闹在远去，在远去。医院的红十字。白衣服的护士。高个子的医生。手术室的门。

是的，这个日子最后抵达的是手术室。

手术室打开，高个子医生出现在跟前。

“从弹道和力量看，子弹是从坦克钢板上溅到身上的，这是一种不幸。但弹头停在右肺叶内侧，离心脏只有两厘米，这又是幸运的。”

“情况比想象的要好，切除肺叶本来也是一个选项，但最终没有被选中。我们顺利取出弹头，修补了血管和肺壁，手术是成功的。”

这些话从高个子医生的嘴里说出。他的脸有些疲倦，声音也有些松软，但杜怡能确定“幸运”“成功”这些词儿是清晰的。杜怡问：“我可以见见他吗？”高个子医生摇摇头说：“病人已到监护室，不应该被打扰。”杜怡又问：“那接下来我该干什么？”高个子医生说：“睡觉！

我去睡觉，你也去睡觉。”

手术室门口的灯光安静下来。杜怡不知道自己在这里待了多少时间，似乎很长又似乎很短。她的脑子一直傻傻的，有些回不过神儿的感觉，这种感觉减少了她的惊慌。

现在手术结束，她倒清醒了过来。天哪，原来事情没那么糟糕，原来子弹钻入身体也可以不死人。她松一松身子，重新坐到走廊椅子上，这时心里仿佛腾出一块空地，一团虚虚的东西小动物似的跑过来又跑过去。她知道，这是迟到的惊慌。

两天后，夏小松迈过危险期转到住院病房，杜怡这才见到了他。他的脸瘦了一些，还涂着一层苍白；胸部绑着纱布，覆盖了肖像，看上去有点悲伤。但他的精神正在恢复，食欲也回来了不少。

日子基本稳住了。现在夏小松每天打一大瓶消炎药，以阻止伤口感染。当明亮的药水通过粗大针头进入他的手臂时，杜怡的心不再摇晃。

放了心的杜怡很希望自己卖些力气。医院的伙食自然很差，这给她指出了劳动的方向。她从自由市场买一些牛肉、鸡蛋和蔬菜拿回学校备着，每天上午醒来，便抖起精神洗洗烧烧，弄出两个像样的菜来，然后坐地铁送到医院。

医院的探访时段是九时至十时，其他时间是不允许进入的。这个规定真让人着急。急中就乱投医，杜怡买了几盒巧克力，又备足女孩子的可怜，去打看门人的关口。不知是巧克力的力道，还是规定的弹性，居然打通了，从此她的脸成了临时通行证。

除了烧菜送吃，杜怡经常做的就是陪夏小松聊话。她坐在病床边，将这几天的新闻消息一一转达给他：军队和坦克已撤出莫斯科，宵禁也解除了；克里姆林宫渐渐安定下来，但权力似乎被白宫拿走了不少；好几位甲方委员会的头儿被抓起来了，一位内心崩溃的部长还开枪自杀了……这些本来砰砰作响的新闻此刻在病房里说出，像是失去了该有的重量，让人有些恍然。夏小松偶尔也会插几句嘴，他说："关于莫斯科的那一夜，应该还有后续新闻吧？"杜怡说："听说死了三个人，伤了几十个人，死的三个人前几天还被授予了苏联英雄称号。"夏小松涩涩笑了一下说："苏联英雄……谁是谁的英雄？那天夜里在街上的人可不是为了保住苏联，而恰恰是相反。"杜怡说："不想这些了，你没摊上苏联英雄称号就好，医生说子弹离你的心脏只有两厘米。"夏小松说："可惜那只相机里的照片了，整整一个胶卷呀。"杜怡说："我觉得咱们已经很幸运了，胶卷牺牲了，可只要人在，记忆就在。"

是呀，只要人在，肉体之痛总归是暂时的。现在，高个子医生每天都来检查一下手术伤口，再说几句安慰的话，意思是情况在不断好转。杜怡问："真正好起来得多少时间？"高个子医生说："如果不发生意外，一个月内你们就应该出院回家。"杜怡高兴一会儿，又警惕地想，什么叫不发生意外？还能有什么意外吗？过后一打听，才明白医生的话里放着规定呢。

依着惯例，中国留学生因交了医疗保险金，上学期间享受免费医疗。平常小病小痛，应到学校医院治疗。这回遇到了子弹，属于紧急救护，可以就近送往任何一家医院。眼下这家市立医院看上去雍容壮实，医疗设备和住院病房均还不错，但一细究，又跟其他医院一样，药品一直紧缺，所以院方形成了一个规定：住院病人病情若明显转好，一般一个月内便得出院，或转等级较低的医院。

一个月时间不是个大数字，放在手指上点一点就能算出剩余的天数。天数一到，就要回学校寝室躺着，日子里不是吃喝就是拉撒，想想就不觉得有趣。另一个情况是，新学期已经开始了，夏小松的身体显然无法支撑这个秋季的学习，看来得休息一大段时间。夏小松说："既然要休学，我干吗在学校待着呢？还不如先回去。"杜怡说："回哪里去？"夏小松说："中国老家呀，那儿有我爸我妈，还有过油肉、缠丝蛋。"杜怡说："别妄想了，你这身体怎么回去？你又不是一颗子弹，一扣扳机就能把你送到远处去。"

可是过了一天，夏小松又说："我还是觉得回中国的好，待在学校寝室里，日子过得慢，还累得你每天跑来跑去耽误上课。"杜怡说："上课的事不怕！我挑好的课上，不好的课我溜出来陪你。"夏小松说："我的意思是，寝室毕竟不是个养伤的地方。"杜怡说："那咱们要求转到莫大医院去，在那儿先养一段时间……要回国也得先把身子维持好了，你现在还是易碎物品。"

接下来的日子，夏小松的身体仍在不停进步。吊瓶撤下，改成了臂针。脸上的苍白渐渐褪去，身上的力气悄悄集合。按照医生意见，杜怡每天扶他下床，在走廊里慢慢行走。有一天上午，杜怡从学校拎着菜盒子过来，刚进住院区，见一个病员闲站在大门口，身子直直的，一只手捂住半张脸。走近了给他一眼，那只手移开，竟是一脸调皮的夏小松。

一个月到了，医院准时送来出院通知。出院之前，高个子医生最后一次检查了夏小松的伤口。他严肃地说："没问题，没有让人不放心的情况，回去注意休息就行了。"然后又用友好的口吻说："年轻的中国同志，请你在以后的日子里记着我。"夏小松有点感动，握住他的手好几秒钟才放开。

回莫大的出租车上，夏小松再次说起回国的事。他的语气里已添了迫切。杜怡说："其实你是想家了对吧？"夏小松沉默一下说："身上挨了子弹的那一刻，脑子里真的跳出回家的念头。"杜怡说："可是医生说你要好好休息。"夏小松说："我想过了，自己这种情况得坐火车，时间虽然长些，躺在车厢里也是休息。"杜怡不再吭声。她知道，如果夏小松坐火车回国，自己当然得陪着一路过去，再坐飞机回来。他的迫切里藏着心思呢，就是想 быстро（速战速决），让她赶上这学期大部分的课。

车子在莫斯科街道上驶过，人行道上的路人仍然不急不缓，两边的建筑楼仍然稳重气派，仿佛一个月前什么也没发生过。但是历史明显在这里踉跄了一下，这个城市和城市中的人其实已改变了许多。杜怡轻轻捏住夏小松的手，心里突然有些伤感。

过了两天，杜怡买到莫斯科至北京20次国际列车的两张卧铺票。这条线路有两趟列车，一趟是由中国方面承运的04次，列车员是中国人，用时也少十多个小时，但车上的管理比较乱，倒爷车霸济济一堂。另一趟20次是苏联人掌管的，车厢治理相对好些。六天时间，安全是第一位的，不能再遇上什么意外，所以后一趟车成了杜怡的选择。

回国之前，两个人做了一些准备。杜怡以男友受伤为由，向学校请了十天假，并订好返程机票。夏小松则跟父母通了电话，当然只说身体受了点轻伤，让父亲到北京接一下。临上车前，杜怡又买了一堆面包香肠和黄瓜西红柿。

出发时间是周六晚上，雅罗斯拉大利车站的上空大约因为干净，呈着一种深蓝色，深蓝色里又布着很多的星子。杜怡走在后面，看见夏小松抬头望了一眼天空，然后登上车厢。她哪里知道这是夏小松送给莫斯科天空的最后一眼，她哪里又知道自己踩上车梯的那一刻，将长久脱离莫斯科的土地。在以后日子的回忆中，离开莫斯科时的站台印象是简单的，简单得找不到一点儿不祥的线头。

# 八

上车以后，两个人找到卧铺包厢。包厢里四个床位，另两个床位的主人为一男一女。女子是苏联画家，此次去中国参加一个文化交流的活动。男子是中国人，一张胖脸一头卷毛，听口气是跑生意的。

因为要在小空间里一起待许多时间，四个人的寒暄语气显着积极，似乎都愿意造出热乎乎的气氛。特别是那位一头卷毛的中国胖男子，豪气地从旅行箱里拿出一堆肉干和罐头，挥挥手说吃吧吃吧，弄得苏联女画家耸了好几次肩。夏小松问："您是从事贸易的吧？"一头卷毛的中国胖男子说："啥从事贸易呀，咱就是北京胡同里出来跑单帮的，说好听点儿是一淘金者。"夏小松说："跑什么货物？"胖卷毛说："你说话嚼着文辞，是学生吧？"夏小松点点头。胖卷毛说："你是学生我可以告诉你，我先是卖风衣，这两回走的是羽绒服。"夏小松说："挺赚钱的吧？"胖卷毛说："怎么说呢，要论赚钱，眼下苏联就像一个未开垦的女人，哪儿都是兴奋点。"说完了溜一眼杜怡，又马上觉得不妥，收回眼光嘿嘿笑起来。

杜怡心里起了不爽，用俄语跟夏小松说："这男人赚了点钱就这样，一看便是没羞臊的人。"夏小松说："跑江湖的人，大概都是一张油腻的嘴，别跟他多搭话就是了。"这么说过，他躺下了。时长路远，他得护好身子，的确不宜多说话。

杜怡岔开话题，跟女画家聊起她的中国之旅。女画家表示自己是第一次到远东，更别说中国了。她说："中国显然有不少神秘的东西，譬如天安门广场，听说比红场还大。"杜怡伸出一只手掌说："确切地讲，要大五倍。"女画家嘴巴一拱做一个惊讶表情，把杜怡逗笑了。胖卷毛插进来表扬说："你俄语说得真好！"杜怡一愣说："你也会俄语？"胖卷毛说："我不会，但听着就觉得溜儿。"杜怡想一想，忍不住问："你不会俄语你怎么做生意？"胖卷毛说："有票子啥事不好办？现场交货时，我左边一保镖右边一翻译，都是正宗的俄罗斯人。保镖嘛就是用来撑撑胆儿，翻译是一位金发美女，中国话说得像小学生，特别好听。"杜怡打断他："说得像小学生还好听，什么逻辑？"胖卷毛说："声音脆脆的，又不停地犯语言错误，就好玩了嘛。"杜怡撇一下嘴，不吭声了。

夜很快深了，大家不再说话准备睡觉。为了方便夏小松，杜怡睡上铺，对面也是女画家睡上铺胖卷毛睡下铺。杜怡躺下瞧着低矮的天花板，有点担心自己一时入不了眠，还有点担心胖卷毛这种人会制造鼾声。不过还好，眼睛一闭上，耳朵里只有已经熟识的车轮晃动声。声音顽强而无趣，将她晃进了睡眠。一夜无梦。

第二日醒来天已大亮，一看时间其实还早。起来洗漱过了，杜怡端来开水，又取出面包香肠，跟夏小松一边吃一边看窗外风景。这一带是东欧平原，树木草地组成没完没了的绿色，其间偶尔卧着村庄和教堂。

胖卷毛起得比较晚，先去厕所再去餐车。吃早餐去餐车，是有点有钱人的做派。不一会儿，他回来了，嘴唇鲜亮着，似乎吃到了什么好东西。杜怡起了好奇，问餐车里供应什么。胖卷毛说："有面包有鲜牛奶，我给的是美元，那毛妹服务员态度不错。"杜怡带点儿揶揄说："我有一个问题，昨天就想问了……你有钱你为啥不坐高包？"这趟列车有普通硬卧包厢和高级软卧包厢两种，后一种为双人间。胖卷毛说："买不到票呗，听说有个什么商务代表团，代表团牛 × 个啥呀……不过这四人包厢也挺好，我爱热闹。上次坐俩人包厢，对面是一个俄罗斯大妈，胖得像一头猪，我就不喜欢胖女人，又搭不上话语，那一路憋得跟一只王八似的。"

似乎是为了证明喜欢热闹，胖卷毛从旅行箱里取出一副扑克，鼓动说："玩几把牌吧，一大堆时间得打发掉，咱四个人刚好凑成局儿。"没人响应他的提议。为了节省体力，夏小松已经躺下。杜怡则否定地摇摇头，目光投向窗外，想让自己发一会儿呆。

这时女画家来了兴致。她听不懂胖卷毛的话，但扑克牌似乎让她产生了感觉。她对胖卷毛说："如果不介意，我想借用纸牌做预测游戏。"胖卷毛愣怔着看向杜怡，杜怡将话翻译了。胖卷毛说："不介意不介意，俄罗斯娘们也玩算命呀。”

夏小松坐起来。三个人的眼睛一齐盯住女画家的手。那双手将两张王牌去掉，然后不停地切牌，切了29次，因为这天是9月29日。她把纸牌放在桌面上，示意每个人抽取一张牌，亮牌之前，要在心里默念一句：今日是怎样的一天？

胖卷毛首先亮开牌，是一张红心7。女画家说：“红心意味着情爱，红心7表示今天有短暂的恋情出现，但并无斩获。”杜怡译了话儿，胖卷毛嘻嘻笑了，说：“今天就有恋情呀？吃早餐瞧见那服务员毛妹，我心里确实淌出一层荷尔蒙，但她秋波都不给我一个。”杜怡打开的是一张梅花J，女画家解释说这表示今天眼睛喜欢阅读，并能发现游玩的乐趣。杜怡心里一笑，今天若用眼睛阅读风景，肯定会发现好看的。夏小松最后亮牌，是一张梅花K。女画家说：“这是一张大牌，表示有大干一场的志向，但会遭遇阻碍。”杜怡笑起来说：“在这火车上能大干一场什么？想劫持火车吗？”夏小松说：“算得不准，火车是个单调场所，对今日之事进行预测没啥意思。”女画家点点头说：“好的，那换一种牌法，探测一下各位的一生运势。”

她重新洗牌后分成两摊，取了两摊上的顶牌，再将两摊牌洗过后合成一摞，然后亮开两张顶牌，分别是4和8。二数之和为12，于是拿掉一摞牌上面的12张，将下面的第13张牌分给胖卷毛。按此炮制，每个人手里很快都有了一张牌。

仍由胖卷毛先开牌，是一张黑桃4。女画家释义：财运畅通，没有赌运，陷入纠纷，被人借钱。胖卷毛说："这是我的一生吗？问题是没有赌运陷入纠纷这些事儿挡不挡财运畅通，不挡咱就不怕。"杜怡亮开是一张方块9，女画家给出的解读是：远离家人，身边总有爱慕的男人，日子辛苦，幸福和麻烦相伴。杜怡说："说得好像有点准，莫斯科的日子是有些辛苦。"接着是夏小松揭晓手中的牌，一张黑桃10。女画家沉默一下说："这张牌暗含着黑色能量。"夏小松说："什么意思，请明示。"女画家说："您内心不安定，喜欢与别人较量，之后会遭遇意想不到的黑色冲击。"杜怡暗笑一声：一颗子弹，确实是一种意想不到的黑色冲击。女画家又说："一般地说，被黑色能量干涉的是指身体，需要注意避让。"夏小松耸一下肩说："已经避让不掉了。"女画家说："抱歉，我只是按牌义说……这是一种游戏，您可以选择不相信。"夏小松说："不管相信不相信，人的运势已在那里，如同上了这趟火车，只能在已定的轨道上奔跑。"杜怡说："夏小松同学，你这话有点哲学。"

窗外的风景漂亮而单调，好在有站台做调节。下午三时多，列车到达巴列季诺，杜怡拉着夏小松下车走了走。站台上有一排售货小车，他们买了些苹果和土豆片回来。晚上八时多，列车经过彼尔姆站。这儿挨着乌拉尔山脉，是西伯利亚的入口。待车厢安静下来沉入睡眠时，火车进入了亚洲。

下一天有趣的事是在下午。车到鄂木斯克站，从窗子往外看，站台上兴奋着一群花花绿绿的迎候者，同时喇叭里响着抒情的战争曲子。很快对面列车下来一批人，原来是身穿军装、胸挂勋章的士兵。花花绿绿的身影里抢出一些年轻姑娘，跟士兵们拥为一体。瞧这场面，真无法跟莫斯科的危局气息联在一起。

又睡过一夜，天亮了不久，列车进入贝加尔湖区域。一眼望去，阔大的湖水碧蓝透明，像是把整块天空装了进去，美得有点不真实。杜怡心里似乎晃动起来，眼睛舍不得离开车窗。

胖卷毛嘟囔了一句，意思是这么个好地方老天赐给了老毛子。夏小松告诉他，贝加尔湖在唐朝初年曾经纳入中国版图，可惜后来没有留住。胖卷毛嘴巴挪动几下，骂了一声他姥姥的。杜怡把夏小松的话译给女画家，女画家跳一跳眉毛，摇摇头表示不认同。看来视角不同，同样的事情会产生不同的事实。

在伊尔库茨克站停留时，一些人携着行李下了车，他们将花上一天时间去看贝加尔湖。杜怡、夏小松出了车厢，在站台上踱步松松身子。杜怡说："是不是有些遗憾？本来咱们也可以在这儿待上一天。"夏小松抚一抚杜怡脑袋，说："下一次吧，明年或者后年，反正咱们不缺机会。"杜怡说："那展望一下明年或者后年吧，先解解馋。"夏小松说："那会儿我的体力全回来了，怎么有趣怎么玩。"杜怡说："听说湖边的木屋挺好，睡在里头会做蓝色的梦。"夏小松说："蓝色的梦？呵，那是你的梦泡到湖水里了。"杜怡说："在夏天，这样的梦多凉爽呀。"夏小松说："我不玩虚的，我要直接把身子泡到湖水里。"杜怡说："那时候我没准儿已学会游泳了，我也要把身子泡到湖水里。”夏小松说：“我游泳的时候会顺便喝几口水，我得尝尝贝加尔湖的味道。”杜怡说：“好吧，我学你，多少也要喝上几口。”夏小松说：“不过有一点你不能学我。”杜怡说：“什么意思？”夏小松推一下眼镜说：“那么好的水，我不能穿着衣服，我得裸泳。”杜怡一愣，马上乐了脸说：“你敢裸泳我为什么不敢？”夏小松说：“挺勇敢的……你不怕被岸上的眼睛看了去？”杜怡说：“夜里谁看得见呀？”夏小松说：“你偷换时间，把白天挪到了夜里。”杜怡说：“当然得夜里呀……白天贝加尔湖是属于游客们的，晚上贝加尔湖是属于咱们自己的。”夏小松说：“这话有点诗意……不过你也得警惕！”杜怡说：“警惕什么？”夏小松说：“警惕你身边的那位男士呀，在那样的时间地点，他自然会非常放肆，很容易变成一个暴徒。”杜怡轻捶他一拳：“没事儿，我会用拳头等着他的。”夏小松呵呵笑了。

列车从贝加尔湖沿岸一路过去，过完了已是中午。就是在这时，夏小松出现了喘气不畅的感觉。开始以为是高原反应，又一想这里海拔才四五百米，空气一点儿不薄。再摸一摸他的额头，竟有些温烫。杜怡吓了一跳，赶紧让夏小松躺下静着身子。

想一想，很不明白呀！上车三天，携带的药片按时服用；休息没啥不好，睡觉的时间比平常还多；嘴巴也没闲着，该吃的吃该喝的喝。风平浪静的状况，怎么突然就冒出不好了呢？

到了晚上，不好的情况在发展。体温往上爬升，温烫变成了热烫。咳嗽也出现了，沙哑的咳声显示嗓子里有了痰。杜怡稳不住自己，起身去找了列车员。很快列车员领来一位拎着药箱的兼职医生。医生简单问了问病情，便判断是风热感冒。他说："西伯利亚的风带着霸权主义，中国人有时顶不住。"说着留下一些药片，收起微笑走了。

夏小松服过药躺下。车厢里没了聊天的兴头，便早早熄了灯。灯熄得早，这一夜就被拉得很长。杜怡睡睡醒醒，始终搁不下心。睡醒之间，她时不时能听到夏小松无奈的咳声。蒙眬中的脑子，都弄不懂咳声本是梦中的内容，还是从外边进入了梦中。

第二天一早醒来，杜怡探头看下铺，见夏小松倚墙而坐，一张脸在晨光中驻着苍白。杜怡赶紧下来，挨到夏小松身旁。夏小松说："不是感冒，是我的肺感染了。"杜怡心里暗一下，嘴巴说不出话——她昨天就有的预感，现在被说破了。夏小松又说："女画家的扑克算命还挺准的……嘿嘿，黑色冲击，意想不到的黑色冲击。"杜怡抬臂搂住夏小松，眼睛一热，有泪水溢了出来。她明白手术一个月后的肺部感染意味着什么，那天出院时高个子医生提醒的就是这个。她也明白时间已变成了敌人——到达北京还有三天，而列车上只有诊治感冒小病的兼职医生。

夏小松用手在她脸上擦了擦，说："别动用眼泪呀……感染了也不怕，无非再住一次院。"又笑一笑说："我的胸前有马克思，他会保护我的。"杜怡："你的胸，现在痛吗？"夏小松说："还好，咳的时候有点痛……就是力气好像漏出去了。”杜怡说：“那你别说话了，得省着力气。”夏小松还想说什么，嘴里喷出一串咳嗽。杜怡拍着他的背，让他躺下。

杜怡知道，从现在起，没有窗外的风景了，只有一个小时一个小时难熬的时间。她稳一稳神儿，拿着毛巾牙刷去了洗手间。把脸上泪迹洗完了出来，见胖卷毛站在走道上，似乎在等她。她慢着脚步迎上去，听见胖卷毛说：“嗨，有句话得问你。”杜怡说：“你说。”胖卷毛说：“他得的是啥病？会传染吗？”杜怡说：“不会传染。”胖卷毛说：“真的不会？”杜怡说：“真的不会，不过我很抱歉他的咳嗽声打扰到了你。”胖卷毛说：“这倒没事儿，住一个屋就是缘分嘛。”又讨好地说：“需要我做点什么，言语一声……对啦，我包里有只大哥大，进入中国境内就能用上了，你随便打。”杜怡说：“我需要的不是电话，我需要的是火车跑快些。”胖卷毛嘿嘿一笑说：“这个我没法帮你，有钱也不管用。”

# 九

列车是周五凌晨抵达北京的。

按事先约定，夏小松父亲来北京接儿子回老家。在车站出口处，他非常吃惊，因为眼中的儿子虚弱得像一只布袋娃娃，脸色则成了一张白纸。几天前儿子从莫斯科打来电话，声音里还存着气神呀。

事情真让人沮丧。中国土地已在脚下，北京秋味儿闻在鼻中，但在这个上午，夏小松住进了东城一家著名医院。

情况比想象的更坏些，先是待在普通病房，两天后他的脑子出现迷糊，便转入重症室。医生初步诊断：细菌性肺部感染，导致胸廓滋生浓气，并发脑部缺氧和支气管扩张。医生还分析，苏联手术应该没有差错，问题在于术后巩固治疗不够，营养也未跟上，出院后又长途奔劳，这些不当容易造成病菌反扑，特别是重新感染后，又在列车上拖了不短的时间。

杜怡退掉莫斯科返程机票，在医院附近找一个旅馆住下。每天上午，她和夏父都到医院重症室门口等一等消息。消息总是差不多，说病情很不稳定，时好时差。到了下午三时，有一共半小时的探视时间。俩人把半小时劈为两份，夏父先进去待一刻钟，后半截再交给她。一刻钟实在太短了，她能做的就是坐在床边，轻轻捏住夏小松的手，嘴巴凑到他耳边说几句逗趣的话。此时的夏小松戴了氧气面罩，胳膊扎着输液针，双目静闭，似醒非醒。她等着他听见她的话，嘴角翘起一个笑意。可是每一次，他的嘴角都没啥动静。

夏小松的病状让父亲心焦。儿子在他眼中本来是一棵茁壮的树，现在却咔嚓一声躺倒了。他对付不了这种变故，只能躲在沉默里，一天说不了几句话。杜怡跟他在一起，只好收起自己的伤心，安慰说在苏联住院也是这样的险象，可过几天就挺过去了。夏父说："在学校好好读着书，不该跑到人多的地方。"杜怡说："他不光是去看热闹，他有自己的想法。"夏父说："又不是去苏联打仗，却挨了子弹。"杜怡说："子弹已经取出来了。"夏父说："他本来身板好，他才二十五岁。"杜怡说："二十五岁三个月。"夏父丢口气，不吭声了。

杜怡跟夏父在一起搭话，还避不开一件事，就是凶猛的医药费。夏小松在国内没有保留医疗保险，踏入医院就得全程自费。自费两个字以前没感觉，现在才知道是一张咬人的狮子之口。两千元交进去，三天便没了。三千元交进去，五天便没了。夏父一开始就往家里打了电话，降低病情稳住夏母，只让她赶紧取出银行存款。一天后，她汇来了四千元——这个不大不小的数字，是一个下岗家庭好几年的积蓄。

杜怡能做的则是把身上余钱和航空公司退票款换成人民币，投到那张狮嘴里。她也想过跟父母联系，求得他们的支援。但远在莫斯科上着课的女儿，突然摇身一变到了北京，还急吼吼地伸手要钱，这么个大拐弯如何在电话里说得明白。他们应该会寄出一些钱，可寄不走的是没完没了的担忧。这么一想，此念头被自己挡下了。

时间在流淌，账单上数字一天一天地增加，但夏小松的病情不仅没有好转，似乎还往黑色里走。医生说，病人肺部感染已被控制，浓液已做导流，可肾功能出现衰竭症状，脑部缺氧造成的脑神经受损一时难以修复。这些干巴巴的言语听在耳朵里，杜怡先静着脸，一副淡然懵懂的样子——这是一种拒绝去理解的临时躲避。稍稍过一会儿，她的心便隐隐地痛，痛得绵长不歇。

在之后的探视时间里，她见到的夏小松仍然沉静安分，似醒非醒。她握着他的手，嘴巴靠过去，轻轻说了一则趣话。但她更想说的是："夏小松，我的心一直痛着。夏小松，你打算啥时候醒来呀？"

周日上午，杜怡给大学同学沈丝丝打了个电话。因为是女生楼的公用电话，沈丝丝被喊来时声音懒懒的，有点突然离开被窝的不情愿。但一听是杜怡，她立刻精神了，问啥时候来北京的，又说咱们见个面吧。杜怡说我打电话就是约你见面的。丝丝说见吧见吧，你过来就是了。两人说好了地点。

杜怡在北京母校上了一年课，跟同学们的情谊还不够扎实，气味比较相投的便是沈丝丝了。她到莫斯科后，两个人还保持着密度不大均匀的通信。信纸上，丝丝思维活络，喜欢讲些校内校外的趣事，有时谈到钱，也是风轻云淡的口吻，似乎家里供钱挺充沛。因了这一点，杜怡想到找她碰碰运气或寻寻思路。眼下钱的事，已不允许羞缩了。

见面地点在学校南门外的餐饮小街。两年多不见，这里开出好多家鲜亮的吃店，显得颇有人气。杜怡进入小咖啡店的时候，丝丝已上了一杯饮品坐在那里。两人相见，免不了一番寒暄打量。丝丝原来挺瘦条，现在似乎添了几斤，脸蛋润滑，头发染成浅棕色，散发着一股时尚味儿。算一下，同学已经大四了，的确也到了自由放肆的时段。

丝丝问她怎么突然杀到北京啦，眼下可不是放假的时间。杜怡并不绕道，把男友受伤住院的事说了，只是省去有关子弹的细节。丝丝说："受伤为啥不待在莫斯科呀？别跟我说那边没有好的医生。"杜怡默默喝一口咖啡，还未开口，丝丝又说："好吧，不说那些虚的了……杜怡你找我干吗？让我送几句清凉的安慰话？"杜怡坦白地说："想跟你借点钱。"丝丝嘴角一扯笑了："五分钟前我就猜着了……要多少？"杜怡迟疑一下说："两三千，或者四五千。"丝丝说："两千我有，我答应了。"杜怡轻轻说了声谢谢。丝丝瞧着杜怡的脸，说："我知道，在北京治大病，几千块钱只是个零票。"杜怡咬一下嘴唇，点了点头。

丝丝不说话了，从包里掏出一盒烟，向杜怡示意。杜怡赶紧摇头。丝丝抽出一根细长的烟点上，唇间飘起一缕烟雾。随后，她的手指让烟支离开嘴唇，说：“借钱的办法倒是有，不知你肯不肯放下一样东西？”杜怡说：“什么东西？”丝丝说：“认真。”杜怡说：“我不懂。”丝丝手指一下说：“你瞧这学校南门，现在没啥不一样，可到了周末傍晚，门口就会停着不少好车，宝马奥迪什么的……谁让咱们是外语学院呢。”杜怡说：“我还是不懂。”丝丝说：“车门打开，会钻进一个或几个漂亮女生，然后车子开向酒店的高档餐厅。”杜怡说：“原来是赴饭局呀，这跟借钱有啥关系？”丝丝一笑：“这饭局不是同学聚会，桌边坐的都是有派头的老板，有了老板，你还怕借不到钱吗？!”杜怡不吱声了，丝丝把一个饭局说得曲里拐弯，自然是有指意的。丝丝又说：“如果你乐意，这几天我就组个局把你叫上。”

两天后的傍晚，杜怡坐地铁到西直门，找着一家酒店餐厅。按事先约定，她坐在厅堂里候着。过不多时，丝丝来了，引她上二楼走入一个包厢。包厢不小人不多，添进杜怡也就三男三女六位。待杜怡落座，丝丝介绍道：“这位是小杜，在苏联留学，这次有事回来待些日子。”又把手掌划一圈，说这是周老板这是王老板这是游老板。杜怡这才确认他们脸上都攒了年龄，而且每人桌位上都搁着一只大哥大。

顺着杜怡的留学身份，大家聊了几句苏联。刚起点气氛，坐在旁边的游老板突然说：“小杜你个儿多高？一米六五吧？”杜怡暗吃一惊，不知该不该答话。游老板又说：“你站起来走几步。”杜怡慌慌看一眼丝丝，丝丝鼓励说：“游老板就这毛病，头一回的见面礼便是让美女走路。”杜怡只好站起身来回走几步。游老板说：“行，知道了，是37码。”杜怡心里一松，明白这应该是位皮鞋商。

酒菜上来了，大家开始吃喝。杜怡面前也有一只玻璃杯，倒上了一截红酒。游老板侧过身子，端杯向杜怡敬酒。杜怡退缩地说：“我不喝酒的。”游老板说：“你在苏联整天跟老毛子待在一起，怎么敢说不喝酒！”杜怡说：“我真的不会！”游老板说：“初次见面，小杜不肯放下身段？”丝丝打圆场说：“小杜可不是不肯放下身段，三位老板往这儿一坐，哪个新来的女生心里不放点警惕，警惕是女生的权力。”游老板哈了一声说：“警惕什么呀，我看上去像个成色很足的坏人吗？我最多是个打了对折的坏人。”丝丝乐了说：“游老板这么一说，小杜你得拿起杯子了。”杜怡只好拿起杯子靠到嘴边，努力饮了一口。

有了这个开头，杜怡心里安定了一些。眼前的菜品的确诱人，记忆中很久没与这些鱼肉相遇了。她不再拦着自己，将筷子不断伸向盘子。有酒杯递过来敬酒的，也允许自己举杯相碰。渐渐地，她觉得自己脸上有了温热。这时桌上一只大哥大响起“嘟嘟”声，游老板抓起放到耳边，叽里咕噜讲起方言。杜怡吃了一惊，这种亲切又久违的语言来得有点突然——游老板竟然是同乡。

她犹豫一下，把老乡相认的念头暂时压下。在老家温州，皮鞋是主角产品，游老板携着皮鞋闯荡北京并不稀奇。可他毕竟是头一回见面的陌生人，没必要弄出套近乎的场面。不过她心里已生出一种亲近，一种无意中遇到老照片的那种亲近。这种感觉让她主动端起酒杯，面露微笑地向游老板敬酒。游老板把手中的酒往嘴里一扔，将空杯朝向杜怡。杜怡此刻不能后退，也使劲喝下一大口。游老板说："你看看，小杜年纪小小，就学会了在酒桌上打埋伏战。"丝丝将酒加入杜怡酒杯，示意说："既然游老板说小杜善打埋伏战，小杜就再袭击一次游老板呗。"游老板笑了说："欢迎袭击欢迎袭击！"另外两位老板不乐意了，嚷嚷道："凭什么老是袭击游老板，我们也愿意被攻打的。"丝丝说："攻打你们还不好办，我亲自来对付你们。"便举着杯子，巡游到他们跟前，热乎乎地说话敬酒。

桌上大哥大又响起铃声，游老板取过来说话。这一回来电的可能是一位狐朋狗友，所以他的嘴巴比较兴奋也比较卖弄，有波有浪地讲了一堆别人听不懂的方言。不好的是，杜怡能听懂。尽管酒色已经占面，杜怡仍然觉得自己的脸一点点红起来。她听到了"一个割切媛子儿，蛮有味的学生妹""她盯牢我的钞票，我盼牢她的两只奶""酒喝爽有用，床上爽才真叫爽，运道好讲勿出还是个处女呢"这样的话。

杜怡僵了几秒钟，再次端起杯子。游老板以为是新的敬酒，放下大哥大拿起杯子。杜怡手一划，将杯中的酒甩向游老板的脸，淋漓的红汁像一个浪头炸开，让他几乎睁不开眼。杜怡用方言喷出两个词："蠡人！赖沦！"起身快步走出包厢。她的背后，传来丝丝忙乱的解释："她酒量没那么好，她醉了她肯定醉了！"

因为大哥大，杜怡想到了胖卷毛。在火车上的最后一天，胖卷毛塞给杜怡一个号码，说有啥事可打这个大哥大。现在杜怡有事了，现在杜怡四顾茫然了，所以只能想到胖卷毛了。

幸好胖卷毛还在北京泡着，俩人约定下一日在医院门口见面。第二天上午胖卷毛开着一辆白色拉达来了，见了杜怡摘下阔大的墨镜。杜怡稳一下自己，坐到车上。胖卷毛说咱们找个馆子坐坐吧。杜怡说不了，在车上聊挺好。胖卷毛又表示自己乐意去瞧一眼夏小松。杜怡摇头说："不用了，他在重症室你见不上面。"胖卷毛说："那就言归正传，你说吧，需要多少钱？"杜怡吸一口气说："三万。"这是个可怕的数字，但她必须说出来。胖卷毛沉默一下，说："你是个学生，你能还上吗？"杜怡说："现在我不知道有啥办法还钱，但我不会欠你太久的。"胖卷毛又停顿一下，说："记得吗？火车上头一天玩扑克游戏，我先抽出一张红心7，苏联女画家说我当天就有短暂的恋情冒泡，我说在餐厅遇到了漂亮的毛妹。"杜怡说："嗯，我记得。"胖卷毛说："嘿嘿，说毛妹只是打个掩护，我那天荷尔蒙起潮是因为对你有好感。"杜怡声音一颤说："说这个干吗，今天约你来不是为了聊这种事。"胖卷毛说："你听好了，我今天来，是让自己赌一把。"他从黑色包里掏出一捆钱，搁在杜怡腿上，说："这是五万元。"杜怡说："你……怎么个赌法？"胖卷毛说："你拿这钱给男友治病，治好了两个人一起筹钱还债，反正能还上就行。若是治不好，你成了单人儿，钱就甭还了，但你得帮我一回，我公司正好缺一位俄语很溜儿又漂亮苗条的女翻译。"

杜怡噎住似的不知道怎么回答，愣了一会儿才抓到一句话："你不是跑单帮的吗？怎么还有公司？”胖卷毛说：“公司嘛说有就有，你来了咱就开一个。”

钱筹到了让人少些心慌，但并不能促进病情的好转。点一点手指，夏小松在重症室已经待了近二十天，其间做过专家会诊，几次更新主药，都无法让他醒来一回。他就像一个嗜梦者，在自己虚构的世界里长途旅行，去了很远的地方。每次进去探视，杜怡都暗中捏一捏拳表示加油。可是每次，她没看到一点儿变化。

没有变化的夏小松不能老待在重症室，得转到普通病房。主治医生解释，肺部感染已经无妨，昏迷状态虽一时难以逆转，却是稳定的，住在ICU除了花钱并无意义。杜怡咬着嘴唇，心里渗出凉丝丝的慌，她知道转到普通病房，在某种程度上已放弃了翻盘的亮光。主治医生看出她的心思，安抚说有些事可没准儿，譬如脑神经的修复不仅靠药物，也要靠亲情的召唤，当然有时还需要一点运气。杜怡想，运气？自打一颗子弹追到他身子，我就不懂啥叫运气了。

医生说过话的第二天，夏小松挪到普通病房。病房里有三张病床，他躺在最里边。对杜怡来说，待在这儿的好处，就是可以老跟夏小松在一起。其时夏母已从山西赶来，不过她身体底子本来不好，一见儿子成了这样，焦虑浸心，很快撑不住了，只是不肯回去，每天在旅馆里躺着，养出一点精神，再由夏父扶到医院看一眼。所以白天加晚上，陪护的事儿被杜怡接在手里。

现在，杜怡的日子放进了忙碌与孤独。忙碌的是白天，得配合护士给夏小松量体温、测血压、打点滴和胃管喂食；隔一些时间，为他擦洗手脚、清洁口腔；又隔一些时间，使出力气帮他翻身。当然，还得花一些时间清洗衣物什么的。

到了晚上，浅淡的灯亮起，病房静下来。她坐在床边，能感觉到伤感从脚底升起，一寸寸爬上来，漫过胸口，然后在鼻子边游走。而夏小松呢，似乎睡得更安稳了，沉静若思，淡定如书，甚至有细微的呼吸声。有呼吸，就能接收周围的气息和信号。此时的他，知道她一个人坐在这里吗？知道她心里空荡荡的吗？知道她很想冲着病房天花板长吼一声吗？

长吼自然是不妥的，她能做的是轻轻跟夏小松讲话。趣语已经说旧了，再无趣味。现在她愿意依在床头，与夏小松一起回忆以前的日子。她每天讲一件小事，讲阿尔巴特街涂鸦墙前第一眼见到他的印象，讲两个人坐在图书馆里的示爱小动作，讲某一次为一个电影情节发生的小争吵，讲那回在地铁大厅摸狗鼻子的好玩时刻……她讲着的时候，眼前会展开配套的电影般的情景镜头。在镜头里，夏小松有时俏皮，有时认真，有时还傻乎乎地执拗。杜怡觉得，自己特别喜欢他执拗的样子。

床头的叙话当然也不能太多太拖沓，不然夏小松会听烦的，所以杜怡就换点花样儿，譬如拿了收音机调出音乐，让轻柔的旋律在病房里响一会儿。杜怡发现，在音乐声中夏小松的脸变得柔和一些，仿佛沉思的神情里加入了休闲。

有一次，在找音乐台时，调到了一个关于苏联的新闻节目，杜怡赶紧将收音机搁在枕边让夏小松听。新闻里说，俄罗斯近日成立新政府，并采用大胆行为开始接管中央机构，试图将苏联的工业部门转变为隶属俄罗斯的股份公司。乌克兰正酝酿一次关于独立的全民表决，表决的结果将有力影响目前的苏联局势。戈尔巴乔夫希望保留一个松散的新联邦，以维持统一的联邦外交政策和武装力量，但这种可能性随着时间推移而进一步降低……

杜怡沉默片刻，凑近夏小松说："夏小松同学，你听到了吗？苏联也许快没有了，咱们的身份得变成前苏联留学生了。"她又说："我知道你并不高兴听到这样的消息，但苏联的确稀烂得扶不住了，你再执拗有啥用呀。"这么说着，她瞧见夏小松的睫毛似乎动了一下，又动了一下。她惊喜着定睛去看，那睫毛又不动了——或许刚才只是她的错觉。

是的，所有唤醒的迹象都是错觉。

这一日主治医生来查房，比对着新的化验单，终于做出悲观的表示。他讲了几句术语，意思是脑神经在萎缩，身体器官在衰竭。完了他说："看来我们期待的那点运气，已经无法出现了。"主治医生穿着雪一般白的衣褂，他的话听在杜怡耳里，也像雪一般的冷。

这天晚上，杜怡没有打开收音机，也没有守在夏小松耳边聊话。

灯光照常淡着，屋子里静悄悄的。中间的床位已空，病人在白天转走了。那头的病人没有昏迷，但喜欢昏睡。杜怡在躺椅上默默坐着，坐得有了些冷意也有了些困意。她蜷起身子，一点点往被子里缩，又像是一点点往睡眠里躲，然后她真的睡着了。

睡了一会儿，梦出现了。梦中她赤身穿着一件红色睡袍走在野外草地上，正开心着，一阵猛风吹来。她使劲站稳了，睡袍却脱离身体飘到空中。她慌乱抱住自己裸露的身子，目光去追那件睡袍。很快视野里出现了一群男人，他们一边跑着一边伸手去抢半空中的睡袍，混乱之中，睡袍终于被抓到一个男人手里。他快步走过来，走近了，原来是夏小松。夏小松将睡袍披上她的身子，她打开睡袍，想把他的身子也裹进来。狂风又起，夏小松忽然不见了，她急得叫起来……

杜怡醒过来，心里仍然跳跳的。她静默一会儿，咬一下自己嘴唇，喃喃地说："夏小松同学，我欠你的该还你了。"说着起身站到床前，将夏小松往里推了推。又想一下，伸手将灯熄掉，然后上床挨在夏小松身边。因为太挤，她只能侧躺着。

暗色中，她仍然看清夏小松安淡的神色。她伸手捧一捧他的脸，再解开他的衣襟，摸到胸前的伤口。伤口已经结疤，有一点点凸起，摸在手里有些异样。然后她的手按在文身肖像上，静静去听他的心跳。是的，她的手能听到他的心跳，一下一下的，水滴一般的清晰。

接下来，该轮到他的手了。她抬起身子，把他的右手邀过来，用嘴吻一下，再引入她的衣裳内。胸扣已经脱开，他的手可以轻松捉住她的乳房，先左边后右边，轻轻地巡游静静地安抚，像慰问两个委屈的孩子。她的腰身因此一拱一拱的，顶得乳房不停起伏。这样逗留一会儿，她让他的手向下游动。这是一段温暖的行走，走过柔滑的肚子，走过扁平的腹部，之后到达潮湿的圣地。她的身体热了起来，一种慌乱的感觉飘来，跟着一种恍晕的感觉飘来。此时他的手像是活了，激动着又茫然着，一时不知道要干什么。过了片刻，他的手听话地握成拳状，只留下一根昂然的中指。她的手不再犹豫，使劲攥住他的手，推动那根中指往前一点点试探，一点点挺进，最后猛地撞向她的深处。她痛叫一声，身子扭动一下静住，长久长久地静住。同时她发现自己脑袋停在一尺高的上方，眼里淌出汹涌的泪水，滴在了夏小松的脸上。

# 第二部　北京的问号

# 一

从窗户望出去，能看见一团树尖和一块天空。树尖是变化的，上面的叶子一天比一天少。天空不轻易变化，底色老是灰的。

这个窗户每天打开一次，放入一些空气和灰尘，有时几片枯叶也会趁机溜进来。更多的时间，窗户是关上的，并且闭上窗帘。窗帘一闭上，屋子只有淡黄的灯光，没了白天和晚上的界限。

对杜怡来说，白天和晚上的区分并不重要，重要的是记着吃饭的点儿。吃饭的点儿一到，她便洗菜烧肉、煮饭做汤，造出各种气味的雾气。雾气散开，餐桌上有了好几样肉鱼汤菜。她坐到桌前，默默吸一口气，然后动作很快地吃起来。此时手中的筷子似乎有些冲动，在各只盘子之间东奔西走，捡回各样东西塞到她的嘴里。常常上一口还没咽下去，后一口已跟了上来，因此嘴巴里混杂着各种味道。只有遇到鱼刺或肉骨时，她的咀嚼才稍稍慢下来，慢了一小会儿，又一嘴油光地快起来。是的，因为是一个人，她不怕自己的吃相有些难看。

用不了多久，盘碗里的吃物都会清空，只余下一些汤汁。这时她似乎才松懈下来，等着肚子里升上饱嗝。等了一会儿，嗓子处果然跑出一两个或三四个嗝声。嗝声过去之后，她会慢慢站起身，走到洗手间的镜子前打量自己。镜子里，她的脸好像胖了一些。

很多时候，胃口是个奇怪的东西。在夏小松走后的那些天，她一直在旅馆的床上昏睡，三天、五天、一周、十天，反正老是睡不够，其间除了喝些水，几乎没有进食。有两次觉得应该吃些东西，就穿上衣服下楼去找点心店，可面条端上来才吃两口，肚子便饱了。顺道买些水果饼干回来，撂到桌上便不去搭理，因为她马上又困了，睡意湿漉漉地渗入脑子。躺下之时，她给自己的肚子找到一条解释，睡觉是不消耗能量的，譬如动物的冬眠。

那段日子，如果说睡眠似水，她则像一件用皱了的衣服丢在一只木桶里，整天被水浸泡着。那是一种冰凉的包围，感觉像梦一样恍惚而绵长。

十多天后，她似乎睡饱了，回过神来，这才明白在宾馆里睡觉也是要花钱的。她开始找房子，在北京的角角落落里找——不敢要贵的，但要有一个独立卫生间。过了三天，她在西直门找到了这间半地下室的屋子。

搬进新租的屋子，她发现自己胃口大开，浓稠的睡意变成了浓稠的饿意。起先她以为是肚子的一种报复，喂上几顿便正常了。但几天过去，肚子仍不依不饶，不时发出求吃的提示。每天上午，她去附近的农贸市场买回一些河鱼、猪肉和蔬菜，变着法子做各种吃食。半地下室是不让明火现身的，只能使用电炉和电饭锅，但她仍觉得做出来的饭菜好吃。比起苏联的日子，这些饭菜真是好吃呀。透明的饭粒，油香的排骨，清鲜的鲫鱼，还有内容复杂的烩菜……每一样东西都是诱嘴的。然后呢，它们带着受宠后的一点点得意，进入口腔，走过食道，落入胃袋，填补了那里的空虚感。当然，这些饭菜也在提醒她，这里已经不是莫斯科了。

哦，莫斯科，Москва。一个漂在日子里的名词，仅仅过了一个多月，便似乎已经淌远了。

莫斯科，那个射出一颗子弹的莫斯科，那个容不下中国学生夏小松的莫斯科，那个此刻还忙于争斗和排队的莫斯科，那个让她做上了债务人的莫斯科，还值得她回去吗？她还能像以前一样在那儿待着吗？世事踉跄，昨是今非。也许，之前退掉莫斯科返程机票，便暗示着回去的路已经作废。

夏小松没了的第三天，他的骨灰便被父母带回山西。儿子的离去让夏父夏母老掉了好几岁，他们甚至顾不上关心一下杜怡以后的日子走向。但杜怡还不能立即停摆脑子，她在昏睡之前见了胖卷毛，为欠钱的事。

那是一次暗淡无趣的见面，胖卷毛先对夏小松的离去表示了难过，然后问杜怡接下来怎么打算。杜怡木然说：“他走了，我迟早会把钱还上。我见你就是为了说这一句话。”胖卷毛说：“你可以不用还钱！我说过的，为了你我一转身就能成立一家公司，我恰巧胖了些，一看就像经理，你苗条身子往旁边一站，正好是俄语翻译。”杜怡说：“我做不到。”胖卷毛说：“那我没法不问一句，五万元不是个儿科数字，家里人会给你拿钱吗?”杜怡不吭声地摇摇头。胖卷毛说：“那你怎么还钱？去把读书续上，完了再找一份工作？这么玩儿三五十年你也还不了。”杜怡说：“现在我想不了这些，我就想睡觉。”胖卷毛说：“还钱，或者不用还钱，选择一下不费脑子。”杜怡说：“你这是胁迫我吗?”胖卷毛说：“说胁迫就难听了，别忘了在火车上我瞧你一眼立马动了心。”杜怡沉默一下，说：“你给我点时间想一想吧，现在我什么也干不了。”胖卷毛说：“多少时间?”杜怡说：“我不知道。”胖卷毛说：“可我想知道，我不能什么都不知道。”杜怡说：“三个月吧，我需要三个月。”胖卷毛点一点头说：“成，既然我已经赌了一把，就不能猴急猴急的没有耐心。”停一停他又说：“我再说两句酸话吧，一句是节哀顺变，生活就得前仆后继。还有一句算是告白，别人说我是能赚钱的胖子，胖子嘛总乐意边上戳着一位漂亮的苗条姑娘，这不是不好的心思。”

那次见面分手时，胖卷毛说自己马上再跑一趟莫斯科，弄点冬天衣服过去。他又用体贴的口吻表示：“这段时间，我不会打扰你的。”

她确实不要任何人的打扰。现在，日子像是停下来了，她啥事都不想干，只恳求自己无思无想地度过这三个月。三个月不是个大数字，可搁在北京的冬季，也许会显得有点长。

不过杜怡不怕北京的冬天，因为她心里也是冬天。冬天与冬天相遇，至少能产生她想要的寂静。

现在，白天是静的，晚上也是静的。

睡眠减下来后，空余时间多了起来。白天还好，去一趟菜市场，加上三顿饭，再加一个不讲头尾的午觉，一溜儿钟点就用掉了。到了晚上，时间则慢慢地被抻开，变得瘦长了。淡黄的灯光中，寂寞从四个角落里长出来，小小的屋子像是大了许多。

有的时候，她坐在窗边的塑料地板上，扯动一下窗帘，上方露出扁窄的窗口。仰头望出去，一小块天空映着淡淡霓光，没有星星什么的。再拉回窗帘，屋子里全是静默，也没什么内容。

在没有内容的屋子里待久了，啥也不干也是累的。有一天晚上，她突然想到了酒。因家里不存酒，她取来了料酒瓶子，里边还有大半截。她对着瓶嘴呷一口，不算不好喝。在老家的冬天，男人们喝白酒也喝这种黄酒，一边喝一边说一堆闲话。眼下她嘴里没有闲话，也不想跟人说闲话。她让自己靠在旁边墙上，支起双腿将瓶子挨着膝盖，过一会儿喝一口，过一会儿又喝一口。瓶子里的酒一次次矮下去，不多久便见了底。她把瓶子搁在一旁，心里似乎舒通了一些。

喝过酒的夜晚，到底有些不一样。先是在空瓶子旁边，爬近一只蟑螂。它大约闻到了酒味儿，围着瓶子转了几圈，一副找不到门路的气恼样子。杜怡静静瞧着蟑螂，猛地将瓶子往上一提。蟑螂吃了一惊，一溜烟儿跑远了。接着头顶窗户传来什么声响，因为有酒的帮助，她大了胆拽开半边窗帘，原来是一只花猫。它双掌敲着玻璃，似乎表示要登门拜访。杜怡站起身子，花猫跳开几步又回来，好奇地看着她。她盯着花猫的眼睛，觉得有话要说。她说：“真是抱歉，我不认识你，可看到你就想起一个问题。”她说：“我听说猫有九条命，拿走一条还有八条……可是人为什么只有一条命？”她又说：“这不是算术题也不是哲学题，我不知道哪儿有答案。你能解出这个题目吗？”

有的晚上，杜怡也会裹上大衣出去走走。西直门周边有不少灯光，守着灯光的不是吃店就是商场。她绕过那些灯光，径直走入地铁口。冬日的夜，地铁是个好去处。她坐在车厢里，懒了身子，听着喇叭的声音一站一站报过去，瞧着匆忙的人们一会儿上来一会儿下去。因为2号线是个大循环，可以不挪窝地一直坐下去，如果搭借一个比喻，她觉得自己是一根时针，慢慢地耗着钟点。

待在椅子上没事儿，她也会取出衣兜里的照片看一眼，这是那次在莫斯科麦当劳餐厅里拍的，也是她带回中国的唯一一张两人合照。照片上两个人依靠着，夏小松脸上有穷开心似的笑。每回坐地铁，她不会忘了带上照片，这样来泡车厢就不是一个人了。

车厢里也不是一直平淡的，有一天时间已晚，坐客渐渐稀少，显得有些空荡。这时她看见对面坐着一位中年艺术男，一脸的络腮胡子，手里捏一罐啤酒一口一口地喝。杜怡注意到，他的脚上有两种颜色。是的，他穿着一棕一黑两只皮鞋。杜怡盯着对方的鞋子，脑子有点恍惚。她的发愣目光让中年男嘿嘿一笑，他晃了晃皮鞋，那神情仿佛在说：“姑娘，对我的鞋子感兴趣吗？猜猜看，我为啥穿两只不同色的鞋子？”杜怡不能搭理他，便不吱声地别过脑袋，但她眼里慢慢渗出一层泪水。

这天夜里从地铁口出来，她多走一点路拐到一家24小时小卖店，买了几瓶黄酒带回家。

她打开一瓶酒坐到地板上，一边喝一边等着脑子混沌起来。但喝了一口又一口，脑子仍不肯混沌，莫斯科往事纸片似的从远处飘来，又飘出脑海，在屋子里轻轻游走。

她站起身取了纸笔，坐在小桌前开始写字。她写的是两个人在阿尔巴特街相遇，后又在地铁上相伴回家的情景，情景里有夏小松的认真表情、调皮话语和呵呵笑声。文字写写停停，占领了三页纸。她搁了笔歇口气，再把文字细细读一遍，然后找来一只盘子和一盒火柴，把纸张点着了。文字里的故事变成一团火焰，在她眼前蹿腾一下，很快熄灭了，化为一股灰色的烟。

远处飘来的往事又飘回去了，纸上的文字夏小松应该能看到吧。这么一想，她心里的疼痛似乎也化开了一些。

以后的每个晚上，她先喝几口黄酒，再写一段两个人的往事，然后点上火烧掉。莫斯科河边咖啡店的相约，莫大图书馆的一起看书，“立陶宛”电影院散场后重返影厅的相偎，麦当劳用餐时的拍照，夏小松解开衣服露出文身肖像的那个下午……每一段回忆的重现，都让她与夏小松见上一次面。每一回纸稿的焚烧，都是她跟夏小松的一次道别。道过别之后，这个夜晚的睡眠就轻松一些。

天气越来越冷。下了两场雪，窗户被堵上大半，只剩下窄窄的一道缝。但日子并没有被冻住——即使懒得去数点，杜怡也明白三个月的时间已用掉了一半。

这一天她终于记起了早该处理的事情，一是父母，二是上课。上课是与莫斯科连在一起的，莫斯科暂不回去，总得有个说法。与家里的联络也拖不过去，时间这么久了，怎么也得递个消息让父母和弟弟安心。她使劲想了想，觉得自己该写三封信，第一封是给友大老师的，要求休学一年，这样至少能获得缓兵时间；第二封写给父母，撒个谎报一声平安；第三封信要为第二封信打掩护，所以写给了张汝娟，让她将撒谎的信从莫斯科寄回国内。想到给张汝娟写信就得讲夏小松的事，她心里暗了一下。是的，她现在不乐意白纸黑字地讲述夏小松之死，即使是张汝娟。又想到莫大得知自己的一位中国学生死去，不知会有怎样的态度。混乱无序的时局，又是回国后去世，也许校方压根儿不当回事吧。

杜怡想想停停，花了一天时间才写好这三封信。下一日上午，她专程去了邮局，准备将信挂号寄出。大厅里的人不少，她取了号坐椅子上等着。旁边一位老头儿端着一只收音机听京剧，一边摇头晃脑一边盯着窗口的叫号。杜怡恍然一下，记起自己很久没听歌曲了，夏小松离去后，收音机就没了声响，应该是电池耗完了。这段日子心里枯着，都忘了音乐什么的。

返家途中经过一家商店，杜怡进去买了电池，又见旁边柜台里摆着不少围巾手套，迟疑一会儿还是挑了一条厚围巾一双皮手套买下。上次从莫斯科到北京以为马上回去，一些小衣物没有带够。而她有些犹豫，是因为手头的钱已经不多。办完夏小松的事，五万元只剩一个小数，她必须用这些钱让自己度过冬日，并且给胖卷毛一个答复。现在离冬天的结束，还有好些个日子呢。

回到家里。杜怡找出收音机换上电池，声音果然响了。调了一会儿，找到一段轻音乐——这段轻音乐不是她喜欢的，但旋律缓慢，有一种在水中漂淌的感觉。漂淌了几分钟，音乐结束了，接下来是广告，再接下来是一段相声。相声是讲吃的，搭几句话后，一张嘴巴油滑滑地报菜名：蒸羊羔、蒸熊掌、蒸鹿尾儿、烧花鸭、烧雏鸡、烧仔鹅、卤猪、卤鸭、酱鸡、腊肉、松花小肚儿……杜怡不觉得有意思，伸手关掉开关。她该给自己做午饭了。

以后几日，她没事儿坐在地板上发愣时，会打开收音机听点儿音乐。音乐播完了，也懒得换台，似听非听地让收音机继续走着声音。那些声音与她无关，打扰不了她。

但是这一天，在一首安详的手风琴曲子之后，她听到了一组关于各国圣诞节的报道。美国一位海外士兵提前回国，把圣诞老人送到儿子的教室，制造了一个惊喜。澳大利亚人在高温中欢度节日，一位农场主安排全家在水槽中浸泡，一边喝啤酒一边听音乐。英国伦敦市中心广场竖起一棵号称世界最高的圣诞树，为了是不是世界最高，两位游客发生了争执。然后说到了苏联：戈尔巴乔夫在圣诞节这天晚上进行权力移交，他携带的苏联造毡尖笔不太流利，只好接过一位美国记者递来的圆珠笔，签下了苏联解体的文件，随后克里姆林宫顶上的苏联国旗在夜色中最后一次降下。莫斯科市民对这一历史时刻保持着平静，因为他们在节日里还有别的事要做。

杜怡也挺平静。该来的总归会来的，这本是一个已失去悬念的结局。她纳闷的是这件重要的事儿居然被编入圣诞节的花絮报道，一个国家的解体，被如此轻松地说出来，仿佛是一群孩子玩家家后的解散。今年的圣诞节，也许会因为克里姆林宫的变化而多一道聚会时的话题，但失去了苏联，这个世界真的会变得更好一些吗？

杜怡从衣兜里取出那张合影照片，盯着夏小松的脸轻声说："我知道，那天广场上的子弹不仅射中了你，也射中了苏联的躯体。苏联比你多挨一些日子，但今天也没了。"她想一想又说："苏联没了，你有苏联护照也回不去了，我就这么告诉你一声。"

过了元旦，天气更冷了。屋子里供着暖气，里外温度差着一丈远，若出门去菜市场得裹上好几层衣服。杜怡有过莫斯科的历练，心里不惧，身子却躲闪不开碰上了感冒。

感冒倒也不重，不发烧不头痛，只是打喷嚏流鼻涕，之后是时不时的咳嗽。吃了些药，又爱上了睡觉。躺在床上，脑子昏昏的想暗过去。暗了一会儿，出现一些无序的梦，可一声咳嗽，梦片四碎。就这样睡睡醒醒，穿过一夜到了上午，身子软软的凑不起气神儿。

所幸胃口没被破坏掉，到了饭点，仍起床做吃的喝的，使劲把肚子喂饱。胃里踏实了，脑子也清明一些，算算日子，离过年越来越近了。这屋子是一间大储藏室改造而成的，有一些邻居。杜怡因为不乐意被打扰，就少与他们接触搭话。现在，即使闭着门，也能感觉到这些邻居在做回家过节的准备。他们订车票、买年货，弄出兴奋的声响。

杜怡也想过收拾行李回家，让父母以为女儿是学期结束回国过年。但苏联大学的寒假时间太短，花一把钱丢在飞机和汽车上，仅仅为了在家里待上几天，这是父母难以理解消化的。更重要的是，她无法备好恰当的心情去应对父母。在欢喜的节日气氛中戴上一副假面具吗？或者把自己的故事当作年货送给父母？反正一家人凑在一起，这个年仍是过不好的。她也许能得到一份压岁钱，但肯定得不到一份安慰。

这么思忖着，她心里渗出些苦味，仿佛感冒药丸梗在胸口慢慢化开。屋子里挺热，空气有些干枯。她不知道干点儿什么好，就坐到小桌前铺开白纸。莫斯科往事已写过一遍烧给夏小松，再挤些伤心文字只怕讨他嫌了。她静一会儿，丢掉钢笔离开小桌，把自己扔到床上。

躺在床上睁着眼睛，目光里是一面白里掺黄的天花板，空虚无趣，无法多看。她拧开收音机，频率一路搜过去，没有歌曲只有咿咿呀呀的各种说话声。她关了收音机闭上眼睛，嗓子里蹿出一声咳嗽。这一声咳嗽没咳透，引出一串新的咳嗽，把她的脸都憋红了。咳完了喘口气，发现脸上湿了一片。

她再次起床，往嘴里扔了几颗药片，然后裹上大衣出门。此时是下午，街上显得繁杂又苍茫。她缩着脖子穿过街道，去了地铁口。

她很少在这个钟点泡地铁，以为人会很多，进了车厢未见到拥挤。看一眼手表，才知道是周六，日子过得有点儿错乱了。

站着过了一站，找到椅子一角坐下。因为没有睡够，脑袋有点飘沉，她微眯眼睛往后一靠，让身子和脑子一起懒着。喇叭里又响起报站声，一些人走到门口候着。一位站在她跟前的年轻姑娘突然“呀”了一声，叫出她的名字。她弹眼瞧去，竟是多日未见的丝丝。丝丝说：“是你吗，杜怡？我差点认不出你了。”杜怡脑子里映出自己，头发凌乱面目不洁神情暗淡。丝丝说：“你的脸圆了许多，日子过得挺滋润吗？”杜怡涩涩笑了一下，没有吭声。

车门打开，一群身子抢出去。丝丝放弃了下车，坐到杜怡身旁，问：“这些日子你干啥呢？还在到处借钱救人？”杜怡轻着声音说：“他死了。”丝丝愣了愣，半晌才说：“前段时间想过找你，可不知道怎么找你。”杜怡点点头说：“我没打算让别人找到我。”丝丝说：“不让别人找到你的办法是回到莫斯科，可是眼下你还在北京。”杜怡说：“莫斯科暂时不回去了，我……休学了一年。”丝丝说：“我懂了，你在скорбь（悲痛），你需要疗伤。”停一停又说：“不过我也不懂，скорбь

(悲痛)还能让人变胖。”杜怡沉默一会儿说:“我看上去一定很糟糕。”丝丝说:“你现在还缺钱吗?上次答应借你两千元,还没给你你就不见了。”杜怡摆一摆头说:“两千元不用给我了。我借了很多钱,我得想办法还钱。”丝丝叹一声说:“你到底借到钱了,可惜没把人……救回来。”

车子又过几站,丝丝不能拖沓了。她让杜怡给个联络地址或者电话,杜怡轻轻摇了头。丝丝说:“上次帮你没帮成,这回我得想法子再帮你一次。”杜怡说:“你别惦记我了,我现在愿意一个人待着。”丝丝说:“那你记着我BP机号吧,啥时不愿意一个人待着了就call我。”她说了一个号码。

这次偶遇让杜怡知道,即使与丝丝这样的要好同学意外碰面,自己心里也生不出一点高兴。另外,丝丝在杂人中一眼认出自己,说明自己的脸胖得还不够。

回到住屋,她脱下大衣迈进小卫生间,站到镜子前看自己。镜子里的脸有些圆胖,但倦倦的没有一点儿油润,眼睛似乎也变小了,眸子灰暗乏力。这是一张不合格的脸,也是一张无趣味的脸。几个月前的她,若瞧见眼前的这张脸,一定吃惊得不愿意认领。但是现在她盯着自己,有些伤心也有些满意。对的,一种伤心的满意。她心里明白,三个月的孤独时间,既是为了在心里慢慢送走夏小松,也是为了不让那位胖卷毛靠近自己。她需要一次变丑,让胖卷毛见了她也不愿意认领。这个任性的隐秘心思,在住进半地下室的第一天就已经诞生了。

不过此时对着镜子，她也知道自己的增肥并未达到想要的效果，下巴仍翘着，鼻尖未添肉，嘴唇还不厚……而且感冒一次，也可能抵消掉好几天的吃喝。这么一想，她禁不住冲镜子哈了一口气。

随后的晚餐，杜怡花一些时间做了红烧排骨、油焖茄子、鸡蛋土豆饼。几样菜端到桌上，飘起一阵油香。

她不怕油，她不允许自己怕油。她将一块红烧排骨塞到口中，先啃掉肉，再嚼骨头，骨头嚼碎了，一个滚儿吞了下去。之后一截沾满油汁的茄子进入她的嘴巴，稍稍做一下逗留，便消失了。土豆饼里有鸡蛋和葱花，咬到嘴里有一股扎实的香味儿，舌头往后一推，扎实的香味儿落到了胃里。这么吃着，她得寸进尺地想到了鱼，要是有一条葱油鲳鱼或者葱油小黄鱼就好了，既鲜又嫩，味道хорошо（上佳）。但这些鱼通常只出现在老家的餐桌上，此时容易引出伤感，所以念头一起便赶紧掐掉。再说了，海鱼虽然好吃，毕竟是不增胖的。

吃到中途，感冒出来干扰了，鼻腔淌出涕水，嗓子也痒痒起来。她起身去卫生间清理，见了抽水马桶，嗓子使起性子，猛烈咳出声来。她凑过去脖子一伸，竟吐出好几口胃中食物，马桶池里浮起一层油花。她闭上眼刹住咳嗽，愣了几秒钟，冲掉水回到餐桌。

现在，她不能犯这种差错了。她喝口水润润嗓子，再把一块红烧排骨夹到嘴里。

# 二

跟胖卷毛再见面是新年的初六中午，地点在西直门外的一家牛排馆。杜怡在电话里告诉他，这家牛排馆挺牛的，过年闭门三天就开业了。

杜怡没有收拾外表，头发乱着，脸不上妆，身上穿着厚肿衣裳，外边又套了棉大衣，看上去像风尘旅途上的赶客。她走进小包厢，冲等在那里的胖卷毛淡淡一笑。胖卷毛恍惚一下，眼睛慢慢变大，半晌说不出话。这正是杜怡期待的表情。

杜怡脱下大衣扔到旁边，抓起桌上的茶，给自己倒了一杯，然后说：“三个月了，咱们果然按时见上了面。”胖卷毛一摆手说：“等等，先让我猜一下这些天你都干了些什么。”杜怡说：“我租了间地下室，什么也没干。”胖卷毛说：“什么也没干怎么成这模样啦？我以为你刚从西伯利亚回来呢。”杜怡说：“也不是啥都不干，我睡了还吃了。”胖卷毛说：“弄一间地下屋子，又吃又睡的，这不是圈一个猪栏吗？——这可不是骂你。”杜怡说：“你骂我胖，我不在乎。”胖卷毛说：“我琢磨着你会回老家去养心情，所以一直没跟你联系。”杜怡说：“我乐意一个人待着，你想联系也联系不上。”胖卷毛说：“你吃着睡着的时候，我又跑了一趟莫斯科，做了一单挺痛快的买卖。”杜怡说：“那边还好吗？”胖卷毛说：“非常时期，表面看着还行，其实乱成一锅粥，不过这也是做生意的好日子。”杜怡说：“你是不是还惦记着成立一家公司什么的，把生意做大？”胖卷毛说：“这得先由我问，你还愿意跟着我吗？”杜怡说：“我还不了你的钱，我想赚钱。”胖卷毛说：“这么说你愿意跟着我？”杜怡说：“昨天我在菜市场称一下体重，胖了二十斤。”胖卷毛不吱声，盯着杜怡的圆脸。杜怡又说：“我感觉我还会接着胖，奔着俄罗斯大妈去。”胖卷毛说：“操，你说这个什么意思嘛？”杜怡说：“我在提示，我可以给你当翻译，但站在你身边的不再是苗条的美女。”胖卷毛嘿嘿一笑说：“你说话有点油嘛，看来不好的心情调回来了。”杜怡说：“我现在的心情就是想吃，让嘴巴有点油。”胖卷毛说：“刚刚过完年，得让嘴巴清淡点儿。”杜怡说：“别说过年的事儿……大年三十晚上，我在地铁待了两个小时，到最后车厢里只有我一个人。”胖卷毛说：“操，你还真会玩孤独……”杜怡说：“所以今天到这个店里来，我就想狠狠吃几块牛排。”胖卷毛说：“是不是想把年夜饭补上呀，那还得有酒。”杜怡说：“今天我不怕酒！”胖卷毛嘴巴一撇乐了。

胖卷毛招来服务生，要了几个菜和两份牛排，又叫了两瓶红酒。胖卷毛说：“先走两瓶，一人一瓶。”杜怡没有吭声。

菜上来了，杜怡拿起筷子伸向这个盘子，又伸向那个盘子。胖卷毛说:“什么吃相呀！能不能淡定点儿先举个杯碰一碰?”杜怡端起杯子轻碰一下，靠嘴边呷了一口。胖卷毛说:“玩起优雅啦，能不能喝个大口呀?!”杜怡又端起杯子晃一晃酒，慢慢地全倒入口中。

吃了一小会儿，瓶子里的酒已下去一半。这时铁板牛排才上来，伴着黑椒的香味儿，杜怡握刀切下一大块送进嘴里，脸颊顿时鼓起。她一边嚼着一边讲了句什么。胖卷毛说:“你想说什么呀?”杜怡说:“我想说这儿的牛排不错。”胖卷毛瞧着杜怡运动的嘴巴，说:“在莫斯科待过的人，胃口就是不一样。”杜怡说:“别提莫斯科了，吃饭的时候最好别提莫斯科。”胖卷毛说:“为什么?”杜怡说:“莫斯科又不是一道菜，提它干什么呀!”胖卷毛“嘿嘿”笑了，说:“看来你什么都能往吃上扯……要是这么吃着，你的胖很快会赶上我的胖了。”杜怡说:“那多好呀，以后你带我出去，两个胖子在别人跟前一站，二乘上二的分量，谁也不敢小看。”胖卷毛不吭声了，眼睛里似乎飘游着什么。杜怡说:“有一句俄语заимствовать，就是相映成趣的意思，可以用在两个胖子身上。”胖卷毛说:“我在脑子里展望了一下，确实有点喜感，好玩儿。”杜怡说:“为了заимствовать，咱们得干一杯!”这么说着，她拿起杯子大口吞下，脖颈跟着蠕动了几下。胖卷毛看一看她，也将杯中酒喝了。

杜怡抓过酒瓶将自己杯子斟上，又伸向对面杯子，被挡住了。胖卷毛说:“一人一瓶说好的，不许撒赖!”杜怡将酒瓶收回来，说:“好吧，看来你一北京爷们儿，也是斤斤计较的人。”胖卷毛说:“这不是斤斤计较，这叫讲规矩。”杜怡淡笑一声说：“讲规矩这词儿从一位倒爷嘴里出来，好像有些смешно。”胖卷毛说：“又讲鸟语了，什么意思呀？”杜怡说：“就是滑稽。”胖卷毛说：“操，你以为做生意可以不靠谱子走！告诉你，我的生意往小里说是跑单帮，往大里说是国际贸易，国际贸易能不讲规矩吗？”杜怡说：“我借了你的钱，然后就得跟你走，这也是一种规矩吧？”胖卷毛说：“嘿嘿，把话往这儿赶了，那我把话说前头，跟我走不是卖身，是享受快乐还顺便赚钱，赚大把的钱。”杜怡说：“先不提赚钱，我只想听到……跟着你跑能赚到哪些快乐？”胖卷毛说：“你一学生小妞儿，压根儿不知道北京有许多好玩的地方，莫斯科也有许多好玩的地方。你想想，身上揣着塞满美元的钱包，一个场子一个场子玩过去，那是什么感觉！”杜怡说：“你又提莫斯科了……”胖卷毛说：“莫斯科现在跟以前不一样了，不断地会有好玩的场子出来。”

杜怡捏着杯子喝了一口，说：“好吧，我也讲一个莫斯科好玩的场子。”胖卷毛说：“什么场子？你说说看。”杜怡说：“McDonald's，麦当劳。”胖卷毛说：“一说就跟吃的地方连上了……麦当劳哪儿没有呀，北京也有。”杜怡说：“先听我说……莫斯科的那家麦当劳在普希金广场那儿，许多时候得排很长的队才能吃上。”胖卷毛说：“我最不耐烦排队了，站一两个小时买一份汉堡，傻帽呀！”杜怡说：“排一次队都不乐意，还说带给我快乐。”胖卷毛说：“好吧，你愿意跟我去莫斯科，我就陪你去普希金广场排队。”杜怡说：“排的队说是长吧，两个人要是聊得开心，时间其实也过得快。”胖卷毛说：“行，排队的时候我陪着你使劲儿聊。”杜怡说：“终于排到头了，进去站到售台前，我要一个汉堡一份炸薯条一杯可乐再加两只鸡块。”胖卷毛说：“没问题，你想吃多少就点多少，别想着给我省钱。”杜怡说：“我们一边吃着一边可以看旁边的儿童游乐区，那些孩子也许在玩生日快乐什么的，女服务生还会给他们拍照，场面挺温馨。”胖卷毛搭不上话了，杜怡继续说下去：“我过去请女服务生给我们也拍一张，女服务生答应了，走过来让我们俩摆好姿势脸露微笑，然后端起相机摁下快门。不过她拍的时候心里一定冒出遗憾……”胖卷毛说：“遗憾什么？”杜怡说：“遗憾装进镜头的是一对胖子，洗出来的照片不好看。”胖卷毛说：“操，你绕了一圈想说什么？成心逗我吗？”杜怡说：“我想说呀，以前不是这样的，以前我和夏小松在那儿拍过照片，照片里两个人挺精神。”说着她的手离开酒杯，伸进衣兜里取出一张照片，在自己眼前停留几秒钟，再递给胖卷毛。胖卷毛接过去看一眼，一丢手撂到桌上，顺道抓起杯子喝了一口，不再吱声。

杜怡也不说话了。今天她讲得太多，似乎三个月的孤独被挤破一个口子，淌出一堆言语。眼睛往旁边瞧，酒瓶已经空掉——大约是料酒打的底子，喝了一瓶红酒脑子竟然不糊涂，只是有点起困。她松了身子，往后靠在椅子上。

静默片刻，胖卷毛起身去洗手间。他去得有点久，杜怡想稳住自己，眼皮却不听话地盖将下来，脑子也渐渐暗淡。等不及他回来，她已经睡着了。

不知睡了多久，也许只是一会儿，也许是不短的时间，反正醒来时对面的椅子仍空着，胖卷毛的大衣已经不见了。她眨一眨眼，见桌上多出一张纸，纸上有一些字。她赶紧取过来看，是几句鸣金收兵的话：行吧，你可以跟我过不去，但不能跟人民币过不去。再给你三个月时间，把我的钱还了！今天这顿饭我做东你结单，在五万元里扣吧。

杜怡晃一晃脑袋，确认自己是真的醒来了。

初十那天，杜怡找出丝丝的BP机号，在公共电话亭里呼了她。

丝丝很快回拨电话，一听是她，声音添了一些惊讶，说我没准备你这么快出现的。杜怡问你回家过年了吗？丝丝说待在北京张罗个闲事呢，你有啥指示？杜怡掩了两秒钟，表示自己现在缺钱。丝丝说："大钱还是小钱？小钱我凑得出来。"杜怡说："大钱。"丝丝说："那是要我再帮你找一位老板借钱吗？你这臭脾气，我可不能让自己讨个无趣。"杜怡说："我想自己赚钱，你帮我找份差事就行。"丝丝说："这话说得轻巧，我有那么大能耐吗？我好像没有。"杜怡说："北京这么大，我只有你可以投靠了。"丝丝说："那你真不回莫斯科啦？"杜怡说："至少暂时不回了。"丝丝停顿一下说："那好吧，咱们见个面……这种事电话里可说不明白。"

第二天杜怡去了学校，两个人还在南校门外的咖啡店里见面。丝丝先伸手捏一捏杜怡脸上的肉，像是亲昵又像是不满，然后送出一句话："你运气不错，我还真能给你找一份赚钱的短工。"未等杜怡追问，她又说起自己最近是如何的忙碌。原来她在帮着张罗一个艺术展，这个艺术展规模不大但挺有趣。她说："你还记得三年前美术馆的那场现代艺术展吗？"杜怡使劲想一下，点了点头。大一那年春节，中国美术馆举办了一场前卫艺术大展，内容稀奇而疯狂，有孵蛋、避孕套、吊丧什么的，最后是行为艺术"枪击"——两声枪响终于搅黄了大展。杜怡跟美术不沾边儿，自然没到现场观看，后来上艺术鉴赏课时老师讲到了这件事。为了讲得逼真，老师嘴里还发出"砰、砰"呼啸的枪声，让教室里所有的眼睛都瞪大了。丝丝说："那场艺术大展之后，前卫的艺术活动就不能随便玩了，但这批人还在，闹腾的心思还在，不让在面上搞就转到地下。不过玩艺术得烧钱，没钱只能走投无路，这一回他们终于遇到一位服装老板，双方喝了两场酒，把事情谈下来了。"杜怡说："你……一个外语系学生，跟这个有啥关系？"丝丝说："玩新鲜呗！我认识那位服装老板。就跟进去打个杂……我的杂事儿是联个络跑个腿，还有就是找人。"杜怡说："我明白了，你是让我出任售票员或者引导员什么的。"丝丝摇摇头说："你不明白，我说了你才能明白。这个艺术展放在一个四合院里，有先锋美术还有行为艺术，总题目比较肥大，叫《天问》，意思对生活对人进行质疑。既然是天问，他们就准备弄一个醒目的人体造型，让五位女子往地上一躺，形成一个大的问号。"杜怡说："你是让我卧在地上，做问号的一部分？"丝丝说："是的……而且不穿衣服。他们说，天问嘛，当然得天体。"

杜怡抻一抻脖子，才没让嘴巴喷出一口咖啡。她紧了脸，硬着口气说：“让我光着身子躺在地上，丝丝亏你想得出来！”丝丝笑了说：“瞧把你紧张的……他们让我往女学生里找，找了一周才知道有难度，又考虑到展览风险，他们便后撤了一步，允许穿上三点。”杜怡说：“穿上三点也不行，我不能让自己像一堆肉搁到地上。”丝丝说：“搁到地上的不是肉而是艺术，在搞美术的人眼里，这是很平常的事儿。”杜怡说：“别跟我谈艺术，眼下我就想卖些力气赚点实在钱。”丝丝说：“那行呀，卖冰棍擦皮鞋端盘子什么的，这样的工作有的是，还需要找我吗？”杜怡不吱声了。丝丝说：“这个展览是小范围的，不对公众开放，时间也只有十天，不会给你丢脸的。当然给的钱不会少，每人两千，我跟他们说说，兴许还能给你再加一些。”杜怡一口一口将杯中咖啡喝完，然后抬起脑袋说：“丝丝我知道你为我好，可这份差事超出了我的理解，我没法答应。”丝丝说：“好吧，离艺术展还有一段时间，你可以不用马上答应。不过甭管答应不答应，有件事你得马上做，就是把脸上的肉瘦掉。一个女孩子，允许自己胖成这样，这才是丢脸的事。”杜怡干涩地笑了一下，问：“你说的一段时间是多久？”丝丝说：“一个月，那会儿有点春天的样子了。”

是的，该轮到减肥了。多出来的肉，已经没用了。

对于减肥，杜怡心里有一些底气，觉得这不是个难事儿，因为自己的体质并不靠着肥胖，现在的赘肉是有意制造出来的。既然是有意制造，也可以有意去除。

行动之前，她特地在农贸市场公平秤上站了一下，秤表指针跳向一个难堪的数字。这个数字让她默算几秒钟，得出另一个需要减去的数字。

现在，她首先要做的是挡住嘴巴。在内容上，让肉类快速消失，同时扩充蔬菜和水果。在数量上，早餐可以吃饱，中餐和晚餐渐渐收缩。这样的规则定下后，她从农贸市场买回的全是萝卜、黄瓜、西红柿和大白菜，跟以前在莫斯科差不多。另外，做菜的时候不是不搁油，但只能是几滴，这是补充规则。

第一天没有问题，以米饭和蔬菜为主，晚上补一只苹果。第二天肚子有点空虚，便多喝些水。水在腹中攒多了，便不满地晃荡，偶尔还发出“咕咕”的声音，但并不碍事。第三天饿意上涨，有反扑的意思。她抵挡不住用剩肉做了一份萝卜炖肉，吃完了便后悔，赶紧进卫生间用手指抠喉咙，硬是将肉物哗哗吐了出来。

到了第四天，胃口渐渐适应新的食物供应，只是时不时地撒个娇，仿佛小孩子伸出要零食的手。杜怡一般都硬一硬心，把讨吃的手打回去。

在把守嘴巴的同时，当然还要让身体流汗。流汗最简单的办法是找个地方跑步。她瞄上附近一所中学的操场，每天下午放学时间，混进校门加入长跑学生之中。目标先是八圈，一天增加一圈，一周后已是十五圈。跑完十五圈，身边的学生身影渐少，她双手扶腰，汗气腾腾的，在操场上慢步一会儿，才出了学校回家。又过几天，觉得脚力添了不少，回家时便不肯马上进入地下室，而是溜进旁边高楼的消防通道，沿着楼梯一级级往上爬，爬到十二层楼顶又走下来。她管这个叫小灶加餐。

还有一次，她听说魏公村那边苹果卖得便宜，就在练身时间里跑步过去。此时沿线道路正在修造，灰尘在空中与她的脸相遇，不一会儿就弄得面显土色。但她没有不高兴，买了几斤苹果甩到肩后，又一路跑回来。她把这个叫负荷加练。

这样过了一些日子，她往秤上一站，无意外地少掉十来斤。再捏一捏臂腿，虽然赘肉还是多，但皮肤紧了不少。宽慰之余，她call了丝丝，在电话里将减肥情况简要告之。丝丝说："不错不错，出成绩了。"又说："再加把劲儿，让身体回到以前！"放下话筒，她心里有些无趣，干吗要跟丝丝讲瘦身的事？这不是在暗示自己向那份差事靠拢吗？

事实上，杜怡这些天也一直在找工作。她先是注意到北京动物园那边有个服装市场，里边布着几溜小服装店，衣裳的颜色赤橙黄绿很是逗眼。要是找家服装店做服务员，把肥肥瘦瘦的衣裤推荐给肥肥瘦瘦的人，倒是一个不枯燥的活儿。不过这种工作难以持久，此处又离母校近，若是撞上逛街的昔日同学，免不了难堪脸红。她琢磨两天，又想到要不要去王府井肯德基店求一份职——穿着鲜艳的制服在大厅里走来走去，那感觉至少不会太差。不过待去了一打问，才知道因为是新鲜的洋店，想端盘子的姑娘还不少，候缺的名额也排着队。

还有一次她在街上走着，东张西望想寻找招人启事什么的。刚在一张招聘红纸前停下，一位中年女人凑过来搭话，说可以提供一份赚钱的活儿。她急忙问什么活儿，中年女人将她拉到旁边一家卖盒装营养品的小店，翘着舌头说了一堆话，意思是别人进门欲买不买时，她得在一旁扮演买客说营养品的好话，还很爽快地掏钱买下好几盒。杜怡明白了，这是让自己做“托儿”。中年女人说：“你的脸正好小胖着，一看就是营养品吃出来的。”杜怡无法应答，只是默着脸摇了头。

当然街上的寻找也不是无收获的。这一天她在人行道上走着，一块翻译社的牌子在半空中伸出来。她目光一愣，脑子里似乎醒了一下。走进楼门上了二楼，见到一间不大的屋子，里边坐着一位眼镜男子。男子以为她是送译的顾客，一边站起身一边问翻译什么东西。她赶紧说了来意，表示自己能承担俄文资料翻译。男子沉吟一下，说眼下英日德法活儿不少，俄文就差点儿。杜怡问为什么，男子便解释几句，意思是中苏关系起步晚，现在双方只是做些边贸生意，投资、留学的事稀少，学俄语的人也不多。杜怡眨眨眼，脸露失望。男子想了想，将语气挽回一些，说北京到底是大地方，总有些俄文业务，我们已有一些翻译人员，不过你也可以加入的。说着他拿出一张纸，让杜怡写下名字和简历。同时杜怡知道了他的名号叫老刘。

过了两天，杜怡又去了一趟翻译社，见到了老刘的笑脸。老刘说你运气不错，今天刚接到一份俄文资料。杜怡拿过来一看，是一篇关于贝加尔湖水温变化和鱼类生长的数据分析。杜怡说："贝加尔湖很美，看看风景就行了，干吗还去搭理鱼的青春期老年期呀?"老刘一挥手说："只要人家肯付钱，文章的用途咱们可管不着。"又问："你行不行呀?"杜怡说："好吧，我试试看。"老刘便跟杜怡要联系方式，杜怡说自己没有。老刘说："这多不方便呀姑娘，赶紧去买一只BP机……你不能玩躲猫猫，你得让别人随时逮着你。"

老刘的提醒是对的。出门到街上，杜怡寻着一家通讯商店，买了一只BP机，随后犹豫一下，呼了丝丝。丝丝很快回复电话，杜怡将自己的BP机号码报给她，又说了最近几天的减肥近况——体重还在掉，但掉得有些慢。丝丝说："一般都这样，起步容易后续困难。"杜怡轻了声音转过话头，说要跟她借一本俄汉词典。丝丝说："干吗用呀？用俄文写回忆录还是写减肥分析报告?"杜怡一时不想说翻译的事，就含糊地嗯哼。丝丝说："借词典当然可以，不过杜怡我要说说你，借一本词典不如买一本词典，得赶紧刨钱呀。那么好的一份赚钱活儿我舍不得给别人，你居然还在犹豫。"终于又回到了这话题，杜怡说："我没答应，是因为我还没想好说服自己的理由。"丝丝说："赚两千块钱不是理由吗？这可是一般人一年的工资。"杜怡心里叹息一声，嘴里说："可我身子还没完全减下来。"丝丝说："我想过了，一个问号造型，下面的点儿不能轻飘，你的身子既然有分量，就做那个问号的点儿。"杜怡说："我这样做真的可以吗?"丝丝说："可以的，一个微胖又有质感的点儿。"杜怡说："我是说把自己身子交给那么多眼睛，这合适吗？”丝丝笑一声说：“блять（他妈的），这是艺术！”

搁下电话，杜怡心里有些飘。自己这是答应了吗？好像是答应了。答应的理由呢？赚一份钱，还有他妈的艺术。这两个理由一实一虚互为依靠，形成了支撑力。但她又知道，站在这两个撑点上，自己的心理仍是摇晃不稳的。

其实她还有一个撑点，只是这种说法需要孤独，不能示给丝丝的。

只要往深处扒一扒，她内心角落里也藏着一样东西，那就是问号。这问号默默蹲在那里，不明白地瞧着日子，瞧着日子里飞行的一颗子弹，瞧着那颗子弹击中了两个年轻人的命运，而问号下面的那个点儿，多么像命运淌下的一滴眼泪。

她做问号的点儿，就是做命运的一滴眼泪。这个理由似乎更好些。

## 三

“天问”前卫艺术展以民间的姿态，驻扎于东城一个私家四合院。这四合院卧在一条低调干净的胡同内，门脸并不阔大，进了院子很有模样——典型的三进布局，正房、厢房、耳房加上侧房、后罩房，有大小二十多间屋子，中间庭院守着国槐和海棠，落到目光里既平民又贵气。

布展的时候，杜怡到各个屋子溜过一眼。正房算是主展厅，挂满了美术作品，一部分是先锋画儿，用现代派技法将各种物品进行变形，弄出夸张的效果。一部分是人体画儿，上面的女性裸体相当逼真，皮肤、乳房和腹部显出了细滑与柔软，其中一幅的女人腹部还沾上了白色湿液……杜怡看见时，胸腔里一阵慌慌的心跳。

西厢房三个房间也挂着一些画品，不是线条大胆就是颜色放肆，但跟正房一比，仍输了冲击力。东厢房三间是雕塑作品，制作材料分别是朽木、黑泥和废铜，造型扭曲逗人，能弄乱眼睛。不过更有趣的是里院各房间的荒诞内容。一间屋子里摆着一只盘子、两只空碗、两双筷子，只不过碗盘有浴缸那么大，筷子则比扁担还长，盘碗里的东西要等展览当天才搁进去。另有一个房间摆着两张椅子和输液架子，据说到时椅子上坐两个人，一位穿白大褂的护士分别给他们打针挂吊瓶。还有一个房间打扮成小商场，货架上煞有介事地摆着不少铁罐头和糨糊瓶，拿起糨糊瓶一看说明，自称是死人脑汁做的，再取过铁罐头一瞧，说是里边装着夭折婴儿的指头。也有一些摄影作品，譬如有一面墙占满一张大照片，上头是一口深井和半只脑袋，一双黑瘦的手使劲从井口伸出来，让看展的人很想凑过去拉一把。

据说因为这些展品比较前卫，策展人自设的定位是有影响但不张扬，于是不通过新闻渠道宣传，只在圈子内广告，同时抬高门票定价，用票价过滤参观人群。不过美术系学生持学生证可以免票进入，这是为了聚集人气。

开展那天是个晴日。虽然仍是初春时间，但院子里装着阳光又装着许多人，空气便不算太凉。从场面上看，首批参观者的身份有点复杂。有前卫的画家艺术家，这以长头发和对襟褂为标识。有年轻的美术系学生，他们的脸上似乎藏不住小激动。也有企业老板和社会闲游人员，他们的眼睛飘来飘去，有一种茫然的好奇。

随着揭幕时点的临近，人群渐渐围拢，将目光集合到正房门前。那里的台阶之上摆着两架立式麦克风，台阶之下则铺着一块宽大的红地毯。红地毯像一张待笔的宣纸，暂时空无一物。

杜怡披着风衣，和另四个姑娘候在旁边耳房里。她没压住紧张，双手便有点不安定，将风衣襟边拽紧又松开，松开又拽紧。四个姑娘里的两位原是美术系的兼职模特儿，神情就比较自如，其中一位还翘着手指抽烟解瘾，因为按照要求，过一会儿要在地毯上躺大半个小时。另两位据说是某大学业余花操队的，相约来挣这笔钱，所以对她们俩来说，三点式出场也不是一件困难的事儿。

杜怡心里的另一个慌，是跟旁边的几只苗条身子一比，自己明显的胖。她松开风衣的时候，能瞥见自己壮粗的大腿和微微凸起的肚腩。经过一个月的长跑，肌肉结实了不少，但到底没使劲瘦下来。之前捎带着变胖的乳房，此时也傻乎乎地从罩布周边挤出来，挺不好的。心虚之中，她突然记起胸罩的后背搭扣不知有没有问题。她撩开半边风衣，让一旁的姑娘帮着检查一下后面。姑娘扯了扯她的搭扣，说:“没事儿，好着呢。”又顺手摸一把她的后背和腰肢，说:“你的皮肤真好，丝绸似的。”杜怡收拢风衣，紧一紧身子。姑娘说:“你好像有些紧张。”杜怡点点头，绕开了说:“我有点怕冷……在地上得待好些时间呢。”姑娘说:“冷不到哪里去，吹到身上怎么也是春风了。”

上场点儿到了，五只三点式身子排成一列从屋子里走出，院子里的目光一齐拥过来。杜怡走在队尾，脸上渗出羞红，眼睛只敢看前边身子的腰部。那腰部一晃一晃地扭动，像是钟摆在左右轻摇。摇了许多下，站在了地毯上。依着之前的演练，五只身子贴地躺下，卧成了一个大的问号。作为问号的点，杜怡让自己伏头收腿，蜷成胎儿般的造型。

摆好身体后，她心里松了松，眯着眼睛看周围。在地毯周边，栏了一圈绳子。人们在绳子外站了几层，众多眼光在地毯上划来划去，一些人还端着相机“咔嚓咔嚓”地拍。杜怡蜷紧身子，尽量不让脸庞露出。

仪式开始，台阶上似乎站了一排人，然后麦克风响起声音。先是报出一溜儿头衔和名字，接着介绍办展背景什么的，其间麦克风哑了几秒钟，不过很快恢复。因为压着脑袋，杜怡的视线到不了麦克风，但还是瞥见了台阶边的丝丝。她一会儿静着，一会儿走动，重要工作人员的样子。

渐渐的杜怡感到了凉意。尽管躺在地毯上，尽管有阳光照着，但皮肤暴露久了便守不住温度。好在她是蜷着身子的，可以保护肚皮不受凉。为了耗掉时间，她让自己的脑子离开眼下现场，去想些别的事情，譬如贝加尔湖的鱼。现在她知道了，贝加尔湖有五十多种鱼，著名的有杜文鱼、大马哈鱼、鲟鱼和龙虾，还有长着环斑的海豹。谁也不知道在淡水湖里，为什么生活着海豹。不过更大的谜题是贝加尔湖水怪，谁也没见过它，但它在人们口中到处流传。这些都是在翻译资料中获知的，不过她并没有啃着词典把文字译完——将贝加尔湖科研化和数据化，总归是无趣的。一周前，她把半途而废的资料送还翻译社。那位老刘眨着眼睛有些纳闷，她告诉他，自己是文科生做不了这种活儿。她没告诉他的是，自己更愿意把贝加尔湖视为跟爱情有关的湖。

讲话结束了，响起一些掌声。换了一个声音宣布艺术展开幕，又响起一些掌声。大部分人散去，奔向各个展室。作为今天的主题符号，五只身子还需要在地毯上多躺一会儿，这留住了一些看客。有人对着问号做思考状，仿佛真的在想什么深度问题。有人站在问号前摆出姿势，冲着照相机留影。还有一位摄影者大概对拍摄的角度不满意，试图爬上旁边的槐树来几张俯拍。他有点肥胖，乱着手脚花了好几分钟才攀上两米高的树杈口，还没站稳，便被工作人员喝止。在他的忙乱中，几片刚长出的树叶掉了下来。

杜怡躺在那里，瞧见了上方飘落的槐叶。叶子们是嫩绿的，有点像受惊的小蝴蝶，弱弱地在空中摆动下坠，其中一片叶子落到了她的脸上。她没有动弹，允许叶子静静停留在皮肤上。叶子的凉爽让她觉得，这一天的困难时刻终于过去了。

以后几天，杜怡准时出现在艺术展上。依照协议，她们五个人每天上午在地毯上躺半小时，下午又躺半小时。观展者一进大门看见人肉问号，脸上一般都会跑出兴奋，细瞧一会儿，点评几句话，然后合影留存。也有调皮的人绕着栏绳走一圈，从各个角度研究年轻女子的身体，或者蹲下来打量姑娘们的脸，想搭个话什么的。有一次一个小男孩钻进栏绳，在一只身体上摸了一下，引起围观的人一阵嬉笑。这些情形遇多了，杜怡心里不再忐忑。她躺在那儿，或者微睁眼睛或者闭上眼睛，让自己跟周围暂时没有关系。

不做地毯展示的空暇时间，杜怡也会去看看别的展品。她喜欢往里院跑，因为那里的一些行为艺术是动态的，有现场感。譬如吊瓶打针，身穿护士服的女子真的将针头刺入两位男士的胳膊，然后安静地滴着药水，只是走近了看，两只药瓶上分别写着“绝望”和“希望”的字样。还有一间屋子开始比较冷清，展览的第三天突然有了人气，原来新增了一个叫“切片”的表演——一位女人穿着衣衫坐在椅子上，旁边放一把剪刀，现场参观者可以上去剪走一小块布料，直至女人身体暴露。这个表演留住不少脚步，一些人耐心围观，一些人拿起了剪刀。工作人员介绍说，这是对列侬妻子小野洋子艺术作品的模仿，属于特意安排的致敬环节。

看过这种新异的表演，杜怡心里添了些安慰。在眼下这座四合院里，什么都可以沾上艺术——被不认识的人一剪刀一剪刀绞走衣片，把身体一点点露出来，然后称之为对男权社会的控诉……跟这个一比，自己的三点式并不离谱，即使被人拍走了照片，总归也是有点严肃的问号。

这么想过，她躺在那里的时候脑子安静了许多。脑子一安静，身子也变得自如。有时一个姿势摆久了，她还会调整身体，让自己蜷曲的样子好看些。有一天，她蜷动身子时，旁边一个声音提醒她：“脑袋压下去，背部可以挺直。”她挺一挺腰，偷眼找那声音，是一位身穿唐装的高个子男人，有点艺术范儿，不过一张红膛脸减弱了他的儒雅。她收回目光，但能感觉到那男人站在那儿细细打量自己的身子。她心里生出一些不快。过了好一会儿，那男人走了，背影望去，能见出他的一条腿有点小毛病，轻微的一瘸一瘸。

两天后的下午，红膛脸男人又出现了，并且旁边陪着一位西装男人和丝丝。杜怡正躺在地毯上，见丝丝跟他们在一块儿，心里稀奇了一下。不过西装男人的模样像个老板，丝丝跟随旁边也不算离谱。三个人走到问号跟前站一会儿，又低语了几句，便慢慢踱到远处一棵树下。西装男人掏烟给了红膛脸和丝丝，三个人一起抽起烟来。红膛脸手里还多出一只烟斗，烟支矗在烟斗上。一支烟抽完，红膛脸才一瘸一瘸的离开。杜怡远远瞧着，心里突然冒出一个念头，觉得这个人今天的出现也许跟自己有关。

果然，做完展示站起身后，丝丝过来了，引她到一间暂时无人的屋子里说话。丝丝说："展览快结束了，感觉怎么样？"杜怡说："我也一天一天数着日子，好歹挺过来了。"丝丝说："我跟老板说啦，给你加点钱，他答应多给两百元。"杜怡说："谢谢丝丝。"丝丝说："这是小事儿……我知道你需要钱，又给你找了一份差事。"杜怡说："什么差事？"丝丝说："你是细心人，不会没看见下午我们老板陪着一个人过来。"杜怡点点头。丝丝说："他是位著名书法家，在圈子里是个人物……他看上了你。"杜怡心里一慌说："什么……意思？"丝丝说："Не нервничай（你别紧张），他是看上了你的皮肤。"杜怡说："皮肤……我不懂。"丝丝咧嘴一笑，把事情说细了。原来这位书法家也走前卫路线，喜欢玩点儿艺术花样，譬如把字儿写在人的皮肤上，然后拍照下来制成作品。这些天他在找人体模特儿，希望遇到艺术缘分。

杜怡说：“为什么是我？她们几个人比我苗条好看。”丝丝说：“他不需要苗条，他需要的是丰腴。他喜欢你的背部，说饱满细腻，又有光泽。”杜怡说：“跟一个老男人待在一起，让他在我裸背上写字儿……不行不行。”丝丝说：“有啥不行的？他看上你的皮肤，也算艺术缘分。”杜怡说：“大家写字儿都用宣纸，他干吗不一样呀！”丝丝说：“这话一听就不开窍！在这个四合院待了这么些天，你怎么也得攒点儿艺术感觉吧。”杜怡不吭声了。丝丝又说：“如果不掰扯艺术，咱们就往钱上说。人家是书法大家，手头阔绰，给出的价码自然不低。”她收一收声音，讲了一组数字：先签半个月，一天工作四小时，每天付酬三百元。杜怡嘴巴动一动，没发出声响。丝丝说：“你想说什么？”杜怡叹口气说：“丝丝你拉的差事，怎么每次都这么难呀！”丝丝说：“你想多赚点钱，就得为难一下自己，有句俄罗斯谚语说得对，叫梅花香自苦寒来。”杜怡说：“这是中国诗句好不好。”丝丝笑了说：“意思差不多的，反正是要成事必须先吃苦。再说了，给书法家当一回宣纸算什么苦呀！”

艺术展结束的第二天，杜怡去了红膛脸工作室。

北京少雨，但这一天匆匆下一阵雨，湿了道路。红膛脸的工作室在一个老大院的一幢灰色方楼里，杜怡在湿漉漉的路上走了许久，才找到这儿。望见灰色方楼时，杜怡有点疲累地往旁边树干上靠一靠，几颗水珠滴下来击中她的脖子。她缩缩脑袋，很重地吐一口气，像是把心里的紧张硬给吐了出来。

进了楼门上到二层，往右一拐，便是一道新设的枣色木门，门上挂着一块精致牌匾：虚度斋。按一下门铃，门淡淡地打开，红膛脸站在门边一只手捏着烟斗，另一只手做一个迎进动作。进了门，是一间小的过厅，再往里走，现出一个开阔的房厅。杜怡小心了脚步站在那里，等着红膛脸开口。红膛脸说："头一回聚面，先把称呼捋顺了，我叫你小杜吧？"杜怡点点头。红膛脸抬手一指墙上的一块横匾，说："这是我的名号。"横匾里写着四个字"恬涉寒暑"，落款是潘如钊，红膛脸说："旁人经常省了我的姓，管我叫如先生，你也可以这么叫。"杜怡又点点头。红膛脸说："认一圈屋子吧，你的第一步是识得这儿的气息。"

杜怡便随了红膛脸如先生认房子。如先生说："这间是会客厅。"会客厅四周挂着大小不一的字画，中间布着一具小船一般大的树根桌子，周边放了一圈样子有点丑的藤椅。如先生说："这儿是创作室。"创作室摆着一张阔大桌子，上面搁了写字的纸笔备物。如先生说："里头是休息室。"往休息室里打一眼，看到一张木床，应该是临时歇息的地方。如先生说："这间是冥想室，或者叫打坐室。"该屋子闭着窗帘，安静空敞，只在地板上铺了一张小地毯。如先生嘴巴里喷出一口烟，说："这冥想室适合咱们写字儿，不过先不着急，认完了屋子你还得认认我这个人。”

杜怡又随如先生走回会客厅，在树桌边坐下。桌子上已烧有一壶茶水，如先生给杜怡取了杯子倒上，说：“小杜你好像不太爱说话。”杜怡说：“我可以的，如先生。”如先生说：“一个女孩子，心里自如了，身体皮肤才能自如，所以不能马上写字儿，咱们先得把话聊顺了。”杜怡心里渗出一点好奇，点点头。

如先生身子往后一靠，淡笑说：“在你们这些学生孩子眼里，我已占着一大把年纪，可在书画界，我还是年轻的少壮派，我不认为你靠近不了我的艺术想法。”杜怡仍觉得接不上话，便不吭声。如先生说：“还是先从我这条腿说起吧，那是许多年前的事了。”他的话儿一下子变慢，口气里仿佛添了暗淡。原来他的腿在高中读书时好好的，学校运动会上还获过短跑名次。一九六六年初“文化大革命”尚未开始，学生中已劈开两边儿，整天吵吵斗斗的。有一回两拨人在胡同口遇上，一言不合便开打。混战中他的左腿膝盖挨一砖头，砖头碎了骨头也碎了。当时还觉得挺悲壮，过些日子心里便剩下悲伤了。不过因为腿的伤残，之后他被免去下乡当知青，而进一家服装厂做了工人。工厂也不安静，喇叭整日热闹着，墙上天天贴大字报。他的书法童子功这时派上用场——他被提溜出来，成了抄写大字报的公用工具。这样一直混到三十出头，才饥不择食地进了大学，读的是哲学专业。哲学不是他喜欢的，读了两年没读出滋味来，干脆退了学，从此收拾心思专攻书法。其间他在北师大做过书法研修，又先后两次拜师，终于把圈内的路道打通了。如先生说："为啥跟你聊这些呢？一是说明我不易，残了腿，又在工厂待十年，吃了不少苦。二是表示我讨厌规则，好好的大学可以丢开，拜师一次不够再拜一次，这在别人眼里就有些野。"

如先生换了一根烟，将烟斗塞到嘴里，说："这几年我参加了一些书法展，还到日本、中国香港办过展览，渐渐又厌了，觉得无趣。弄一堆字儿挂墙上，再弄一堆人似懂非懂地走过去，这只是面上的事儿。书法往艺术深处说，总归还是为自己服务，疏通自己的内心，形成自己的感悟。一年前法国华侨俱乐部给面子，邀我去巴黎办了一回书法展。闲余时间我去了卢浮宫巴黎圣母院，还去了塞纳河左岸的一些书店画廊，就是在圣米歇尔街的一家画廊里，我见识了不一般的文身艺术。"杜怡此时仿佛醒来了，问："文身？文身跟你写字儿有啥关系？"如先生说："法国没有书法，往身体上文的大多是美术作品和人物动物，但道理是一样的。"杜怡说："什么道理？"如先生说："一幅画儿或者一幅字儿，再怎么好也是平面的、静态的，即使被时间过滤出经典来，仍去不了这特点。如果与身体结合，就开了另一境界，身体是有温度的，于是作品也有了温度，身体是立体的，于是作品也有了立体感。更重要的是身体里住着灵魂，这也会传递给作品。得让字儿有魂，这是我那天站在巴黎街头想到的。"杜怡说："您以前没见过文身？"如先生说："当然见过，但那只是一些标识，流水生产出来的。我要的是独特东西，作品和身体很贴的东西。"杜怡说："可再独特再贴，墨字儿在皮肤上也留不了多久，最后的作品还是照片。”丝丝告诉过杜怡，背部写字后要拍照，但照片用于私藏，不参加公开展示。如先生将一口烟雾慢慢吐出，说：“刚才我说过，艺术是为内心服务的。创作的过程就是去拜访美的过程，内心被打通，领悟到了美，便是完成了。就是说，审美的过程是最重要的。至于照片，那只是个记录。这好比出门去看风景，对某一风景有了感觉，在心里存下来，这是最主要的目的。很多人老拍着照片忘了去感受，那是颠倒了本末。”

如先生把这些话说过，沟通似乎完成了。杜怡也不再搭话。

如先生收起烟斗，引杜怡到冥想室。屋子里暖气已开着，温度挺合适。如先生备好笔墨，又将一张高脚凳子搬到地毯中间，示意杜怡开始工作。杜怡转过身子，动作很慢地脱衣服。她脱了风衣，脱了衬衫，脱了小背心，然后停下来。停了几秒钟，她将手伸向后背，解开那里的搭扣，胸罩顺着双臂滑下去，落到地毯上。她双手捂住胸部后退两步，踮脚坐上高脚凳子，还没坐稳，瞥见地上的胸罩难看地趴在那儿，便跳下去将胸罩捡起塞入衣堆，又重新退回凳子。

背后没有声响，如先生似乎在思考什么。过一会儿，如先生说：“好皮肤呀，真是上品！”杜怡扭动一下身子。如先生说：“我需要一点时间来酝酿……别紧张，得让皮肤处于松弛的饱满状态。”杜怡轻轻咬住自己的嘴唇，余光之中如先生沉吟着将笔捏在手中。杜怡闭上眼睛，等着第一笔的到来。

到来的是一笔柔软的冰凉。杜怡轻轻一抖，挺直了身体。冰凉在背部右边游走，走出两个字，停顿一下，又走出两个字。之后毛笔大约蘸了蘸墨水，换到左边书写，这回一气呵成写了四个字。一块吸水的布跟上来，在皮肤上轻轻按了按，防止墨水淌下——跟在宣纸上所做的一样。最后应该是落款，一个叫潘如钊的名字写在了她身上。

杜怡弹开眼睛，瞥见如先生退后两步，仔细打量自己的作品。如先生说："我写了八个字，一见如故，却是陌生。"杜怡点点头，心里并没明白什么意思。如先生拿起已准备的相机，对准她的背部开始拍照。杜怡夹紧双臂，以免前胸泄光。背后如先生在不停调整距离和角度，"咔嚓咔嚓"拍了好些张。

拍完照片，一场创作算是结束了。如先生掏出烟斗抽起了烟，杜怡抱着衣服去卫生间冲洗。站在喷头下，她躬着后背，双手仍捂住胸部。一股墨汁从身上化开，淌过大腿流到地上。等地上干净了，她抬起脸迎着热水淋了好一会儿。她发现自己没有难过，只是心里有点空。

见到自己背上的字是在第二天下午。如先生在冥想室的墙上拉了一根绳子，冲洗好的照片一溜儿挂在上边。如先生告诉杜怡，自己上午在暗房里弄了一个多小时，效果勉强及格。杜怡凑上去看那些照片，自己的背部丰润光滑，竟然不肥，只是腰身收进去不够，八个行书字儿布在肉色中，倒也不难看。如先生叼着烟斗说："昨天的手还是有点紧，写出来的字儿毕竟拘谨了。"杜怡不懂书法，就不吱声。如先生又说："而且布字儿有些局促，往下走时提前收住了。"杜怡明白他的意思，昨天自己穿着裤子，尽管裤腰松开了往下移，写字时仍受到阻碍。有几张照片因为镜头拉开一点距离，竟露出一截裤沿。如先生说：“昨天是第一天，没把状态调出来很正常。别说是你，连我都没做到放松。”又说：“今天得比昨天进步，你我都要做得好一点儿。”杜怡仍不吱声，但让自己点一下头。

跟昨日不同的是，今天如先生备好了一台播放机。开始工作时，他先摁下开关，屋子里响起欧美风格的轻音乐。显然，他想让空气变得轻松一些。

音乐声中，杜怡没有犹豫，脱掉一件一件上衣后又将长裤脱了下来，仅剩一件粉色裤衩。她不能太束缚，也不可无底线，这是今天应该的分寸。她得让如先生知道自己是个懂道理的人。

杜怡坐上高脚凳子，提起腰身让背部挺直一些。如先生说：“这样好，比昨天好。”然后他轻轻踱步开始酝酿。过一会儿酝酿好了，他捉起了笔。杜怡再次感到一股冰凉贴了上来，匀速而行，左右游走，仿佛一只温柔的小动物在背部上下爬过。不用说，今天的笔比昨天自若一些。

如先生收了笔，调皮似的说：“今儿面积开阔一点儿，就多写两个字儿，凑成了十个。”说着嘿嘿一笑，却不提内容。杜怡想问什么字，忍住了不问。如先生默赏片刻，端起相机开始拍照，摁了很多下。

待一切弄好，杜怡将衣裳抱在胸前去洗澡，被如先生挡住了。如先生说：“能不能先不洗掉，留着明天再拍几张相？”杜怡说：“为什么？”如先生说：“墨迹在皮肤上干了一夜，一定是有变化的，无论沉淀感还是亮度……我想看变化后的字儿。”杜怡说：“这样呀……我把字儿就这样带在身上？”如先生说：“这是养字儿，用你的体温和气息养字儿。”又说：“呵呵，跟书法字儿待在一起，你想想也会觉得有意思的。”杜怡嘴巴动一动接不了话，因为一时找不到拒绝的词儿。

傍晚回到住屋，她将一些剩饭剩菜热一下吃了，然后拿本书靠在床头看，看一会儿困意漫上来，竟睡着了。睡了片刻醒来，一瞧时间已是不早。她起来补睡前的洗漱，走到洗手间跟前突然记起今天是不能冲澡的。她一边洗脸刷牙一边对身上的字儿起了好奇，这两天自己还没见过自己的背部呢。

她脱了衣裳卸掉胸罩，侧身凑到镜子前。镜子不够大，但仍能照出整个背部，上面竖写两行字“独处心多妙，飘然思不群”，腰眼处落着“潘如钊”名字。不偏心地说，这十个字儿写得真的不错，布位也好，浓黑字体伏在白色肤体上，竟有些立体感。句子词意也不俗，含着一半清高一半不羁的味道。要说有点别扭，是一个男人名字趴在自己的腰肢上——噗，用身子养字，养着这十个字没事儿，却顺便还得养着这名字。

杜怡心里似乎有点苍茫，就伸手打开水龙头，掌心接了水抹在前胸，然后用手指划着水珠在皮肤上滑动。手指凉凉的，滑过锁骨、胸口和两只乳房，仿佛下午的背部感觉此时在前胸又复习一遍。

下一日午后，杜怡将身上的字儿带回如先生家。

字儿重新打开，如先生站在她背后，默默细看许久，又用相机拍了好些张，然后满意地舒一口气。如先生说："这字儿养了一天质地确实不一样，变厚实了又不丢轻盈，知道为什么吗？"不待杜怡搭话，他自我解答："我想不光是因为体温，还因为这体温是年轻女孩子的。"这么说着，他有些严肃地掏出烟斗。杜怡说："可以了吗？"如先生说："可以了……这些字儿好是好，留不住呀。"杜怡抱着衣裳去冲澡。

冲完澡，杜怡半穿衣服出来，准备接下来的工作。如先生说："不着急，咱们先休息着侃会儿话。"杜怡便将所有的衣服穿上，跟着如先生到客厅。如先生说："能喝点酒吗？我有不错的葡萄酒。"杜怡说："这个时间喝酒？不喝不喝。"如先生呵呵笑了，取了酒瓶打开，给两只杯子倒上一截，搁在树桌两边。杜怡只好在杯子前坐下，眼睛无所事事地看杯中酒。如先生说："这是法国勃艮第，打上回在巴黎待过，我就喜欢上了这种酒，你尝一尝。"杜怡端起酒杯呷了一口，淳厚柔和，有股说不清的水果味儿。如先生说："我在家不喝酒……我说的是柴米油盐的家，离这儿五站地。我就爱泡在工作室里，喝上几口，写上几笔，这种虚度的感觉挺好。"杜怡扫一眼桌子四周的椅子，问："您的朋友也不少吧？"如先生说："朋友说起来不少，尽是些狐朋狗友。书法路道打通后，我不太喜欢求人了，都是别人贴近我。"杜怡问："为什么……贴近您？"如先生将烟斗掏出点上，悠悠地说："为着我有个还算耀眼的老爸。当初因为他，我在厂子里待了十年，像只蟑螂在角落里求生。如今因为他，许多挠头的事变得简单，十分的结果用上三四分力便够了。这世道呀，让人高兴又让人无趣。”停一停又说：“你瞧着这房子不错吧，其实也是父亲名下的。不过当初房子更大，齐整的一幢楼，后来分回来就成了零碎的几块。”杜怡脑子里闪过夏小松父母的脸，这几个月没联系他们，以后恐怕也不易见面了。如先生说：“好在写字的底子总归是我自个儿的，那时候在厂子里，我临习《圣教序》《兰亭集序》《宣示表》，还有《颜勤礼碑》《郑文公碑》，真是用功……绝望中的用功呀。”杜怡不想停留在书法碑帖上，转移话题说：“临帖子挺好，为啥又去学文身？每天写每天洗掉，总归成不了文身。”如先生点点头说：“关于文身，我不是学而是借。文身的创作者其实是身体者本人，他把精神层面的向往表达在看得见的皮肤上。我这个不一样，创作者始终是我自个儿，我可以享受这段过程中的每一天。”杜怡想一想说：“还有一样书法也做不到，文身的图案是彩色的。”如先生又点点头说：“文身可以上色，弄出斑斓来。可把黑的墨字搁在白的肌肤上，也有一种不错的黑白效果，像老照片。”

这么闲聊着，杜怡发现自己的脸有些发烫。刚才说话间喝掉一杯，如先生给续上，不知不觉又喝完了。她想自己有点贪杯了，因为本没打算喝酒的。如先生晃一下瓶子，将剩下的酒分给两只杯子。杜怡摇摇头，表示不能再喝了。如先生说：“两个人一瓶酒，只是小饮一下。”杜怡说：“对我来说不是小饮，我上脸了。”如先生呵呵一笑说：“能上脸挺好，这正是我想要的效果。”杜怡愣一下说：“如先生为啥这么说？”如先生说：“聊天喝酒，也算我一个小小阴谋吧。喝酒之后皮肤的颜色和温度都会发生变化，我想知道写上去的字儿有啥不一样。”杜怡默了脸，心想这有些无聊了。如先生说：“知道法国人为啥浪漫吗？那次我在巴黎悟出来了，因为有红酒的帮助，不醉又能打开自己。”他端起杯子，示意跟杜怡碰杯。杜怡只好拿了杯子在空中碰一下，贴到嘴边饮上一口。

回到冥想室的时候，杜怡不仅脸发烫，脑袋还有些晕。以她现在的酒力，半瓶红酒不该这样呀——她奇怪一下，心想这种法国勃艮第还真劲道。

如先生打开音乐。她一边脱衣服一边觉得虚飘缠头，待坐到凳子上，一只手忍不住摁住了脑门。背后“呃”了一声，是如先生的欣叹。如先生说：“这皮肤上了酒就是不一样，渗出了粉红，桃花色的粉红。”杜怡说：“如先生，酒劲上来了……我头有点晕。”如先生说：“温度也提上去了，冒出一股瞧不见但闻得到的兰气。”杜怡说：“我不是有点晕……我是……相当晕。”如先生说：“我的感觉告诉我，这正是我要等待的肤色。”杜怡说：“如先生……我能不能先休息一下。”如先生说：“先不休息，把腰身挺住。对，把腰提起来！”说话间，毛笔携着凉意袭向背部，很有力道地在皮肤上快速游动，仿佛一只蜥蜴在灵活地奔走，又仿佛一行细水在迂回地流淌。流淌刹住，笔头离开皮肤，如先生舒出一口气。

可杜怡不能再配合拍照了。她下了凳子，一屁股坐在地毯上，不过没忘了抱起衣裳搂在胸前。如先生拿着相机过来，蹲在她后面拍摄，“咔嚓咔嚓”响个不停。她嘟囔一声“这是什么破酒呀”，身子一歪倒在地上。她觉得这样不好，用手撑一下没撑起身子，脑袋却飘向沉重。她索性松了自己，让脑子暗去。

不知过了多久，脑子在迷糊中出现一个梦。梦里她的后背被一张什么东西捂住，那东西肉肉的毛毛的，并且有一股压迫的力量。她瞧见梦里的自己有点不高兴了，扭一下身子想甩开那东西，但那东西突然长出一根粗绳子，捆住了她的胸部。她很不喜欢这样，想弄明白这绳子为什么要捆住自己。她挣扎一下又挣扎一下，终于弹开了眼睛。她看见缠住胸部的不是一根绳子，而是一条毛茸茸的胳膊——如先生侧身躺在背后抱住了她。

杜怡惊叫一声，同时身子要弹跳起来，但那条胳膊很有力气，一下子箍住了她。杜怡慌着声音说：“如先生你……这是干什么？”如先生说：“小杜你醒了，你别着急，你听我说，今天我出状态了，写的字儿比平时好上一倍，气神儿都贯进去了。这么妙的作品我想抱住，我很想抱住……我也拦自己了可没拦下。”杜怡说：“如先生求你了，放开我……放开我！”如先生说：“知道我写的什么字儿吗？闹世虚度多少事，只求一日做主人……很有感觉的两句。”杜怡说：“可我不是你的作品呀，你的作品只是字儿。”如先生说：“不对小杜，我的字儿是立体的有温度的。一件作品与一个身体合为一体，就会发出诱人的光芒，小杜你不要反对这个说法。”

杜怡不说话了，只想带领自己的身体离开另一个身体，但动一动手脚，力气根本凑不起来——酒后的身子竟然如此的糟糕，仿佛被水浇过的书本。不对，打湿的书本可以翻动，现在的她几乎不能动弹。

如先生开始新的动作了。他的胸膛紧紧贴住她的后背，绕在前面的手则竖起食指，像毛笔笔头一样在她肚皮上划动，先划过肚脐划过心口，又划过左边乳房和右边乳房。她虚弱的防守总是顾此失彼，捂住甲露出了乙，捂住A丢掉了B。过一会儿，如先生的一根手指变成一只手掌，急转直下去卸她的裤衩。她觉得自己的力气大了一些，两只手一起去阻挡。阻挡了一分钟或者两分钟，裤布被撕开，成了无法设防的残片。

杜怡想让自己发出哀求的声音，嗓子却噎住了似的，只送出一阵喘息声。如先生的嘴巴也有喘息声，但是可以说话。如先生说："小杜对不起，我很兴奋，我好久没这样了。"如先生又说："小杜咱们不要这样，咱们自如一些艺术一些打开一些……"这么说着，她的右腿被粗暴抬起，一股吓人的力量直逼过来。

惊恐让杜怡蹦跶一下，力量竟然不小。她终于脱离束缚，双膝跪着向地毯外爬去。如果可能，她还想往门口爬去。但还没爬出地毯，她的身子被如先生捞了回去。现在，她变成了双腿跪地的姿势——这是多么不好的姿势呀，因为展露的背部显然进一步兴奋了如先生。他似乎添了气神，抱紧她的臀部提了起来。杜怡身子一紧，喉咙呜咽几声哑住了，泪水慢慢渗出来挤满了眼眶。透过模糊的泪水，她看见自己的头发挂下来，向前一甩一甩。这时背后响起略显嘶哑的声音："闹世虚度多少事，只求一日做主人。”他在诵读，是的，他在亢奋地诵读。然后，他的脑袋低下来，将那张红膛脸贴在她的背部皮肤上。

杜怡的嘴巴终于冲开空气发出了话语，那是一句俄语：Пошел ты（×你妈的）!

杜怡在地毯上沉睡了一个小时或者更多的时间，醒来时脑子是静的，有一种空空荡荡的感觉。房间里也空静着，不见红膛脸的身影。她慢慢坐起来，将旁边的衣服拽过来一件一件穿上，其间扣错了衬衫的纽扣，又解开重新扣上。

屋子的门半开着，她走出去进入客厅，看见红膛脸坐在树桌前抽烟。红膛脸说："睡醒啦，我等着你呢。"她走过去坐到他的对面。他安静地弹一下烟灰——烟灰缸旁边，放着一只饱满的信封，封口露出人民币的边角。杜怡望向对方的脸，目光空茫茫的。红膛脸温和地说："喝口茶吧。"他把茶杯搁到她前面。她低了目光盯着茶杯，轻轻地说："我要报警。"红膛脸愣一下，将那只信封推到她的杯子边，说："小杜你先喝口茶醒醒神儿。"她端起杯子喝了一口，提高声音说："我要报警！"红膛脸说："小杜你别着急，咱们先聊聊……"未等他说完，她站起身走向墙角桌儿，那里有一台电话机。

在杜怡拿起话筒的当儿，红膛脸的瘸腿快速到达跟前，一根手指摁下叉簧。红膛脸说："小杜你想好了，别弄得大家都没面子。"她不吭声，却紧紧握着听筒。红膛脸说："这种事我见多了，最后讨个没趣的不会是我。”说着放开了叉簧。她没有迟疑，将110数字拨出去，然后报了眼下所在的地址。在说到院子几号楼时，她有点卡壳，红膛脸在旁边冷着声音做了提示。

杜怡放下话筒，红膛脸说：“那我也打个电话吧。”转身一瘸一瘸向卧室走去，那里边应该也有台电话。过了几分钟，他从卧室出来又坐到树桌前，并且招呼杜怡坐下。杜怡没有坐下。

红膛脸说：“小杜你这个孩子呀，还是不懂艺术。艺术玩的什么？艺术玩的就是心跳。”他从嘴里拔出烟斗，解释说：“我说的艺术不光是笔墨的艺术，还是生活的艺术。对我来说，日子里心跳的事越来越少了，而你刚开始，你要学会接受生活中的意外和心跳，把接受慢慢过渡到享受……”杜怡不听他的絮叨了，耳朵朝向房门。她想快点听到门铃声。

过了片刻，门铃声响起。杜怡吸一口气慢慢丢掉，才走过去开门。进来的是一胖一瘦两位警察，他们说了自己身份，同时用严肃的目光在客厅里扫过。红膛脸站起身说：“我是这儿的主人，我们正在喝茶。”他们没有搭理他，眼睛看向杜怡。胖警察说：“是你报的警吧？”杜怡点点头。胖警察说：“坐下说吧，我们做个笔录。”几个人都在桌子前坐下，红膛脸说：“喝点茶吧，这个茶不错。”胖警察说：“我没有问你，你不许说话！”红膛脸一笑说：“我没有说话，我只是说喝茶。”胖警察说：“说喝茶难道不是说话吗？”瘦警察说：“这就是说话，不说话就是不吱声。”红膛脸说：“好吧我不吱声，虽然在我的家里。”他摊一下手，将烟斗塞到嘴里。胖警察又说："这个时候没经过同意，不许抽烟！"红膛脸说："我自个儿抽烟，抽烟不妨碍谈话的。"胖警察说："抽烟难道不妨碍谈话吗？"瘦警察说："妨碍的，这时候抽烟肯定妨碍的。"红膛脸又摊一下手，取下烟斗摁灭。

瘦警察打开笔记本，认真握了笔。胖警察说："你的名字？"杜怡讲了名字。胖警察说："你的年龄？"杜怡报了年龄。胖警察说："你说吧，他怎么了你？"杜怡沉默一会儿，又沉默一会儿，眼睛慢慢起了泪花。胖警察说："你得说话。你得说话知道吗？"杜怡仍不说话，泪水晃动几下滑了下来，无声却汹涌，仿佛眼眶里打出一个沉默的浪头——她的脸一下子湿淋淋的，几滴泪珠从下巴掉到桌上。胖警察说："这位……杜怡，你得让我们知道情况。"杜怡稳一稳呼吸，终于说："他欺负人！"胖警察说："怎么个欺负人？"杜怡说："本来说好只在我背上写字的，他……却拍了照片，又把照片一张张挂出来。"胖警察说："还有吗？"杜怡说："还有胶卷，我不愿意让照片和胶卷留在他手里。"胖警察说："讲完了？"杜怡点点头。胖警察转向红膛脸，说："你可以说话了，到底怎么回事？"红膛脸使劲伸长脖子，让喉结激动地挪动一下。胖警察说："你也不肯说话？"红膛脸吐一口气说："我只能说，这是艺术。书法是艺术，拍照是艺术的记录。"胖警察说："可是人家不乐意记录。"红膛脸说："所以我们正在沟通。"胖警察说："沟通啥呀？你瞧姑娘脸上的眼泪。"红膛脸说："这么说我错了？"胖警察说："难道你还对了？"瘦警察停止笔记，说："错了就是错了，不能往对上靠。”红膛脸说：“好吧，那我不拍照了。”胖警察说：“不拍照就行了吗？原来的照片胶卷也得做上交处理。”瘦警察说：“是的，上交处理是我们工作程序的一部分。”

瘦警察随红膛脸去冥想室，很快拿了一摞照片出来。照片们放在桌上，被两位警察的眼睛一一看过，然后装入一个袋子里。红膛脸又拿出一些胶卷底片，也被警察收进袋子。然后红膛脸问：“我可以抽烟了吗？”胖警察说：“可以呀，这是你的家。”瘦警察说：“在自个儿家抽烟没啥问题。”红膛脸点点头，掏出烟斗点上了烟。

在这时，杜怡才注意到那只装钱的信封已搁在自己座位的旁椅上。她仰头闭一下眼，狠狠骂了自己一声：“сука（贱人）！”

# 四

杜怡又进入昏睡模式。闭上窗帘，将身子缩进被子里没完没了地睡，仿佛缺少白天仅有夜晚。中间肚子实在饿了，就起来吃几口剩饭剩菜，完了倒头又睡。

睡中似乎无梦，只有混沌的暗灰色。暗灰色包裹着她，一直包裹着她，说不清这种感觉叫躲藏还是受困。

不过这种混沌的日子比预想得要短。原来她以为自己沉入睡眠至少一周，但过了三天便睡不动了。

是的，睡不动了。有时睡觉是需要力气的，她的力气没以前那么多了。

从睡眠中出来后，她在床上又躺了好几个小时，然后软着身子起床。站在卫生间镜子前，她暗暗吃了一惊：瘦了，脸颊边沿削进去，并且出现了尖下巴！三天昏睡的减肥，竟抵得上三十多天汗水缠身的长跑。只是这种瘦，让脸面浮着一层憔悴的苍白。

她盯着自己看了一会儿，脱掉衣服开始洗澡。她打上肥皂冲掉泡沫，然后在喷头下久久站着。温烫的水长时间淋在身上，终于让皮肤和脑子都有了睡醒的感觉。

杜怡上街了，兜里揣着存折和那只装钱的信封。

天气已变得暖和，街道两旁的树挂上了绿色。杜怡来到公用电话亭，先给丝丝回电话——在BP机里，留有丝丝的两次呼唤。电话很快通了，丝丝问怎么现在才回复。杜怡说自己一直在睡觉，醒了才看到传呼。丝丝说："听说那书法家有点恶棍，惹你不高兴了。"杜怡沉默几秒钟，说："既然不高兴，就别让我复习一遍。"丝丝说："那你接下来怎么办？要不要我再给你找份赚钱的差事？"杜怡摇摇头，发现对方看不见，赶紧又用嘴巴表示："不用了，我自己找个事情做吧。"

跟丝丝说完，又拨了胖卷毛的大哥大。胖卷毛听到她的声音，显然愣了愣神儿，问："你还在北京漂着？"杜怡说："我赚了些钱，现在还你。"胖卷毛"嘿嘿"一笑说："三个月未到就赚这么一大笔钱，不是一般能耐呀！"杜怡说："我没赚那么多钱！我只能先还你一部分，以后再一点一点凑上。"胖卷毛说："我是个想象力很苍白的人，我不相信你眼下赚钱能比跟着我容易。"胖卷毛又说："其实我他妈也不容易，这一回就在火车上被咱中国人劫了一把，一趟辛苦钱砍走一大半。"杜怡不想听他扯远，挡开话语问了银行卡号，便挂掉电话。

随后找到一家银行，将存折里的钱与信封里的钱合并，变成一万五千元的数字打入胖卷毛的银行卡。办完手续，心里宽松了不少。虽然只还了部分的钱，但有这笔还款垫着，又跟胖卷毛说开了慢慢还，以后至少不用火急火燎地找钱了。

出了银行又来到街上。她不想马上回家，就沿着街店慢慢往前走。现在，她应该找家小吃店喂一喂肚子，然后想一想自己接下来该怎么办。这么思忖着，目光已捉住不远处的一家饺子店。不知怎么，这个时候她有点想吃一顿饺子。

近到饺子店跟前，她停一下脚步又走过去，因为眼睛又瞧见前方的一块店牌“家教服务中心”——这店名儿让她心里一动，一个念头从脑子里跳出来，催促着还有点迟缓的脚步。

进了店门，一位身穿深蓝工作服的中年女人接待了她。她刚开口掏出意图，中年女人便语速很快地进行讲解，并递上一份招聘资料。几分钟后，她已明白基本情况：家教对象为中小学生，上课时间为周末上下午或平时的晚上，授课时段为60分钟到150分钟，每小时报酬大约20元。中年女人说：“二十元不算低了，比我们强很多。我们只赚点儿中介费，有时还要开发票什么的。”杜怡点点头说：“我可以多接几个……我会俄语也会英语。”英语是她高考的主科目，大学头一年又列为必修课学着，所以教小学生初中生应该没啥问题。中年女人说：“眼下英语补习的多，俄语就差了半里地。”杜怡问：“啥叫差了半里地？”中年女人说：“英语老师自然抢手，只要你发音好。俄语老师搁在这儿，十天半月也不一定有人订购。”杜怡心里就想，这不是差了半里地，这叫差了十天半月。中年女人说：“留下资料信息吧，有消息了我捎话给您。现在的孩子口味刁钻，要说喜欢就喜欢您这种年轻模样儿。”

杜怡填好信息表格，心里有了一点快意。出门走回饺子店，找一张小桌坐下，点了半斤韭菜水饺。等待饺子的时候，她肚内传出咕叫声，看来胃口这会儿已开了。

过了几天，服务中心传来消息，一位小学生家长有意聘请她教英语，授课时间是周日上午。又过两天，有个初中生女孩相中了她，时间为周日下午。转过一日，第三份差事找上门，这回是辅导一位参加俄语专业高考的学生，时间在周三晚上。中年女人在电话里说：“这个学期已过了一截，此时进场应聘不是好的点儿，你呀运气不错。”又说：“不过你得给每位学生试讲一堂课，满意了才能留下来。”

杜怡对家教的事缺少经历，但心里并不虚怯，自己至少不会让学生嫌弃的。随后几天，她用英语和俄语给三位学生分别上了课，没有发生不好的退约。一个胖嘟嘟的小男孩，一个眼睛大大的初中女生，一个扎着一根粗辫子的高中女生，将构成她暂时的工作内容。

为了让自己的教学靠谱一些，她上书店买了一堆学生课本和口语磁带，又挨个儿给每位学生做了辅导方案，包括目标、方式、进度、作业等。她的心也因此安定下来，觉得每一周的时间有了方位感，手里捏着的一把日子可以数数点点了。有时也会贪心地想，如果再添一两位学生就更爽了，但一转念头又呸了自己，眼下还是起步阶段，不能得寸进尺的。

在三位学生中，最好对付的是周三的高中女生。她高考成绩大局已定，要改善的只是口语。练口语嘛又不需要隆重内容，一晚上两个人坐在那儿就是扯闲话。高中生不想说了，杜怡还可以讲点儿莫斯科的风景街事，作为上课时的点心。周日上午的小男孩才小学三年级，脑子聪明却喜欢偷懒，英语单词过耳不忘，又不乐意多记。因为只是零食般的闲课，家长也不设定要求。

比较而言，周日下午初中女生的课有点费力。也许是靠近青春期的原因，她心情不容易开朗，挺大的眼睛里老藏着一些暗淡，对闯入休息日的英语老师给予不冷不热的态度。其实她家里条件称得上新贵，一套大面积的住房位于紫竹院旁边的高档小区内，远远能看见一角湖水。房间自然充足，她拥有独立的单间。客厅开阔明亮，有一位女佣帮着打理。妈妈对她不错，常常在上课中途推门送进一碟水果或者一份糕点。爸爸不轻易出现，那只是因为他很忙。据说他开着一家不小的公司，周日也在外跑来跑去的。

依照安排，杜怡通常于周日下午二时到达，然后在初中女生的房间里待上九十分钟。为了上好课，她一般会提前备些对话内容，毕竟跟初中生讲英语是不能凑合的，自己的英语也没好到随口调用的程度。

不过初中女生的学习注意力持续不了太久，她时常会离开计划中的英语对话，冷不丁儿用中文提些节外生枝的问题，譬如她会问杜怡为什么不去学校当老师偏偏做这种星期天的家教？问同桌同学的生日得送一份什么礼物合适？问这个季节南方应该在下好玩的丝雨吧？杜怡不太与她纠缠这些课外话题，但遇到有趣的问话，也会用英语简单对答。譬如她说："Do you like south? Why?（你喜欢南方？为什么？）"初中女生说："I don't say I like the south, I just like rainy days. I like an umbrella in the Hutong.（我没有说喜欢南方，我只是喜欢下雨天。我喜欢一个人在胡同里打着伞。）"杜怡说："You are very romantic, but your name is Qing Wen.（你挺浪漫的，可你的名字叫晴文。）"是的，她的名字叫晴文，比《红楼梦》的晴雯少一个"雨"。初中女生说："I can't make use of an umbrella in Beijing a few times a year, so I don't think there's much fun.（在北京一年也打不上几次伞，所以我觉得好玩的事总是不多。）"

下一周日，杜怡先讲些语法，再进行对话练习。练习一会儿，晴文又分心了，用中文插进一个问题："今天在学校里，一男一女同学吵架了，我该怎么办？"这个问题有点古怪，杜怡说："他们吵架跟你有什么关系？"晴文说："有关系，他们都是我的好朋友。"杜怡用英语说："Their problems are solved by themselves. You are worried about the matter.（他们的问题由他们自己解决，你牵挂这种事，心里会很累的。）"晴文说："But they can't solve it? I'm not happy between them.（可他们解决不了呢？待在他们之间，我不快活。）"

杜怡有时也寻思，这孩子的心思确实有点重，应该跟她妈妈沟通一下，让其注意女儿青春期的心理调节，但转而又想，自己只是帮着补习英语，分外的事一管便显得越线了。再说对生活对孩子成长，自己又懂多少呢？若说心理调节，又有谁能帮自己一把呢？

不过到了下一个补习日，分外的事还是让她遇上了。这天在晴文房间里上了半截课，晴文妈妈敲门送来两片饼干和一杯牛奶，于是只好课间休息。晴文吃了饼干喝了牛奶，然后出门上洗手间，顺便将空杯子送出去。走到门口她脚下一滑，身子没摔倒，手里的杯子却磕在门框上“砰”的一声碎了。杜怡吓一跳赶出几步，听到晴文哭叫起来“我的手我的手”，凑近了看，原来她右手虎口上方划开一道半寸长的深口子，鲜血正抢着冒出来。哭声中晴文妈妈和女佣也已赶到，三个女人围着那只受伤的手看了半分钟，决定赶紧上医院。

按紧急分工，女佣留在家里给男主人打电话，杜怡伴母女俩一起去医院。在这个时候，撇下学生径自回家显然是不对的。

到了楼下，杜怡以为要去拦出租车，却见晴文妈妈一溜儿碎步跑去路旁，很快开了一辆枣色小车过来。噢，有钱人家应付急事的方式是不一样的。上了车，杜怡帮晴文捏着受伤的手，一边听她轻轻地哭泣。杜怡不知道自己该不该道歉——也许不需要道歉，但心里还是存了一点不安。

十分钟后，车子抵达一家医院。三个人一起奔进急诊室，将那只受伤的手交给医生。医生看了伤口，将晴文领进小手术室，准备做缝合手术。杜怡站在门外松了口气，跟晴文妈妈搭话，安慰说这是个简单的小手术。晴文妈妈说：“得谢谢您，跟着我们着急了一路。”这句话含着态度，倒像是安慰了杜怡——看来晴文妈妈是位懂情理的人。

不一会儿，晴文爸爸也赶来了。他听妻子说了情况，便觉得女佣的通报口气过于夸张。晴文妈妈说：“也不算夸张，伤口挺深的呢。”又进一步说：“别老给星期天找借口，你总得抽点儿时间陪陪女儿的。”晴文爸爸看一眼杜怡说：“这星期天不是有老师陪着嘛。”杜怡淡笑一下算是回应。家教已不短时间，她好像只见过这男人一次，且打一下照面他便离开了。从孩子心理需要看，他确实不是个称职的父亲。

晴文从手术室出来了，手上包着纱布。晴文爸爸上去慰问她，说晚上找一家好的馆子。晴文妈妈说别折腾了，得让孩子休息。晴文眼睛不看他们，说：“你们不知道吗？我还要打破伤风针的。”大人们明白过来，拥着女儿一起去注射室。晴文伸出胳膊做了皮试。

等皮试结果时，晴文妈妈让晴文爸爸先送杜怡回去，说不能让老师在这儿陪着了。杜怡摆摆手说：“我自己坐公交回去。”晴文妈妈说：“那不行的，我们两个车子还能去下你？再说也是顺道儿。”这么一说，推辞倒不好了。

杜怡坐上晴文爸爸的车子。这是一辆新款凌志，车厢宽敞，并散发着清淡的真皮气味儿。两个人不能不说话，就有一搭没一搭地闲聊。晴文爸爸问：“你是哪个学校毕业的，英语学了好几年吧？”杜怡说：“我是学俄语的，英语也会一点儿。”晴文爸爸说：“哟，会好几种外语，牛人呀！不像我这种低智商，连二十四个英文字母都认不全。”杜怡说：“是二十六个英文字母。”晴文爸爸说：“瞧我这能耐，连数学都丢三落四的。”杜怡说：“字母认全认不全不说明什么，最多说明一件事。”晴文爸爸说：“什么事？”杜怡说：“说明你们公司不做出口外贸。”晴文爸爸笑起来说：“晴文没告诉你她爸公司做什么的吗？”杜怡说：“这个我可没打听。”晴文爸爸说：“不打听别人是个好习惯，我就养不成这个习惯。”停一停又说：“不过有一点你是对的，我的产品从不出口。”

这样说着话，车子到了西直门，杜怡准备下车。晴文爸爸说：“租的房子吗？”杜怡点点头。晴文爸爸说：“这一片地段好，租金不便宜吧？”杜怡说：“……我租的是半地下室。”晴文爸爸说：“半地下室？是一个人还是合租？”杜怡说：“晴文爸爸，您还真是喜欢打听别人。”晴文爸爸呵呵笑了，将车子停到路边。

以后上补习课，也许是晴文受伤一事的促成，基本能见到晴文爸爸的身影了。每次杜怡进门，他都会从客厅里迎出来，礼貌地点头问好。课间小憩时，他也会进来跟女儿和杜怡搭几句话，再推开窗户换一换空气。有一回他还要求留下五分钟，坐在一旁听女儿和老师的英语对话。这时你会发现，这个长相有点粗糙的男人其实心思并不粗，至少是很在乎女儿的。

有一次做课文练习，刚好出现有关父亲的词句，杜怡就顺势问晴文：“Your father has become concerned about you recently. Do you feel it?（你爸爸最近变得关心你了，你感觉到了吗？）”晴文说：“Yes, he’s willing to stay at home on Sunday.（是的，星期天他愿意待在家里了。）”杜怡说：“In this way, he is not the person who only knows the job.（如此看来，他并不是只知道工作的人。）”晴文说：“It should be right.（这样说应该是对的。）”

就在这一天下午，天下起了雨。雨点稀疏有劲，不断敲打着玻璃和窗台。晴文很高兴，不时分神儿去瞧窗外。杜怡干脆撇下课本，与晴文凑到窗口一边看雨一边英语聊雨。不过她没有告诉晴文，跟南方的雨比起来，北京的雨少了韵味儿。

直到下课时间到了，雨水也没有停住的意思。晴文妈妈进来了，留杜怡吃晚饭。杜怡摇摇手说：“不用不用，雨很快会停的。”晴文妈妈说：“不就顺便吃个饭嘛，这叫人不留客天留客。”晴文也帮助地说：“老师留下来吧，我保证，我们家的饭菜一点儿不难吃。”这句话把杜怡逗笑了。

晚饭是女佣做的，烧的几样菜味儿确实不错。杜怡坐在饭桌前守着轻松自如的样子，尽管心里有点拘谨。晴文妈妈时不时地劝吃，还好几次用公筷往杜怡碗里夹菜。晴文还在惦记雨水，说吃完饭要去楼下打会儿伞。晴文爸爸则不吭声，端着一杯可乐慢慢地自饮。桌子上只有他一个人在喝饮料。

过一会儿，晴文爸爸似乎想起什么，问：“小杜老师除了周末，平常不上班吗？”杜怡说：“平常也有家教的，只是量少。”晴文妈妈说：“专心把几份家教做好也不错，每天朝九晚五的太累人了。”晴文爸爸说："再添一份初中英语，你排得下吗？"杜怡抬起头说："排得下的，除了周三哪个晚上都可以。"晴文爸爸说："我有个做公司的朋友，儿子上着初一，那天我顺嘴说了英语家教的事，他被逗起了兴趣。不是马上放假了吗？他想让儿子在暑假里补一把英语。"杜怡说："那没问题，这个暑假我可没打算给自己放假。"晴文爸爸说："那行，我让他挑个时间，回头告诉你。"杜怡连忙道谢。吃饭吃出一份家教业务，而且不用中介服务费，这让她心里长出意外的高兴。有了高兴，嘴巴也积极起来，各样东西都吃了一些。她的吃饭态度让晴文妈妈满意。

过了两天，杜怡接到一个传呼，回过去一通电话，原来是晴文爸爸。晴文爸爸直奔主题，说他的朋友挑了两个时间，周四或周五晚上，由老师选择。杜怡说："暑假嘛比较自由，我也可以白天的。"晴文爸爸说："我朋友斟酌过了，还是晚上吧。"杜怡想一想，定下周五晚上。晴文爸爸给了朋友家的详细住址——说起来有点远，不过坐地铁过去还算方便。

下一个周五晚上，杜怡按约定的上课时间提前出门，坐地铁2号线至长椿街出站，又走十多分钟进了一个小区。小区不是新的，但比较整洁，多少有些幽静的味道。按着记存的数字，她进入一个楼门上到五层，瞧准了房号抬手敲门。

等候开门的当儿，她安静地稳着脸。日子练人，她已经不是容易忐忑的家教老师了。

木门打开，出现在门口的是晴文爸爸。杜怡愣一下，马上高兴了——这样挺好，有晴文爸爸的引见，可省去双方首次见面的生涩。晴文爸爸做一个侧身划手的动作，让进了杜怡。走入客厅，里边暂时无人。杜怡在沙发上坐下，等着主人和孩子的出现。晴文爸爸将一杯茶搁在茶几上，说："小杜老师先喝点水吧。"杜怡说："人呢？"晴文爸爸挨着旁边沙发坐下，说："我不是人吗？"杜怡一笑说："我是说他们。"晴文爸爸也一笑说："这里没有他们，只有一位我。"杜怡奇怪着说："什么意思？你让我今天……白跑一趟？"晴文爸爸说："不会让你白跑一趟的，但我需要十分钟的解释时间。"

解释没有绕弯儿，不到十分钟，杜怡就弄懂了事情的内藏部分。晴文爸爸压根儿没有什么儿子上初一的朋友，他所做的安排乃是一种设计，目的是让自己成为"补习的学生"。就是说，他虚构了一个朋友，现在又撇开这个朋友，把自己推上台面。晴文爸爸说："必须声明，我没有坏意！我付费，你上课，这是一份正常的补习工作。"

杜怡沉默了差不多两三分钟，才把内心的惊讶压住。她说："你不是二十六个英文字母都认不全吗？怎么够得着正常的补课？"晴文爸爸说："我没有说一定是英语……你不是会多种语言嘛，你可以教我中文。对，就是上语文课。"杜怡盯一眼对方，在对方脸上看到了做幽默状的小眼睛——之前她从没去注意他长着一双细狭的小眼睛。杜怡说："晴文爸爸，我希望这是一次玩笑，一次……无聊的玩笑。"晴文爸爸说："这不是玩笑，也不会无聊，从那天医院出来送你回家起，我就觉得听你说话是一种轻松的事儿。你大概不会明白，生意场上的人心里有多枯燥，虽说有饭局歌厅什么的，闹腾过了也没啥大意思啦。”杜怡说：“我懂了，你是让我每周抽一个晚上陪你说话聊天。”晴文爸爸点点头说：“是这个意思，不过我的报酬比一般的补习要高很多。”杜怡说：“晴文爸爸，你的想法挺有趣儿，But I must say no，就是说我不会答应的。”晴文爸爸停顿一下，说：“在这个屋子里，我希望你不叫我晴文爸爸了，我的名字是戴宏中。”他从旁边黑皮包内摸出一张名片，在茶几上推到杜怡跟前，说：“接上那天的话儿，你猜猜，我公司到底做什么的？”杜怡不吱声，但还是瞥了一眼名片，上有“文体用品有限公司”的字样。他嘿嘿一笑，自我解答：“文体用品听起来是哗哗的一堆东西，其实我经营的主打产品只有一样——麻将桌。”又补充道：“我的产品当然不出口，因为老外用不上嘛。”

晴文爸爸做一个请饮茶的动作，自己也端起茶杯喝了一口，然后慢着声音说：“麻将桌分普通麻将桌和电动麻将桌，电动麻将桌是日本人发明的……要这么说，麻将跟老外没关系也不对，小日本玩麻将玩得欢儿呢。两年前，有家日本公司将电动麻将桌输入中国做个试探，很快吓了一跳。你想呀，麻将是国粹东西，中国三十二省哪个地方不热爱麻将，市场大得恐怖。”杜怡忍不住说：“中国把台湾算上是三十一个省市。”晴文爸爸说：“瞧我这能耐，一说数字就没个准头……然后呢，日本公司便在中国投钱设厂造麻将机，再由我们这种公司一点一点渗透市场。眼下刚刚起步，属于拓展阶段，但对一个行业来说，拓展阶段是最值得玩儿的。当然玩儿也得靠谱，我的策略是，普通麻将桌走市民家庭路线，电动麻将机瞄的是宾馆酒店。”

停一停，他又扮出幽默状：“知道我为啥踏进这个行业吗？因为有缘呀！我的名字叫宏中，跟红中有着天然的关系，嘿嘿。”

对方的一声笑让杜怡回过神来，干吗听他讲这些呀，赶紧走人才是。她一动身子，被对方的目光按住：“小杜老师，咱们这么说着话儿，其实就是上课。”杜怡说：“都是你在讲话，我没有上课。”晴文爸爸说：“上课也可以交流嘛，这样效果才会好。对了，我给出的价格是一堂课一百元，这是一个能让人感到尊重的价格。”他转身从黑皮包里掏出一沓百元人民币，想一想，又掏出一把钥匙，相加一起放到杜怡前面。杜怡慌一下脸说：“你这是干什么？”晴文爸爸说：“这钱是预付款，你先拿着。钥匙也给你一把，你可以离开地下室搬到这儿来，反正这房子平时空着。”杜怡慢慢站起身，说：“晴文爸爸，我明白你的心思，但你真的想错了！我眼下确实需要赚钱还债，但不会要你这个钱的！地下室也确实不那么舒服，但我不会搬到这儿来的！”晴文爸爸说：“你能不能不叫晴文爸爸，管我叫名字？”杜怡说：“好吧，戴老板……”晴文爸爸说：“叫宏中吧，叫宏中顺口。”杜怡说：“好吧，宏中老板，I' m not the kind of person you think I am!”晴文爸爸说：“这……这是啥意思呀？”杜怡说：“我不是你想象中的那种人。”晴文爸爸说：“怎么说呢，你很快就会知道，我不会把你怎么样的……”杜怡打断说：“我走了，再见！”晴文爸爸摊一摊手说：“看来谈判失败，我送你回去吧。”杜怡摇摇头说：“不用了，我自己回去！”

杜怡下了楼步出小区，往地铁口方向走去。夏日无风，尽管是晚上，空气中仍堆着热，走一会儿便出汗了。杜怡无法丢开刚才的情景，一边走着一边气恼。一个拥着俗气的男人，只因为同时拥有一些钱，竟生出如此胆大而龌龊的想法。他一点儿不了解她，他了解的只是她的外表和年龄，仅凭这个，就想把她拽进他的私人生活，真是奇葩加粗鲁呀。

正这么生气着，一辆凌志轿车往人行道靠过来。玻璃摇下，是晴文爸爸。他还是跟来了，他这算是不死心吗？杜怡不予搭理，径自往前走。

小车靠着路边慢慢行驶。晴文爸爸冲她喊："上车吧，我还有话跟你说。"杜怡没听见似的继续走着。晴文爸爸猛地停车，开门奔过来截住她的去路。她刹住步，气急地盯住对方。晴文爸爸喘了一口气，说："我刚才突然想到，咱们没谈成的原因是我不够了解你。所以我想追问你一个问题：你接下来有什么生活规划？你奔的是什么日子？"杜怡说："宏中老板，这是两个问题。"晴文爸爸眨眨小眼说："瞧我这能耐，又把数字弄错了。"杜怡绕过对方身子，一边扭头说："你的问题属于我的私事，跟你没有关系！"晴文爸爸说："小杜老师，你的问题我也可以想，我想好了把答案给你！"

杜怡很快明白，自己内心是虚弱的。

随后一天里，她的思想被戴宏中的问题圈住了。在北京的这些日子，她心里装着难过，又想着赚钱还债，对日子的前景不愿意去多想，或者说在茫然中故意绕开了。其实这个问题一直躲在她脑子的角落里，像一条鱼隐在水池里。现在，这个问题因为某个男子的提示，鱼一般地从角落里游出来，停在了她的面前：生活总得要继续，可往哪儿继续呢？

她靠在出租房床上，一遍遍打量着自己今后的日子。莫斯科的伤痛难以消退，是不能回去了。父母仍不知自己的变故，可迟早是瞒不住的。家教的差事一路做下去，直到还清胖卷毛的欠款？还清之后自己已老掉了几岁，那时准备干什么呢？五年或十年以后，自己还走在北京的街上吗？若走在街上，那时的自己看上去依然一脸茫然吗？如果返回来想一想，未来的迷茫首先是因为现在的受困。眼下自己掉进了一个深坑，周围全是土壁。只有爬出土坑，才能看到四边道路，然后方可决定往哪儿走。问题是，凭自己的心劲和臂力，能攀住土壁爬出深坑吗？

整整一个周六，杜怡被这些问号拖住。到了晚上，她等不到一点儿睡意，便离开床铺坐到地上。拉开窗帘仰头望出去，照常能瞧见几个树尖和一角天空。天空微红，那是霓虹灯给映照的。

她在窗下木木地坐着。也不知过了多久，她眼睛突然睁大一下，因为天空上有了内容：一只亮点在微红的空域徐徐划过，像是一颗流星。不过她马上明白，那不是流星而是一架飞机。

飞机穿过那一角天空，很快消失了。杜怡收回目光，脑子里又出现了一架飞机。三年前的夏尾，她在北京机场登上目的地为莫斯科的飞机，飞机把她带到了天上。那时候，她瞧着窗外洁白无边的云朵，心里堆满了快乐。对的，是那种自由放飞自己的快乐。时间流淌，世事更改，彼时在天上，此时在地下室。现在，她的生活目的地在哪儿？那种自由的快乐又到哪儿去捡回来？

屋子里的这一天，接二连三的问号就这样来到她的跟前。

第二天起床，杜怡脑子有些混沌。因是上课日，她催自己打起精神。

上午照例是小学生男孩的课，由于路程近，倒不费力。中午有一小块时间，她回出租房小憩，并捋一捋下午的课。想起晴文爸爸，心里一阵别扭，但晴文的课又不能不上。因为一个男人的一次纠缠，就把一份家教马上丢掉，似乎说不过去。

下午走进那个小区，她心里到底有了不安。站到门前摁下门铃时，不安又变成了慌乱。不过还好，开门的是晴文，她的父母坐在客厅里远远打了招呼，没啥异样。

杜怡在房间里给晴文上课。她先领着晴文诵读一篇故事小文，再分析语法和几个词语，然后两张嘴巴用英语简单讨论故事背景和人物。到了课间休息时间，晴文爸爸进来了，手里拿着一杯牛奶两块饼干。他把吃物交给女儿，坐下来不吭声地陪着。过一会儿，他想起什么似的从兜里掏出一只信封，说："晴文的暑假补习费还没给呢，小杜老师您拿着。”未等杜怡反应过来，他已将信封塞到她的挎包里。在晴文跟前，杜怡无法推推挡挡。

之后半堂课上得有些涣散，备好的练习打了折扣，只是晴文并不在意。下了课，杜怡稳住脸告辞出门，紧着脚步穿过小区，又在人行道上一阵快走。经过一个百货商场，她忍不住拐进去，在休憩区找到一个座位，然后从包里取出那只信封——打上一眼便知道，信封里的厚厚一沓钱不是什么补习费，补习费压根儿没这么多。她拨拉一下封口，不出意料地见到一张白纸。抽出来打开，是几行肥头大耳的字：你懂英语，可以去美国留学。眼下很多人巴望着这个，我琢磨着也是你不错的选择。你要是帮我，我日后也一定在这件事上帮你！

杜怡愣了一下，脑子里像是闪过一道晃眼的电光。她知道这个叫戴宏中的男人丢出问题后，会自作聪明地去做解答，但没想到他会另辟蹊径般地提供这样一个答案。把自己昨日一整天的所有念头加起来，也抵不上他这个答案的劲道。有这样的想象力，是因为他是一个商人吗？是因为他是一个男人吗？

商场里声音起伏，许多身影在眼前来来往往。她闭上眼睛，脑海里出现了一块天空，天空中移动着一架飞机。是的，一架在云朵里穿行的飞机，目的地是美国。

## 五

在以后的日子里，杜怡告诉戴宏中，自己之所以被留学美国的设想打动，是因为眼下确实没有更好的选项。在北京这么混着，自己心里很不踏实，不知道往前混会混成个啥模样。做家教或者找一份公司职员工作，不是自己想要的生活。

戴宏中问："你想要的生活到底是什么呢？"杜怡说："我不知道，我真的不知道。所以再去美国读书是一个不差的选择，至少可以从混沌的日子里先逃出来。"戴宏中说："你们这种年龄的人呀，都喜欢往远的地方跑上一趟，我知道这个。"戴宏中的知道属于薄薄的表层。杜怡没有告诉他，自己曾跑过一趟远的地方，出国留学对于自己不是一件陌生的事。莫斯科的故事，她不会轻易说给别人听的。

不过杜怡也明白，去美国读书不是一件易事。自己这个样子，算是没有专业背景没有本科文凭，英语也是半拉子，估计难以取得托福高分，所以申请到美国大学奖学金的概率就很低。从经济上看，要想还清钱债并去成美国，的确需要戴宏中的助力。

这种想法似乎含着七分无奈三分无耻，但之前正是这种cry for help（求救）似的想法，让杜怡说服了自己。她答应了与戴宏中的交往，先是一周一次的所谓“上课”，跟他不浓不淡地聊话两小时，不久增加了次数，不时应戴宏中之邀临时“加课”。又过些日子，戴宏中让她撤离地下室住到“上课房”来。她没有应允，却收下了钥匙。这个屋子戴宏中平常不住，她偶尔可以据为自己的休息地，而收下钥匙，能拉近两人的距离。让她稍稍心安的是，在“上课”的相处时间里，戴宏中的身体并不冲动，对自己暂时没有侵犯的意思。

刚开始时，杜怡觉得戴宏中的温和态度有些怪异。这么一个心思不浅的老板，既花钱又供房，只为跟一个姑娘聊天度闲？或者他想玩点儿纯的，已备好心情谈一场斯文的恋爱？经过几次“上课”掏话，才知道他心里攒着不一样的苦衷。他这一回的费心策划，是为了给自己的身体解困。

戴宏中有点羞涩地告诉杜怡，自己这些年在生意场上尽管忙碌，却没断了一个小嗜好，即麻将。一年多前转入麻将桌销售后，玩得更气壮了些。不过玩资并不大，也不很陷入，只是一周一次地解个瘾儿，也算聚聚朋友。一个周六晚上，他和几个朋友凑了牌局。也没啥理由，那天的手风一路都挺顺，钱兜子渐渐饱满。心情正舒坦着，又遇到了一把好牌，就吃吃碰碰地想做成清一色，这时大哥大铃声响了，是晴文她妈。晴文她妈说你啥时回来呀，我腰有点酸疼。他说酸疼就赶紧睡觉。晴文她妈说时间不早了，你也赶紧回家睡觉。说话间一分神，竟出错一张牌，一把豪牌倒让别人胡了。牌友们便笑，说女人真是神秘东西，一个电话都能赶个准点儿，又说腰疼明摆着是幌子嘛，嫂子等着你揉身子呢。随后牌势便转了，旺气很快流失，好牌进不了手，兜里的钱闷头闷脑地出去了。跨过午夜收了牌局，粗略一盘点，反而输了一些钱。

输赢本是常事，又非大数目，可以不挂于心。但那天夜里因为一个电话，他老觉得心里不痛快，像囤了一团浊气。回到家洗了澡上床，发现晴文她妈并未睡着，这时他该问候一句腰疼的，一出口却是恼火的怨语，晴文她妈冷冷地不应答，似乎用沉默表示不屑。他一下子被激怒了，双手冲动地去撕扯晴文她妈的衣裳——他坦白地承认，以前生气时自己也经常动用身体，这种方式有些粗鲁，可也容易泄掉怨气，让双方情绪变好一点儿。但这一天大约是因为腰疼吧，她拒绝得很激烈，甚至恼怒喊叫了两声。

不好的情况在此时发生了。当他挺着身子正强行进入时，卧室的门裂开一条缝，并响起轻轻的敲门声。他吓了一跳，撤下身子不敢吭声。过了片刻，门外传来晴文半哭的声音:“爸爸你不能欺负妈妈!”一年前晴文十二岁，对卧室的事似懂非懂的，她被惊吓了一回。

戴宏中承认说，自打那个夜晚之后，他的床事功能就趴下了，往往心里有念头，行动跟不上。到医院查过，身体也没啥问题，医生认为要整顿心理。心理整顿是个虚飘的事儿，很难抓到要领。后来遇到一位高人朋友，郑重传授了一个办法，即找一位年轻姑娘深度交往，在交往中慢慢调节心理、唤醒身体。高人朋友认为，这个办法等于给身体器官一个另起炉灶的机会，符合生命学法则，很适合疲惫的中年男人。

杜怡问："你不觉得你高人朋友就是一糟粕分子吗？"戴宏中说："开始觉着是自以为是的馊主意，后来细一琢磨，认出了其中的道理。"杜怡说："什么道理？"戴宏中说："你想呀，从销售上说，一个产品卖不动了，不就得换一个产品试试?!"杜怡说："那为什么选中我这个产品来试？"戴宏中说："呵呵，我方才说的是道理，具体到你身上就不能扯什么产品了。我讲过的，那天送你回家的路上，我心里就起了感觉。如果不是对你有感觉，我会费这么大周折？"

杜怡不吱声了。他的这个故事让她心惊也让她心哀。原来这个男人把她当作了身体恢复的工具，一只有香有味的活体工具。她跟他的每一次聊话，其实都是对他的身体进行治疗按摩。他的所谓感觉，不是内心淌出欢喜，而是肢体渗出欲望。这种欲望正是他急切要培养的。

不过杜怡心里也因此踏实了些。两个人坐在一起，对他手脚的安分，她一直有一种不知底细的忐忑，现在揭开原因，便减少了不安。她觉得自己不是特别弱小的一方了。她甚至生出一点好奇，一个有钱有面的男人，遇到这种身体困难会做怎样的挣扎？

所谓的"上课房"除了一个客厅，还有一主一次两个卧室。杜怡敢于接下钥匙，也是因为这里有两张床。戴宏中“上课”聊天后，一般得回家睡觉，不然在那边交不了差。即使他找借口留下来，杜怡也能退守到自己的房间，好歹有个抵挡的地盘。这是杜怡的小算盘。

空闲的时间仍然多，待在地下室里比较憋闷，所以她把这儿当作了中转轮休的地方。先是偶尔一住，洗个澡清洁自己，也帮着整理收拾房子。听了戴宏中的身体故事后，她心里少了警戒，便渐渐增加留住的次数。留住多了，就得解决吃的问题。她上农贸市场买些肉菜回来，进入厨女的角色。比起地下室，这里有专门的厨间，可以调动她烧煮的兴趣。戴宏中也时不时地在傍晚时间出现，仿佛下班回家一般。他若过来，一般会提前打电话告之，杜怡就多做一两个菜。

两个人面对面坐在饭桌前用餐，颇有家常日子的意思。杜怡心里开始是抵制的，与一个中年老男人这么吃着晚饭算什么局面呀，但拉近关系的想法总归占了上风。此时的戴宏中，脸上神情是休闲的，有一种忙完公司后的放松。他一边嚼着饭菜，一边侃些前后不靠的杂话，譬如麻将桌的销售曲线、以前北京胡同里的趣事、女儿晴文的考试成绩，还有这套“上课房”的来历等等。戴宏中说这套房子本是小舅子的，因为他赌钱输了个窟窿，就转手过来了，一直闲放着。戴宏中点评，他玩的不是麻将而是梭哈，梭哈一听就是恶狠狠的，不好。戴宏中又点评，一个男人不学好，是拿不住日子的。杜怡对这种话题不感兴趣，只是顺着搭上几句，不让他的兴致中断。

吃过晚饭，戴宏中一般要留下来看会儿电视，不过电视看得并不专心，其间还惦记着请杜怡“上课”。杜怡说：“上什么课呀，吃饭的时候你已经把课上了，现在是下课时间。”戴宏中便笑：“我给你上课，你得付我学费。”杜怡说：“还学费呢，我已经因为你丢掉了一份家教。”

杜怡说的这份家教，当然是指晴文。与戴宏中交往上后，杜怡并不想放弃晴文的课，坚持着上了几次。但在晴文跟前，她已做不到自如。面对晴文她妈时，她眼光禁不住地会有点躲闪。这种感觉很不好，容易产生心累。没有太久，她找个借口自己辞了自己。

杜怡也明白，眼下的平和局面是暂时的，虽然躲开了晴文和晴文她妈，但躲不开戴宏中不可知的后续行为。在她和他的关系中，不会只有吃饭、聊天、看电视这些内容。她像等待一个故事的转折一样，等待着某个变化在某天到来。

不一样的日子真的来了。一个周六下午，戴宏中打来电话说一块儿吃晚饭，并叮嘱多烧两个菜。杜怡刨出冰箱里的东西洗洗烧烧，弄出挺像样的半桌菜。傍晚时分戴宏中回来了，手里拎着一只蛋糕盒——原来今天是他生日。

两个人面对着坐下，戴宏中给两只杯子倒上可乐，然后郑重打开盒子，亮出一只精美的圆形蛋糕。戴宏中端起杯子，说：“我不爱喝酒，就以饮料替代了……祝你生日快乐！”杜怡一撇嘴巴说：“没喝酒倒说醉话了，你该祝自己生日快乐。”戴宏中说：“别逗了，这个生日是你的，我看过你的身份证。”杜怡愣一下，明白了——自己生日从来记的是农历，身份证上的公历日子可谓忽略之数字，倒被戴宏中记下了。杜怡心里一动，也端起杯子说："好吧，算是你送我一个意外的高兴。"戴宏中说："有意思，你真的记不住自己的生日？"杜怡只好说了农历公历的日期之差。戴宏中说："嘿嘿，一遇到数字我又弄错了。"杜怡说："这次不算错，我不反对多过一个生日。"

这么说着，戴宏中已点亮细烛。杜怡闭上眼睛靠近烛光，对着蛋糕许了个愿，再鼓起嘴巴吹掉烛火。随后两小块蛋糕被分割出来，搁在两只小盘上。

戴宏中吃着蛋糕，嘴巴沾上了白色奶油。他用白色纸巾擦掉白色奶油，嘴巴动了动，似乎有话要说——但话还没说出来，他的身子已经站起。他走过来绕到杜怡身后，双臂一伸缠住杜怡的脖子。杜怡心里跳了跳，说："你……怎么啦？"戴宏中说："刚才，你噘着嘴巴吹蜡烛的样子很美……我突然有了感觉。"杜怡说："什么意思？"戴宏中说："我的身体有了感觉。"杜怡明白了，抿住嘴唇不敢吭声，这时候说什么都是不对的。戴宏中松开手臂收回去，说："你站起来！"杜怡迟疑一下，慢慢站起来。戴宏中说："你往前走一步！"杜怡抬脚往前走一步，挨近了戴宏中。戴宏中说："伸手抱住我！"杜怡身子一软，似乎泄掉拒绝的力气，但紧张之时，她还是想到了挽回一些尺度，说："你转过身去，我背后抱你。"戴宏中依言转过身去，杜怡双臂环住他的身躯——她马上闻到了一股气味，一股隐隐的似乎是麻将桌刚拆包的气味。戴宏中挺直身子，收着声音说："很好，真的有感觉了！"又说：

“刚才你对着蜡烛许了什么愿?”杜怡说:“许的愿不能讲，一讲就不灵了。”戴宏中说:“我也在心里许个愿，看看能不能兑现。”他默了声，似乎悄悄地在心里言语。他的样子比较投入，过程也显得有些长，杜怡趁机撤了手，并探过脑袋瞧他一眼。这一眼让人诧异——他静静睁着那双不大的眼睛，眼眶里竟一闪一闪地泛着泪光。

还好，这个晚上的情势，停在了他自我窃喜的泪光中。

第二天上午杜怡去上家教，下了课走在路上，突然收到戴宏中的传呼。她拐到街旁给他打电话。电话里戴宏中低沉着声音说:“我往你的卡里打了钱，八千元。”杜怡说:“为什么?”戴宏中说:“我知道你眼下需要钱。”

放下电话，杜怡有点茫然地望一眼天空。此时已近正午，秋尾的阳光仍然晃眼。她低了目光，对自己说:“收到这样的钱，你高兴吗?”想一想，又对自己说:“不喜欢你，不想理你。”

之后的两天平淡无事。此时北京刚供了暖气，屋子里存着温度，让人有些懒。

这天晚上戴宏中没有过来吃饭，杜怡洗了澡，守一会儿电视，然后回小卧室靠在床上看书。她看的是《美国留学指南》，厚厚的一本，捧在手里有点沉。看了十多页，她的脑子也开始有点沉。她丢开书，伸手关了灯。暗黑像被子一样盖下来，她睡着了。

不知过了多久，屋子里出现一些声响。她以为是梦，就跳进梦里去捉拿那声响，捉了几下没捉住。眼睛弹开，屋子是亮的，旁边坐着戴宏中。杜怡一骨碌坐起来，瞧一眼自己，衣裳是好的。稳一稳神儿，听见戴宏中说："好可爱，你刚才受惊的样子。"他的嘴巴出来一些酒气，脸上也有些酒红。杜怡问："你怎么在这儿？"戴宏中说："我出差了，出差到了这儿。"又"哈"了一声说："晴文她妈知道我现在出差到了石家庄。"杜怡说："你喝酒啦？"戴宏中说："你知道我不爱喝酒的，但他们让我喝。这帮狗日的都是生意朋友，没办法。"杜怡说："喝酒了该回家的。"戴宏中说："这儿就是我的家！"

看起来戴宏中没有醉意，但多少有些兴奋。杜怡说："好吧，回这儿也行，但你不能在这个屋子老待着。"戴宏中将双腿提到床上，身子往后一靠说："小杜这就是你的不对啦，不能这么不懂事！"杜怡不吭声了，除了酒气，她又闻到了麻将桌刚拆包的气味儿。戴宏中说："今天我高兴，又好不容易出差到了这儿，你得热情起来。"又说："现在，我跟你提要求了……打开胳膊，靠过来抱住我！"杜怡抿一下嘴，说："你坐起来，我从后面抱你。"戴宏中说："那不行！上回你从后面抱我，这回得从前边来。"杜怡往前凑一凑，身子一欠抱住了对方——因为对方是坐靠着的，她几乎伏在了他胸膛上。戴宏中双臂揽住她，一只手掌在她的后背之域慢慢巡走，从上往下，从下又往上，同时嘴里送出一团团酒气。杜怡别过脑袋，想躲开不好闻的气味儿，她的耳朵却正好对着了他的嘴巴。戴宏中轻轻地说："我有感觉了。"又说："我可以了。"又说："我他妈真的可以了！"杜怡吸一口气，说："你喝了酒，能不能先去洗一下？"戴宏中点点头，使劲搂一下她，然后身子脱离身子，去了卫生间。

杜怡静静坐在床上，不知道自己该不该紧张。稍过一些时间，戴宏中回来了，身上只穿着三角短裤。他跳到床上，又靠到床头，示意杜怡过来。杜怡挪动身子，又伏到他胸膛上。戴宏中双臂揽住她，一只手掌再次在她的后背之域慢慢巡走，从上往下，从下又往上，同时嘴里送出一团团粗气。杜怡别过脑袋，想躲开刷过牙仍不好闻的气味儿，她的耳朵正好对着他的嘴巴。过了片刻，戴宏中说："呀，感觉怎么不来了？"他的口气有点羞怒："感觉溜走了。"又说："就这么一会儿，他妈的我又不行了！"

杜怡从他松懈的搂抱中撤出来，也坐靠在床头。扭头望一眼，能看见他的额头湿了一层细汗。戴宏中苦笑一下说："有点丢脸，我以为今天可以的。"杜怡让自己开口，说："这个事儿……你不能太着急。"戴宏中说："我本来不着急的，这几天情况好转，我又着急了，今儿还特地喝几口白酒来助兴。"杜怡说："这种事儿白酒可帮不上忙。"戴宏中说："那什么能帮上忙？"杜怡说："God，也许只有上天吧。"戴宏中丢口气说："我有时候也想，是不是我有了些钱，上天就逗着我玩儿。"

杜怡岔开话题说："不谈这个好吗？谈点儿别的。"戴宏中说："好吧，谈点儿舒坦的。我还是觉着你那天吹蜡烛的样子撩人……你到底许了个什么愿？"杜怡说："一定要说吗？"戴宏中说："你可以说！"杜怡说："我默念了一句：I quickly go to the United States to study. 也不是啥秘密，就是让自己早日去成美国。"戴宏中想一想说："去成美国得花多少钱?”杜怡不吭声。戴宏中说:“我一说数字就晕,但我还得再出一道算术题。卖一张麻将桌赚一百元,卖多少张麻将桌才攒够去美国的钱?”杜怡还不吭声。戴宏中说:“所以呀小杜,你得帮我!对我来说,身体站起来了,才有好心情去赚更多的钱。”杜怡说:“说着说着你又绕回来了,不谈这个可以吗?”

这个晚上注定没那么容易结束。

戴宏中不是一个聪明的人。他自作聪明的出差借口正好给别人提供了追踪线索。

大约十点多吧,外边突然响起“嘭嘭”的撞门声,紧接着一声山响,似乎外门被撞开了。杜怡又惊又蒙,还没反应过来,卧室的门也被闯开,一帮男人抢了进来。杜怡尖叫一声,拉住被子往床的角落躲——其实她身上的内衣是齐整的。戴宏中则傻在那里,嘴巴嘟囔着却出不了声。

房间里塞满了围猎后的兴奋和愤怒。有人大声咋呼着,有人端着相机拍照。人群分开,走出来一个女人,是晴文妈妈。她喘着粗气,睁大眼睛盯着床角的杜怡,好像看不明白似的——她的脸因此愣愣的缺少表情。过了一会儿,她的脸才一抖,目光转向戴宏中。她对旁边的一个黑瘦男子说:“大嘴巴糊他!”旁边的黑瘦男子说:“我的姐夫你的男人,还是你自个儿来吧。”晴文妈妈猛地一挥手,往戴宏中脸上甩出一个巴掌,停顿一下,又甩出一个巴掌。待甩出第三个巴掌,被戴宏中躲开了。仿佛为自己的手打不到对方而委屈，她一下子哭了起来。

混乱了片刻，她被人扶出去。之后戴宏中低着头套上外衣，也被人推搡出去。房间里只剩下了三个男人，包括将晴文妈妈唤作姐姐的黑瘦男子。黑瘦男子往床沿一坐，向杜怡勾勾手，示意她从床角出来。杜怡抱紧被子，慌慌地摇头。黑瘦男子伸手攥住被角，拉扯几下将被子拽走。没有了被子的掩护，杜怡只能自己抱紧自己。

黑瘦男子开始说话了。黑瘦男子说："你丫混上了傍尖儿，让男人供着养着，这滋味儿不错是吗?"黑瘦男子说："你丫取了人家的男人，又让她蒙在鼓里，这感觉倍儿爽是吗?"黑瘦男子又说："你丫做一个孩子的老师，做着做着就踹掉了秩序，这挺好玩儿是吗?"杜怡脑子空空的，只是使劲贴住背后的墙。黑瘦男子说："男人都靠不住，这墙能依靠得了吗? 把她拉出来!"另两个男人跳上床，将杜怡从墙角拨拉出来。她没有反抗，跪坐在了床边。黑瘦男子说："剥掉她衣裳!"杜怡叫一声"不要"，双臂已被箍住，汗衫一下子扯上去卷出脑袋。杜怡又叫了一声"不要不要"，胸罩已被撕扯下来丢到地上。

恐惧和羞愤包围了她。她嘴唇抖动着，眼睛直直地看着黑瘦男子。黑瘦男子凑近脑袋，打量着她的乳房。杜怡乱着声音说："不要不要不要!"黑瘦男子说："你丫嚷嚷什么，你这身馊肉老子碰都不要碰，要碰你的是这个!"说话间一个掏摸动作，手里已多出一把尖头水果刀。杜怡弹跳一下想挣扎，但两只手臂被两个男人箍得更紧了。

黑瘦男子说:“我也不会把你怎么样，我只是让你长点儿记性!”他手一逼，尖刀抵在她的两只乳房之间。杜怡绷紧身子，目光耷拉下来傻傻地盯住刀尖。那刀尖一使力，嵌进她的皮肉，她一惊闭上了眼睛。黑暗之中，锋利的疼痛像一支刻笔走过她的皮肤，划出了线条。她发出了嘶哑的尖叫。

叫声过去，控制她的四只手松开了。她弹开眼睛，看见黑瘦男子也收起了刀子。黑瘦男子说:“对的就打√，错的就打×，这是小孩子都懂的道理。姑娘，你做错事啦!”

杜怡低一下脑袋，看见自己胸口渗出两条血线。血线交叉，组成了醒目的“×”。

# 六

之后的日子变得有些混沌。

是的，之后的日子又变得有些混沌。她只记得自己从药店买了一些消炎的药片药水，又从菜市场买了一些肉菜，然后一起拎回地下室，准备在床上卧躺十天或者半月。但这一次，她昏睡一天就睡累了，睡不动了。她只好起床坐在地板上，伴着胸口皮肤上的痒痛，一直一直发呆。她不去惦记白天的长度，不去惦记夜晚的深度，当然也不肯去惦记出门家教什么的。

混沌让时间过得很快，也过得很慢。

日子在脑子里清晰起来，已是好几天以后的事了。

这一天杜怡走出地下室，给丝丝回复电话。丝丝向她的传呼机call了几次，态度似乎相当顽强。

每次她的日子发生断裂时，丝丝都会适时地出现，替她联上外界信息——藕断“丝联”，这个成语正好表达了地下室与街道上的关系。

此时的街道已被寒气占领，寒气中移动着许多大衣和羽绒服。恍惚了几日，原来冬天已经来了。

杜怡走进公用电话亭，给丝丝拨出号码。电话一接通，丝丝就嚷嚷起来："杜怡你怎么回事？又玩起失踪啦？我还以为你不搭理人类了。"杜怡好几天没开口说话了，嘴巴有些涩滞。过了几秒钟，她才说："你说得没错，眼下我有点不想搭理人类。"丝丝说："可是人类中的两个人你不能不理。"杜怡说："除了你，还有一个人是谁？"丝丝说："我才不重要呢，我说的两个人是你爸你妈。"杜怡愣了一下，说："怎么突然说起我爸我妈了？他们怎么啦？"丝丝说："事儿可不小……他们发现你丢了，正满世界找你呢。"她噼噼啪啪说了好几分钟。

原来杜怡爸妈许久没接到女儿的信函和电话，心里添着不安，就托人写了一封俄文信，向友大校方询问，校方回复说该学生休学一年，时间过了未返校。休学不是个小事儿，不仅不商量，还不见了踪影，爸妈顿时着了慌，几番辗转追问到教育部，又联系上驻俄大使馆，才知道女儿许久不领取留学补助金，可能已回国。对官方而言，因为苏联解体而导致回国的留学生不是一个两个，所以不足为奇。对爸妈来说，女儿不言不语地休学回国是个巨大的问号，官方得帮助解答。教育部的人就一路查问，经过母校、老师、同学的路径，终于在丝丝这里找到线索。

丝丝说："找到我算是找对人了，全世界大概只有我能联络到你。"杜怡说："你把我的情况说给我爸妈啦？"丝丝说："我跟你爸妈可没有直接说上话……你的情况你去说，我才不会饶舌呢。”杜怡轻轻“嗯”了一声。丝丝说：“你呀别把自己藏着掖着了，赶紧给爸妈打个电话吧。”杜怡心里叹口气，说：“我知道了，谢啦！”刚想放下话筒，听见丝丝又说：“经过这么一闹腾，咱们班同学才知道你的情况，你名声大振呀。”杜怡说：“什么……意思？”丝丝说：“大家觉得吧，你跟父母跟教育部玩起了躲猫猫，挺牛的！”杜怡说：“我知道，她们其实是觉得我挺奇葩。”丝丝说：“奇葩也是个好词儿，她们要是送你你就接着。”又说：“下回咱北京同学聚会，把你也叫上。虽说一块儿只待了一年，可你怎么也是咱们班的人。”杜怡心里暖了一下，说：“咱们班留北京的有几位？”丝丝说：“出国的出国回省的回省，在北京能叫上的也就五六个人。”杜怡说：“就是聚在一起，我跟她们只怕也说不上话了。”丝丝中止说：“先不扯这个了。唤你出来，是赶紧让你知道你爸妈在着急呢。”

搁下电话，杜怡出了电话亭站到旁边一棵树下，让自己捋一捋心情。此时街面上躺着不少干枯的树叶，时而安静时而滑动，许多脚步在上边走过。她想，时间过得真快呀，不知不觉已在北京待了一年多，这一年多中，自己就像一片碧绿的叶子，飘落在地上，渐渐变成了枯黄。

但是现在，她必须换上碧绿的心情，用轻松的口吻向妈妈讲述这一年多的愉快经历，解释为什么不及时联系的原因。她得马上高兴起来，再用嘴巴把这暂时的高兴输送出去。

她吸一口气缓缓吐出去，然后走回电话亭。拉开小门进去，盯着那个黑色电话，她突然慌了。此刻她心里实在凑不起高兴，凑不起高兴就没法让嘴巴把话说顺儿。没准儿一听到妈妈的声音，她立马泪崩了。她可不想让妈妈一下子听到自己的哭声。还是写信吧，既然是说谎，在纸面上说总比在电话里说容易一些。她再次从电话亭里撤出来。

在这天余下的时间里，杜怡坐在地下室的小桌前给爸妈写信。她写得虚虚实实，尽量让语气自若一些。她说一年多前苏联局势很混乱，混乱中遇到意外之事，自己便匆忙回到北京，本来应该很快重返莫斯科，不想又遇到新的意外之事，就留了下来。之所以没及时向家里报信，是怕爸妈失望和担忧。眼下自己在北京已找到工作，计划边赚钱边另谋前途。如果有可能，想转个方向去美国读书。她请爸妈别担心自己，以后重点是照顾好弟弟。为了强调自己的意思，她在“重点是照顾好弟弟”这句话下面画了横线。算一算，弟弟在上高二了，爸妈的注意力应该给他，家里并不厚实的钱币积蓄也应该用在他身上。在她内心一角，其实一直放着不断长大的弟弟。之前她没有在经济上向爸妈求援，这也是一个悄悄的理由。她不能让爸妈为难和添累。

现在的她，虽久陷地下室，身上裹着苦涩，仍不想给爸妈心里添累。她在信中表示，自己情况已安定，往后会按时写信的。她还写上这样的俏皮文字：我在梦里好几次跟爸妈和弟弟待在一起，吃海鲜说闲话，呀呀，那真是快乐的时间。

同学聚会是在三里屯的一家酒吧。

丝丝兴冲冲在电话里通知她时，她犹豫一下，没有说出拒绝的话。不管怎样，她眼下还得在北京漂着，这些同学是为数不多的生活相连者。况且，她心里这么的空，再去计较情面什么的已没啥意思。

聚会的酒吧显然开张不久，但大厅里摆着假装旧色的长条桌，桌子上方有一盏瘦瘦的吊灯。音乐飘动，产生一些异国情调。同学五女一男，其中三位女同学携了男伴，这样加上她，正好凑足一桌十人。

同学碰面，到底存着以前的情分，相互打量一遍，又轻度亲昵一番，便不再生涩了。杜怡能感觉到同学们眼里好奇的问号，但这些问号也不是很浓的。她脸上不给答案似的淡静着，周围的问号便暂时散去了。

桌子上的首席活跃者不是某位同学，而是同学芳子带来的矮个子男伴。他点了一些菜品和点心，又要了香槟和金酒。金酒是草莓金，兑上汤力水再加入柠檬，味道挺爽口。大家举起杯子，在空中碰出一阵玻璃脆响。首席活跃者鼓动说："开个好头吧，不能让第一杯酒干巴巴地留在杯中。"他的话没有毛病，大家或多或少将酒倒入嘴巴。

有了酒的帮助，场面便妖娆起来。大家一边吃喝着一边聊些学校逸事或生活花絮，同时制造一些笑点不高的笑声。首席活跃者也时不时发表花哨的见解，譬如认为三里屯酒吧街正处于少女发育期，眼下有点瘦，很快会变得丰满逗人；又认为白天刨钱币晚上泡酒吧是不赖的生活方式，能让日子保持一种兴奋。他的口气里搁着缥缈的自得，让人吃不准他的身份成色。坐在旁边的丝丝靠近杜怡的耳朵，悄声说："他叫李三儿，追芳子有些日子了，这阵子也不知摸到什么生意门道，好像赚了一些钱。"杜怡瞥芳子一眼，看到几分满意加几分懒慵的表情。

大厅里的身影在增多，每张桌子前似乎都填了人。跟室外的寒冷枯静不同，这里很快形成了酒吧常有的场面：声色丰富，暖意弥漫，音乐里偶尔还飘过地中海的夏风。

纷闹的气氛里，旁边一张桌子倒显得不一样，因为那里只坐着一位孤单女子。她大约二十七八岁，打扮前卫，胸部突出，种了睫毛的眼睛无所事事地盯着桌面。桌面上放着两只杯子，一杯像是咖啡冰茶，另一杯应是烈性鸡尾酒。她一会儿端起冰茶喝一口，一会儿又端起鸡尾酒喝一口，似乎在等着什么人，又似乎什么也不等，只是无聊地打发时间。

这样的孤单女子是容易招引目光的。杜怡注意到了，桌上的其他人也注意到了。李三儿压低声音，请大家猜一猜那女子是个什么人物。这是有点微妙的话题，许多人不吭声，也有两三位同学嘻哈地点评几句。李三儿故作幽默地嘿嘿两声，说："这姐们儿呀，准是男性生殖器收集者！"众人静住，过了片刻才有笑声响起。

不多时，那孤单女子的桌子前出现了一位高个子白人。他坐下来要了一杯酒，与孤单女子凑着脑袋聊话。聊了一会儿，他起身离开椅子，往杜怡这张桌子走近几步。很快，他将目光锁定李三儿，高声说了一句："Cause Chinese men are always short, Chinese women are cheap!"

说完他哈哈大笑了几声，想返回自己座位，但半杯酒水突然追了过来，在他脸上溅出一片淋漓——酒水是从杜怡的杯中甩出的，甩完了她自己都有点发愣。高个子白人傻了几秒钟，大概看到对手人多，无奈地抹一把脸，又耸一耸肩，嘟囔着转身走回去。

桌子上松了口气，大家的目光看向杜怡。李三儿问："他刚刚说了什么？"杜怡不吭声，丝丝接过话去："他骂了我们女人，还骂了你们男人。"李三儿说："怎么骂我们男人的？"丝丝说："这个你问芳子。"芳子一脸茫然说："刚才我没听明白。"丝丝说："他抨击中国男人生殖器啦，short，短小。"芳子的脸浮起一片红。李三儿说："他丫敢这么说，是该削他！"又跟杜怡说："瞧不出来你挺仗义，敢为中国男人出手撑面儿。"丝丝说："这话听着有点别扭，杜怡主要是为了护着我们女人自己。杜怡你说对吧？"杜怡不好意思地说："我的手刚才有点冲动……好在这老外没还手，他块头这么大。"李三儿说："他敢！也不瞧瞧这是谁的地盘！"丝丝说："瞧你这口气， 点儿不short。"大家哗哗笑起来。

聚会散场已经快十点了，大家走出店门道别。杜怡和丝丝有一大段路重叠，就合一起拦出租车。李三儿说："干吗叫出租呀，我有车子。"丝丝说："我们俩不重要，你捎上芳子就行了。"芳子说："这是什么话，咱们哪个不重要？三儿可是乐于助人的人。"李三儿说："嘿嘿，能拉上一车子美女，我心里特爽。"

四个人上了车。车子是九成新的桑塔纳，杜怡、丝丝坐后排。此时的大街车流稀疏，基本畅通，但李三儿开得不快，因为他的嘴巴要说话。李三儿说："之前就听芳子说起杜怡，今儿见识了，果然不是平常小妞儿。"芳子说："瞧你这碎嘴，杜怡的事儿我只知道一点点。"李三儿说："可不能只知道一点点……杜怡眼下做啥工作呢？"杜怡说："我在出租房窝着，我差不多没有工作。"她说的是实情。上次的事一出，她对家教的活儿便没了心劲，只是勉强敷衍到寒假。待开了春，也不知自己能不能续上。丝丝说："难不成你能给杜怡找个什么差事？"李三儿说："找差事是你的强项，谁不知道丝丝手里攥着不少人脉呢。"丝丝说："我刚从学校出来混，哪能跟你李三儿比……再说了，我给杜怡介绍过两份临时的活儿。"李三儿说："这么说我是得上点儿心……不知杜怡要的什么工作？"丝丝说："进国务院或者中央军委都可以，你有路子吗？"李三儿说："这不合适！你们学外语的得进联合国。"大家都笑了。李三儿说："甭管怎么说，要是老在出租房窝着，那的确不妥。"

李三儿不仅是走走嘴巴的人，两日后，他约了杜怡去见一个人。李三儿说，这个人见妥当了，能得一份不错的差事。

如果早一些日子，杜怡是凑不起心情这么去见人的，现在心里转圜过来，觉得是该找份工作了，况且李三儿是真心帮衬。

下午的时候，杜怡坐上李三儿的车子。李三儿告诉杜怡，见面的这位叫胡姐儿，是个撑事的主儿，有点脾气但人不错，你照实说话就行。杜怡问到底是啥工作。李三儿说："胡姐儿手里捏着的差事多，她会先掂量你，然后给你一个合适的。"

车子走了半小时，到达东四西大街一幢有点派头的旧式高楼。进入楼门，李三儿伴着杜怡到三楼，先见过一位姓韩的长条脸，然后由长条脸领着杜怡上四楼。

走过一段廊道，见着一扇貌似威严的门。进了门，长条脸引杜怡落座，便退了出去。现在杜怡面对的是一位三十多岁的抽烟女人——皮肤白，嘴唇红，烫发无序而有味，手里捏着一支女用细烟。杜怡嘴巴动一动，唤了一声"胡姐儿"。胡姐儿将细烟拨离嘴唇，说："你叫杜怡？"杜怡说："是的。"胡姐儿说："你先前的事儿我知道一些，我也不乐意细问了。现在我得明白，你要一份怎样的工作？"杜怡想不到对方这么单刀直入，赶紧表态说："怎样的工作都行，我不怕吃苦。"胡姐儿说："听说你眼下住着地下室，你很缺钱吗？"杜怡迟疑一下说："我还欠别人一些钱……另外我想攒些钱去美国读书。"胡姐儿说："你的眼睛有点飘，你说这话儿心里并不踏实。"杜怡点点头说："我把出国读书老放在嘴里，但又发现这事儿一点点远了。我是说我好像慢慢够不着了。"胡姐儿说："出国读书的事儿要是不成，你以后有啥打算？"杜怡说："我还没想那么多。"胡姐儿说："要是去成了美国，读书完了又有啥打算？"杜怡说："我也不知道……没想那么远。"胡姐儿说："迷惘的一代，这个雅词儿说的就是你们。"她嘴里吐出一口烟，又说："不过没事儿，你只需要一些时间。时间会让眼前的烟雾散去，然后你就活明白了。”

这次见面如此简短，胡姐儿的话儿也不多，所以杜怡对工作的事仍觉得一团烟雾。她可以明白的是，胡姐儿试用自己了——第二天自己得去办一件收钱的事，以验证一下工作能力。胡姐儿说：“去见一个人做个手续，就这么简单，但简单的活儿有些人就干不利索。”胡姐儿又说：“这事儿办妥了，你再回来见我。”她把写有地址和名字的一张白纸交给杜怡，并嘱咐去的时候带上身份证。

出来与李三儿碰头，她把情况一说，李三儿高兴道：“八成胡姐儿看中你了。”杜怡说：“说是收钱，可我还是不知道干的啥工作。”李三儿说：“这是胡姐儿的做事风格，她不能什么事儿都让你马上知道。”杜怡说：“我有点迷糊，没见过这么指派干活的。”李三儿说：“放着心吧，让你去收钱又不是叫你去当黄世仁，胡姐儿办事儿讲究的就是规矩。”

转过一日，杜怡依着白纸上的地址去了北太平庄一家小宾馆。敲开一个房间，里边是一位中年女子。中年女子既警惕又热切地盯着她，说：“是小杜吧？”杜怡说：“是李大姐吧？”这几乎有点像接头暗号了。待杜怡坐下，姓李的女子说：“不好意思，我能看一眼您的身份证吗？”杜怡把身份证给她。她细细看了，说：“真年轻，比我女儿还小。”杜怡摸不着头脑，就不吱声。姓李的女子说：“女儿的事是大事，咱做父母的掏家底也得支持……我女儿的事能成吧？”杜怡让自己静着脸，说：“胡姐儿办事你应该放心的。”姓李的女子说：“是呀，我也是冲着胡姐儿的名头才来的，不过就是开价有些高。”杜怡不允许节外生枝，赶紧说：“胡姐儿不讨价还价的。”姓李的女子说：“这倒也是，女儿的事不能还价。”

这么说着，姓李的女子从旁边袋子里取出一捆钱，让杜怡点收。杜怡点了一遍，是五万元。从姓李的女子零星言语中，杜怡知道了这是前期缴纳的预付款，待事成之后再交另一半钱。杜怡将钱收好，起身要走。姓李的女子提醒，还没写收条呢。杜怡“噢”了一声，从宾馆服务夹里取出信纸，写上收到钱款的文字，并签上自己名字。姓李的女子又提醒，得在名字旁边写上身份证号码。杜怡又写，写到一半忽然觉得不对——有了这张收条，自己岂不成为这笔钱的实名债务人。事情还一头雾水呢，却让自己的名字捏在了对方手里。她停下笔想一想，将手中的信纸撕掉，抱歉说：“我写错了。”又取了一张信纸重拟几行字，说明自己受胡姐儿委托代收钱款，写完了交给姓李的女人。姓李的女人看一眼信纸，说：“这个不行，胡姐儿连个全名儿都没有。”杜怡心想我还不知道胡姐儿全名呢，嘴里却说：“有胡姐儿这三个字就够了。”姓李的女人说：“不够的。”杜怡没有犹豫，从袋子里取出钱，不吭声地放回茶几。姓李的女人愣了愣，叹口气说：“你们胡姐儿霸道，人不露面名字还不露面。”

杜怡将钱款送到胡姐儿办公室的时候，虽只隔一天，感觉已经不一样了。

胡姐儿仍抽着烟坐在那儿，但用认可的态度迎了她。杜怡把装钱的纸袋搁在桌子上，说："五万元，胡姐儿您点一下。"胡姐儿扫一眼钱，说："不用点，你做事挺稳的。"杜怡脸上笑了一下。胡姐儿说："事儿不难，但有的人不一定乐意去办，因为我没给底细。"又说："在不知深浅的情况下敢不敢去办，我在意的是这个。去办了，说明你是个不怕事儿的人。"杜怡心里飘过一阵丝痛。也许是的，经过的事多了，似乎就不怕事了。

胡姐儿想起什么，说："你抽烟吗？"杜怡摇摇头。胡姐儿说："我烟瘾大，你不能介意。"杜怡点点头。胡姐儿说："现在我可以讲讲咱们办的是什么事儿了，那姓李的女人家在门头沟，女儿大学毕业分回去在卫生局上班。这女儿呢在学校处了一位男朋友，眼下在朝阳区上班。门头沟离朝阳区有几十公里，这也是婚姻容易产生危机的距离。姓李的女人为女儿着想，想出钱把这距离给去掉。"杜怡说："您是说……调动工作？"胡姐儿说："是的，咱们有这个路子，她就求上门了。"杜怡心里诧异了几秒钟，说："这种事交了钱就能成？"胡姐儿咧嘴一笑，鼻孔蹿出两缕烟。

从这里起话，胡姐儿对工作业务做了介绍。原来胡姐儿和朋友一起创办了一个特别的办事机构，宗旨跟"三T"公司相似，也是替人解忧排难，只不过该机构不以公司面目出现，平常不在公众视线之内。机构所受理的都不是小事，譬如毕业分配调整、工作调动促成、刑事案件斡旋、投资项目疏通、部门批文催快等。受托人有北京本地的，也有外省来京的，托办费用按难度而定，基本做到公正合理。若事情办不成，预收的费用自然全数退回。

胡姐儿的解说是简单的，有点轻舟过水的味道，但听在杜怡耳朵里，几乎每句话都含着重量。她脸上飘飘的像是有点傻。胡姐儿说："我讲的这些你听懂了吗？"杜怡说："又懂又不懂。"胡姐儿说："不懂的是什么？"杜怡说："要办成这么多事……一定很难。"胡姐儿说："我明白你的意思。这么说吧，咱们是一个网格状的系统，像一只棋盘，棋盘上有许多棋子，我只是其中的车马炮。就是说，事情办成办不成不是由我说了算，我只是给将帅打个下手。"杜怡说："那将帅是谁？"胡姐儿说："这个不是你可以知道的！你的角色是兵卒，一步一步走着就行。"杜怡说："即使是兵卒……也应该知道一点大局意义吧？"胡姐儿说："咱们的大局意义就是帮衬有需要又有困难的人，像今儿这位姑娘的工作调动，调成就成全了姻缘，调不成就可能掰开了有情人。从这个角度一寻思，意义不就出来了吗？至于收些费用，这是依着市场经济办事，没啥不合适的。"杜怡说："可是……唔嗯……"胡姐儿一笑说："甭哼哼，我明白你的担心。实话告诉你吧，咱们办事儿既不顶撞法律也不违反政策，只是在边沿的灰色地带遛走儿，譬如工作调动，人家单位本来要调人，不是讲你就是进他，咱只是推荐一下，又譬如项目批文，理应盖章通过的，那些老爷部门爱拖沓，咱就帮着促进一下。用一句好听的话，咱是润滑剂，给这些有点生锈的运行机器注点儿油。"

胡姐儿把烟蒂轻轻摁灭在烟缸里，说："今儿我掰扯得有点多。当然了，我肯说这些，是把你看成马上一起做事的人。"她抓过那只装钱的纸袋子，抽出一小叠搁在杜怡跟前："换个地儿住吧，地下室空气不好，待久了损身体。"杜怡瞧着那小叠钱，脑子有些空茫，空茫里似乎又有什么东西在挣扎。胡姐儿很淡地盯着她，说："你眼下的日子有点飘，跟着我干，你不光可以攒些钱，也是给日子找个暂时的方向。"

杜怡沉默中听见自己心里轻轻叹了口气。她慢慢伸出手，将那小叠钱取了过来。

见过胡姐儿回到西直门已是傍晚，天色渐渐变得暗黑。她走到小区门口，才记起该吃点东西了，便拐一下脚步，进了路旁的一家小吃店。她在这里吃过几次，男店主已经熟眼。男店主问她吃点什么，她要了一盘饺子。男店主刚转身，她的声音又追过去，再要了牛肉和拍黄瓜加一瓶绍兴黄酒。男店主嘴里说好嘞，眼里却有点吃惊。

在店厅一角，杜怡就着牛肉黄瓜，一口一口喝掉了整瓶黄酒。一种晕眩的感觉在脑门产生，很快扩展到全身。她在小店里坐了许久，比平常一顿饭的时间要久上两倍。之后她站起身稳一稳身子，出了店门，向那个也许不再久住的地下室走去。

# 七

杜怡正式接下的第一单活儿是给一位大学男生解难。

这位男生姓郭，在一所顶尖大学读地球物理二年级，脑子聪明得有点飘忽。之所以这么说，是因为他的聪明不用于观察大气层外的行星，而是看上了高考教室内的冒险行动。大约是平常花销比较奔放，家里的汇款接济不上，他便感到了缺钱的不爽。这时一伙做代考业务的人找上门，用花言巧语和可观回报说通了他。他的高考成绩很好，各种练习题此时在脑子里尚未生锈，稍稍清洗一下仍然鲜亮。高考那几天他去了山西，用别人的名字走进考场。第一场数学很顺利，估算一下差不多九十分，这是合作方给出的指示分数，不能太高也不能太低。第二场物理似乎也安全过关，其间监考老师巡查时核对一下他的准考证，并无异议。但刚回到北京学校，调查令就追来了，他被叫去谈话，一个回合便招了。以为只是搞点小钱花花，却弄到一个大处分——开除学籍。灰头土脸的小郭卷起铺盖准备回家，身在山东的老郭不乐意了，他是有些能耐的机关干部，不能看着家庭的荣誉和儿子的前途就这么一锤子给毁了。费了不少周折，他终于找到胡姐儿这条线，谋求保住儿子的学籍。

杜怡代表胡姐儿出面与老郭碰头，在山东见了一次，在北京又见一次，谈妥价格，收取预付金，其间又打了几次电话询问和通报情况。老郭没有因为杜怡的年纪嫩而小看她，数次认真地陈述自己的看法。他说："孩子不懂事，得允许他犯一次错。《左传》曰：'人谁无过，过而能改，善莫大焉。'"他还说："这个坎过了，他会用心读书，将来没准儿就是一个科学家。《中庸》上说：'闻过而终礼，知耻而后勇。'"

杜怡第二单是广西北部一个县的铁路站址批文。这个批文没有根基，是北京胡同里的一位能人拉扯出来的。这位能人从一家小单位辞职下海，跑到海南闹腾房地产。他先从银行和朋友处借到两百万人民币，买了两辆奔驰车，花几个月时间跟当地领导和各部门头目交朋友，吃喝玩乐还顺便谈谈人生，很快打成了一片，之后经审批得到一大片地。他没有停顿，立马将一半地转手卖给别人，一大堆钱砸过来几乎把他埋了。成为有钱人后，他心情大好，想起了祖籍老家。他准备了一些红包和豪言，把奔驰车一路开到那个贫困县。此时县里在谋划脱贫，刚好有一条铁路将从边上穿过，离着有三十多公里，全县人民都盼着铁路能拐一下弯，在县城设一座小车站。县里领导为此正发着愁呢，忽然听说从京城来了位有气派的能人，马上设宴迎客，宴席上握手握了好多回。那能人本是一时兴起去老家光宗耀祖一回，现在却成了全县人民的寄托人物。回到北京，他也使了些力，无奈铁路改道不是小事，一般的劲儿拿不下来。无路之时，竟打听到了胡姐儿。

杜怡见到那位能人时，先告之胡姐儿的原话："这件事儿难度很大，办成的概率很小。"能人说："那不行，县里把建车站的地儿都留好了，花多少钱也得把这事儿办成！"说过这种气壮的话，他从夹包里抽出十几张人民币拍在桌上："杜小姐，这是你的小费，你的腿给我跑勤点儿。"杜怡说："我是跑腿的，但我不收小费。"能人说："那不行，你小费都不收，我心里怎么能踏实?!"

又过些日子，杜怡接手的新单子来自福建一个县级市：该市跃跃欲试，想伸手拿到"中国鞋都"称号。在杜怡的印象里，鞋都之类的名头应该属于老家温州，那里大街上布满鞋店，巷子里布满鞋厂。不过鞋厂一多便容易竞争，竞争一多便容易压价，压价一多便会偷工或减料。据说东北某地举行一场隆重的婚礼，新郎新娘给众亲友敬酒，敬着敬着就迈不好步了，原来新郎的皮鞋开裂，鞋底像球拍似的击打地面。这双鞋是新娘刚刚给新郎买的，产地是温州。新娘羞愤难当，将崭新的破皮鞋寄给了温州市长。之后又据说在杭州武林门堆起几千双产于温州的问题皮鞋，众人发一声喝点了火，愤怒的火焰让皮鞋们缩成一团。被这种事接二连三打过脸，谁都会"知耻而后勇"，咬咬牙改变自己。这几年老家的皮鞋质量好了不少，为了挽回脸面，听说就弄了一顶"中国鞋都"的帽子给自己戴上。福建这个小市是做旅游鞋的，估计同样挨过市场的耳光，眼下刚从坑里爬出来，也想取这个名号为自己撑脸。但鞋都不是鞋票，踮着脚也不一定能拿到的。

对方出面跑这件事的是鞋业协会秘书长。秘书长比较老到，要求签一份合作协议，胡姐儿答应了，但往纸上签名的是杜怡。秘书长看看她，不放心地说："你系胡姐的秘须?"杜怡傻了一下，明白他讲的是秘书，便解释说："我不是秘书，我是联络人。"秘书长说："联络冷签字系不对噢。"杜怡告诉他："胡姐儿说，我们一般不玩儿白纸黑字，这一回已给了你们面子。"

一份接一份的单子串起了杜怡的日子。她的工作说起来并不复杂，就是与托事方见面商谈，收取钱款和信息，然后交给胡姐儿；过些天，她又从胡姐儿处领取进展情况，转而告之托事方。但因每件事情都有不同的难点，打交道的人又形形色色，所以也挺累心的。有时一件事从接单到办成，需要经过好多个回合，费一公斤的口舌。

为了便于联络，她买了一个二哥大。这玩意儿可以打出无法被叫，只能与BP机配合着用。不过跟托事方晤面时，从包里取出二哥大给胡姐儿打个电话，还是能长些气势的。

同时，她从地下室搬出来，住入一间合租房。虽是独立房间，但时常得跟另一房间的两个姑娘碰面。那两个姑娘比较活跃，喜欢与她凑在一起吃水果嗑瓜子，还前赴后继打听她的情况。这让人感到不适。过了一些日子，她又找到一旧小区里的一个小套房，搬了过去。这小区虽攒了年头，离地铁口却是近的，方便她的跑进跑出。

现在杜怡知道，自己踩在一汪浑水里，虽然也走来走去，却尚在浅水区，那深的地方只能远远地望着。不过时间稍长，她也明白了工作的基本局势：金钱是权力的兄弟，却不是亲兄弟，就是说，即使以钱促进，有些事能办成，有些事则攻克不下。事情办成时，委托的人自然高兴，她也捎带着成了恩人，接受笑脸和感谢。若是不成，托事方一般会气鼓鼓地表示不快，有的还会拉下脸以骂语相送。

她仍记得那天将代考男生小郭的好消息告诉老郭时，那个中年男人热泪盈眶的样子。他的儿子最终获得学校宽恕，开除学籍改为留校察看，理由是这位学生在假期两次做过慈善基金会的志愿者。激动的老郭说："这个理由好呀！这个理由好呀！"杜怡提醒他："这理由只能算化个淡妆，主要是学校领导发了善心。"老郭说："我明白，我明白，孔子曰：'礼之用，和为贵。'送了那么多礼，学校领导自然要和为贵。"杜怡乐了说："孔子说的和你说的是两回事。"老郭说："我明白，我明白，我和他说的是两回事。"为了表达谢意，老郭还请杜怡方便的时候走访济南。他郑重的口气像是外交邀请，既热情又有点滑稽。过了一些日子，有一次杜怡赴济南办事，在街上走着走着想起了老郭。当然啦，她不会打电话给他。

但相反的情况自然也免不了，譬如火车改道建站，花了不少时间，结局终难以如愿。杜怡在电话里把不愉快的消息告诉那位能人，立即招来一长溜儿的喷语，似怒非怒似骂非骂，说得不靠谱还挺逗儿。杜怡插不上话，等了一会儿只好挂掉。后来她才知道，那阵子能人在海南正走入困局，开发的楼盘还没结顶，房地产大势已经开始崩塌。人不高兴的时候，在电话里遇到新的不高兴，是容易点燃情绪的。

杜怡赚一些钱后，终于把胖卷毛的欠款还净了。这件事她拖了时间，算是耍了赖，所以汇钱时加上一笔利息。从此心里安定许多，觉得再不欠这个世界什么了，与胖卷毛自然也断了联系。后来有一次，她在王府井逛商场时遇见胖卷毛，他身边黏着一位吃冰糖葫芦的瘦高姑娘。胖卷毛在短暂的感慨之后，聊了自己的近况。杜怡听得并不认真，只知道他已开了贸易公司，旁边这位姑娘正是他的秘书。这次偶遇，是她与胖卷毛的最后一次见面。

去美国的事还在心里搁着，却也像一只皮球在水里漂浮着，一直露出半只圆体，去捉拿时又容易滑手。她想复习去考托福，因为跑腿的事儿多，又因为对自己的英语底子没有把握，就老凑不起心劲儿。也想过别的办法，譬如搭上某位老外的关系，又譬如绕道俄罗斯去欧洲再去美国，但这些想法只是在脑子里逗留一下，便不好意思地告辞了。

日子不快不慢地走着，似乎有许多内容，又似乎塞满了单调。

在感到单调的时候，她会混入同学们的组合中，去酒吧聚餐，去迪吧蹦舞，或者去卡拉OK厅唱歌。迪吧太闹，音乐和灯光扭成一团，在人群中跟着蹦一会儿便累了——不是身子累，而是脑袋累。相比而言，她更喜欢卡拉OK一些。以前她爱在收音机里听歌，没有机会自己唱，现在握着麦克风练一练嗓子，发现自己的音乐感竟是不差的——开始还有些生涩，唱过几回后，调子便拿捏住了，音色也不轻飘，歌声中常有一种低沉独行的味道。一首歌唱完，总能招来几下不是应付的掌声。

学俄语的同学伙在一块儿，除了唱流行歌曲，自然也唱一些苏联老歌，《红莓花儿开》《喀秋莎》《莫斯科郊外的晚上》《三套车》《小路》什么的，还有那首《孤独的手风琴》。这些苏联曲子响起时，杜怡心里就有东西在轻轻摇晃。心里一摇晃，便觉得别的同学没唱好，不是走调就是丢板。她知道自己的耳朵过于苛求了，但又坚持地认为，苏联的老歌即使拿俄语去唱，有些味道也是唱不出来的，因为用的是中国嗓子。

有那么两三回，同学们唱完歌散去，杜怡找个借口留在了包厢里。她点出一组苏联歌曲，关掉唱声，只让乐曲响起。在乐曲声中，她抱着双腿坐在沙发上，脑子什么也不想地静着。这一坐她会坐得很久。

与同学们聚会的时候，若芳子在，时不时也能见到李三儿。干了这份差事后，杜怡便知道李三儿原来是自己的“同事”，只不过她跑的是下游托事方，李三儿跑的是上游办事部门。同是兵卒，因为处于不同的工作段，平常两人一般碰不上面。而在同学聚餐时遇到，两个人便有心照不宣的感觉，仿佛在众人围坐的喧闹中，桌面之下仍有一方秘密属于他们俩。这种滋味不是杜怡所喜欢的。

但杜怡不反对自己跟李三儿说些话，趁机探问点儿情况——她心里存着不少问号，一直梗在那里呢。对眼下这份工作的背景，她知道得还是太少了。

有了这样的心思，就容易逮到机会。有一次一位女同学过生日，大家合计着找了一家西餐厅，芳子带着李三儿也来了。那天围着蛋糕的一群嘴巴都挺兴奋，讲的话很煽情，场面老维持着热度。杜怡有点受不了，想脱离一下换口气，就对芳子说："能否把你的李三儿借我用一会儿?"芳子大概猜出是"同事"间的聊话，慷慨地挥挥手说："用吧用吧别客气，他老待在身边我烦着呢。"

两人从热闹里撤出来，走到大厅一角的小阳台上。此处还算安静，身子靠着栏杆，挺适合聊话。李三儿点上一支烟，说："有事儿吗?"杜怡说："没啥事儿，那边太闹了，就出来透口气。"李三儿说："甭兜圈子，我估摸着你想从我嘴里套点儿什么。"杜怡便笑了，说："一起做着事儿，但我还是嫩鸟，你知道的比我多很多。"李三儿说："你想知道什么?"杜怡说："譬如我老有一个问号，咱们办这么多五花八门的事，上头的人得有多大能耐呀?"李三儿说："这种问题可不是你应该打听的。"杜怡说："你的口气跟胡姐儿一个样儿，可你又不是胡姐儿。"李三儿说："这么跟你说吧，咱们上头应该有一个总领导，总领导下面有几位实权人物，蹲在不同的岗位上。权力这玩意儿是可以辐射的，这几位实权人物每人打几个电话，就把许多部门覆盖了。"杜怡说："都是难办的事儿，打个电话就可以?"李三儿说："权力部门之间你求着我我求着你，电话里说几句对方心里就明白了。”杜怡说：“这些都是你猜的吧？”李三儿说：“嘿嘿，从胡姐儿那儿听一点儿，自己也琢磨一点儿。别忘了，我可是常去办事单位接头的。”杜怡说：“对呀，你去接头总得拿着咱们那些实权人物名号吧。”李三儿说：“不能那么直接，中间隔着胡姐儿呢。咱们的人跟对方打招呼时只提到胡姐儿，我呢是胡姐儿的一条腿子，狗腿子。”杜怡说：“呵呵，你顺便送了胡姐儿一句骂话。”李三儿喷出一口烟说：“哪能呢，狗腿子是送给我自个儿的！”

从阳台望下去，是一片街景灯光，不过因为有一排树挡着，街景被切割成一块儿一块儿。杜怡说：“其实我还有一个问号，就是胡姐儿的出处。她混成现在这样儿，得有什么家庭背景吧？”李三儿说：“你怎么那么多问号！老打听这个那个，不是个好习惯。”杜怡说：“我是好奇。我好点奇还不行吗？”李三儿说：“好吧，我再陪你抽根烟儿。”李三儿又取出一根烟，对着手里的烟蒂接上火，抽了一口说：“知道东四的九龙一凤吗？”杜怡摇摇头。李三儿说：“从现在往前推十几个年头，是北京街面上争地盘走刀子的时代。当时东四那地儿盘着九条汉子一位大妞儿，号称九龙一凤。这九龙干的血债事儿多了去啦，一时半会儿掰扯不完。那大妞儿在男人堆里混，不光有狠劲儿自然还长得好，据说经常有人因她拼刀子。有一回在隆福寺旁边的台球店，两拨人为她打架，伤了好几个身子。后来她跟九龙中的大龙伙在一起，成了那块地盘上的大嫂。一九八三年严打的时候，那几条龙基本都进去了，她男人也躲不掉。进去就进去呗，不承想一结账，她男人手里欠着别人一条腿一只胳膊和一根舌头，那还用说嘛，立马就给了死刑。枪声一响，一凤还掏了两毛八的枪子儿钱。”杜怡说：“有点意思……我明白了，那一凤就是胡姐儿。”李三儿点点头：“我说的是胡姐儿前传，不过这些也只能算江湖上的传说，你爱信不信。”杜怡说：“后来呢？”李三儿说：“一凤变回独身后，撑着的局面倒了，身上的风情还在，仍然能招引男人。后来她挑了挑，跟了一位做家具生意的香港商人。那港商在香港有家室，和人一说话一股鸟语腔，一凤在他身边并不快活。勉强待了两年，俩人便散了，一凤分得一笔还算可观的钱。”杜怡说：“这时候还叫一凤呀？”李三儿说：“还叫一凤……又过了一年，一凤嫁给一位老军人，八路出身的白发老军人，别人才改了称呼管她叫胡姐儿。不过胡姐儿性子比较野，身子又比较熟，可能耗了老军人一大把精力，不出三年，他身体突然变得虚弱，一查竟是肺癌。老八路能对付日本鬼子，却对付不了肺癌细胞，拖了一段日子也走了。”杜怡说：“呀，胡姐儿又成单身啦。”李三儿说：“这一路下来，胡姐儿老傍着男人，最后都靠不住，所以一寻思呀还得自己出头打局面，这么些年攒的人脉正好也可以用上。”杜怡说：“于是胡姐儿就成了现在的胡姐儿……李三儿你知道的可真多！”李三儿说：“操，我嘴巴平常紧着呢，被你强烈的求知欲一引诱，就守不住舌头了。”杜怡说：“我不是引诱是打听……你说的这些不算秘密吧？”李三儿嘿嘿一笑说：“如果是秘密哪敢说呀，我的胆儿可没这么肥。我聊的这一堆事都是大伙儿在底下说来说去的。”杜怡说：“我好边缘呀，你说的大伙儿不包括我。”李三儿说：“今儿起，就包括你了。”

杜怡从李三儿脸上收回目光，看向对面的街景，说：“我现在觉得胡姐儿有点儿真实了，不太真实的倒是我自己。我脑子里有时候会突然跑出一个不明白，不明白自己为啥能跟了胡姐儿。”李三儿说：“知道胡姐儿看上你什么吗？我琢磨着是两点：一是胆儿不小，不怕事；二是脸还纯着，让别人放心。这两点一相加，挺适合干咱们这活儿。”杜怡说：“说我胆儿不小，是因为那一回我在酒吧里的泼酒动作吧？”李三儿说：“对呀，给了那老外湿淋淋的一脸，完了我带你去见了胡姐儿。”杜怡说：“李三儿，我又问一句，你说咱们这活儿干着有意思吗？”李三儿说：“我操，这话问得才没意思！既赚了钱，又有胡姐儿罩着，没跟法律什么的过不去，这样的活儿你哪儿找去？！”杜怡说：“有时我觉得自己就是一滴水，丢到水沟里跟着水流往前淌，也不知淌到哪里。”李三儿说：“你们大学生就爱矫情，喜欢把赚钱的事儿玩出意义来。其实呀，赚钱是一件快乐的事儿，赚钱的意义有时候就在于赚钱。”杜怡说：“我才不玩意义呢，意义这个词儿对我来说是用旧了的粮票，已经作废了。不过我干活儿的时候也需要找点儿东西来安慰自己，譬如不让开除学籍是为了那位学生可以继续读书，铁路改道设立车站如果成了对那个县的发展有好处，还有‘中国鞋都’的牌子多给一个也损不着谁。”李三儿说：“瞧瞧，这还不是标准的矫情……不过你这么想也没错，至少干着活儿心里不别扭。”

李三儿还想说什么，生日餐桌那边传来芳子的招呼声。李三儿把烟蒂往空中一弹，耸耸肩走了。

杜怡不想马上回去，在小阳台又待了一会儿。空气中少了烟味儿，鼻子似乎舒坦一些。不过想到跟李三儿这样的“同事”竟然扯这么多话，她听见自己心里叹了口气。

这次聊话后没几天，一单新的业务侵略了杜怡自设的心理护栏。

这是一个有着奋斗外皮儿的故事，可惜里边的馅儿是毒品。据说是八年前，一位叫杨林的四川小伙子流浪到云南中缅边境的一家玉器店打工。干活儿空闲时他喜欢看一本书，书名叫《射雕英雄传》。这个举动引起邻店一位姑娘的关注，两个人渐渐贴近。姑娘是缅甸人，会说汉语，没事了就听小伙子讲书中的江湖恩仇和爱情故事。过不多久，两人结婚了。婚后去了对面的缅甸勐古，杨林才知道岳父在当地颇为知名，挂的名号叫果敢同盟军缅北财政部副部长，实际是位罂粟人士。夫妻俩不敢造次，绕开鸦片努力赚钱，先做药材生意，后又入玉石圈子，渐渐攒了些钱。有了钱就有了玩心，有一回两人到香港旅游度假，突然起意想见一见金庸先生，但金庸先生哪有那么容易见的，于是一计不成又生一计，去找电视剧《射雕英雄传》里的郭靖，找了一天还真找到了，是在一个电视剧的拍摄现场。两人站在拦绳外边，远远看见一辆锃亮轿车停在金色宾馆前面，车门打开，走出戴着墨镜、咬着雪茄的郭靖，众人在他跟前闪开一条道。他像草原上穿越而来的头面人物，带着豪华的派头快步走进宾馆。就是在那一刻，杨林决定去赚大钱。

接下来的情节进入了惊险的俗套。杨林终于投靠岳父控制的毒品贩卖帮派，先从底层的马仔做起，卖力地在中缅边境穿梭，并很快升为组织里的小头目。因为对中国的情况很熟，他想出不少应对关卡检查的方法，货车水箱、木头内部、罐头夹层等等都成为藏毒的机关。有一次一女婴夭折，他买下尸身去掉内脏装进海洛因，由一位妇女抱着孩子坐车过关。但这种刀尖上的行走迟早会足底见血的，两个月前在云南德宏，他被当地警方逮了个正着。

撞到祸运的杨林被押回四川，关在成都一家拘留所里，前景相当暗黑，此后他的组织不停地花钱铺路，想保住他的脑袋。经过几次碰壁，他们搭救的路线从成都伸到北京，最终够着了胡姐儿。

不用说，这是份大活儿，他们开出的支票一定很狠，即使是胡姐儿也会使劲眨一下眼。之后胡姐儿似乎用劲了，调动起不少关系资源，并派遣手下好几位“兵卒”四处跑腿——为一件事同时动用一群“兵卒”，这在以前是很少的。

杜怡也跑了一趟成都，在一家宾馆大厅里将一封信交给一位白白胖胖的中年男子，又将胡姐儿交代的几句话转述给他，事情就算办完了。之后又辗转去了昆明，与一位黑黑瘦瘦的中年男子碰面。两个人经过简短的交流确定对方身份后，她拿到一封写给胡姐儿的信。

回北京的飞机上，她坐在窗口旁看外边的白云。白云开阔整齐，望上去挺厚实，实则却是虚空的，托不起任何东西。此时她的内心也是虚空的，像是有一朵茫然的云在飘游。在这场挽留毒贩脑袋的行动中，她找不到合适的安慰词语来陪伴自己。海洛因是白色的，但给生活添加的内容却是黑色的。对于这一点，她心里难以做到不在乎。

可在乎了又怎样呢？她只是一颗小小的棋子，或者如自己所言，只是水沟里的一滴水。

一滴水确实不知水流的方向，包括这单大活儿的进展。费了一堆力气，胡姐儿到底有无斩获，杜怡一点儿也摸不着头脑。一两个月后，也就是一个秋日的下午，杜怡被召去参加胡姐儿主持的一个慈善活动酒会。酒会在一家高档宾馆的宴会厅举行，来宾颇多，均穿戴整洁，脸携笑意，胸前别上佩花，见面时昂首握手。杜怡和几位同事坐在角落一桌，见大厅里的十几张桌子渐渐被身子们填满，同时也被笑谈声填满。开餐之前，胡姐儿走上台发表致辞，感谢大家对此次慈善活动的支持。之后又有两位气宇轩昂的人士上去对着麦克风说话，说的话豪迈又缥缈，像飞机上见到的云。

宴席开始了，上来的菜品鲜艳精致，像一张张化过浓妆的脸。杜怡一直没弄懂这是个什么慈善活动，同时也没弄懂自己这伙人为啥有资格坐入宴会厅。猜想一下，大约是这些日子比较卖力，胡姐儿就允许大伙儿来蹭个饭吧。

杜怡的不明白也是别人的不明白。吃了一会儿，同桌的一位“同事”忍不住说：“这些菜挺好吃，只是吃得有点糊涂……我跟慈善没一毛钱关系。”另一位“同事”也说：“我的感觉，是一不留神捡到一顿大餐。”这时李三儿放开一块牛排，用餐布拭一下嘴巴，说：“你们呀真是只有半份脑子！为啥让咱们坐在这儿？八成是因为那件事成了。”有声音问：“哪件事？”李三儿说：“操！这些天咱们跑的是哪件事?!”

杜怡愣一愣，马上懂了。懂了心里就有点沮丧——在一群人的努力下，一颗脑袋保住了。此刻，这颗脑袋上的嘴巴也在愉快吃饭吧？杜怡眼睛望向李三儿，轻声问：“这件事能办成，需要这么一大厅的人？”李三儿说：“你傻呀，这一大厅人基本都是跟慈善有关的人。”杜怡说：“基本之外，是跟这件事有关的人吧？咱们的领导的领导，也在这大厅里吧？”李三儿说：“你的话多了！让嘴巴吃东西！”

杜怡不吱声了，低了头吃东西。吃着吃着她突然起了一个念头，自己应该在大厅里走一圈。这么一想，她佯装上洗手间，起身往大厅中间的通道走去。

通道两旁，分布着许多身子。他们坐姿大气。他们谈笑风生。他们相互敬酒。他们兴致勃勃。杜怡从他们中间走过，就像是走过神秘的地带。

# 八

杜怡没有想到，自己的下一份单子仍与牢狱有关，只不过案情比较简单，难度也降了下来。就是说，跟之前的大动作相比，这只是胡姐儿接手的一件普通事儿。胡姐儿说：“拐了两道弯介绍过来的，也不知道对方懂不懂我们的规矩，反正合适了就做，不合适就收手。”

双方碰面约在中关村的一家饺子馆，这是对方建议的地点。其实杜怡更喜欢封闭独立的地方，譬如宾馆房间什么的，因为事情谈妥之后一般要交付现金，这在公共场合是不方便的。不过对方在电话里说不出更恰当的地方，杜怡也就不反对了。

到了饺子馆才知道，这里除了饺子还能点些小菜，方正的大厅设立了左右两排卡座，倒也适合聊话。来碰面的是一位三十多岁的南方女人，身子单薄，面目干净，不过脸上的神情有点枯。在卡座坐下后，她点了两份饺子和一碟牛肉、一碟花生，涩着声音让杜怡吃。杜怡拿起筷子吃了两口，开场白似的问对方一些情况。南方女人说自己是小学教师，为了弟弟的事丢下课本请了假，来北京有些天了一直着急，心里没法安静下来。她说：“我只有一个弟弟，我的父母年纪也不小了。”又说：“真想不到弟弟会弄成这样，做梦也想不到呀！”

杜怡对小学教师的不好情绪没感到意外，因为毫无疑问，弟弟曾是她心中的一份骄傲，眼下这份骄傲却“啪”的一声摔在地上碎了。而且以杜怡的判断，其弟弟的这种犯事可能只是一念之差，甚至有些阴差阳错的意思。

此前，胡姐儿提供了案件的基本情况：犯事的是一位新闻系大学毕业生，喜欢写些文字又擅长摄影，应该有点志向，不过这几年没混上工作一直漂着，只靠给报纸投些新闻照片挣点稿费。一天晚上他在一条街上拍照，瞧见一家摄影器材商店的临街玻璃橱窗里陈列着一架高档相机和配套镜头，就起了贪心。他回家做些准备，在夜深之后又返回来，先用胶带纸贴住玻璃，再用榔头使劲敲开，然后伸手取了相机和镜头。此时连到店内的报警器响了，里头跑出一位睡眼惺忪的半老头。年轻盗窃者想不到这样，惊慌之中给了半老头一榔头，将他鼻子砸得粉碎——这一榔头将盗窃变成了抢劫。几分钟后，年轻抢劫者被几位路人合力按倒在地。

杜怡手里没有这位年轻罪犯的照片，只能从对面小学教师的脸庞出发想象出他的样子——应该也是有点瘦弱或者有点清秀的吧。杜怡说：“我想你弟弟也不是个粗野之人，怎么敢抡起榔头又砸玻璃又砸人？”小学教师说：“我不懂我真不懂呀，几年过去他像是变了一个人。”杜怡说：“也许，没工作老漂着败坏了他的心情。”小学教师说：

“工作的事确实伤了他的心情……四年前毕业时他本来是到一家大的新闻单位上班，后来情况发生变化，编制被拿掉，结果去了一家小的邮政报纸。因为觉得没意思，又想着出国，他就把工作辞掉了。”杜怡说：“那怎么没出成国呢？”小学教师叹口气说：“说来有些话长，他在大学交上一位女友，处了好几年，关系好得已住在一起。但是有一天，他的女友跟一个法国胖子走了，去了巴黎。分手前两个人谈话，那女的说对不起，法国人能帮我出去。你听，这是她最大的理由。我弟弟不知说什么好，只能是沉默。本来希望两个人一起出去的，结果他被丢开了。”杜怡说：“我知道，眼下出国不是一件容易的事儿。”小学教师说：“弟弟最想去的是巴黎，他身上有一些浪漫。现在巴黎有一个跟了法国男人的前女友，他出去的心思肯定就弱下去了。”杜怡说：“我明白了，出不了国，又没有工作，只好整天拿着相机在街上晃来晃去，这不惹事才怪呢。”小学教师说：“弟弟喜欢拍照，想有一只好的相机，这个我知道。但这几天我想了想，主要还是他心里茫然，不晓得日子往哪里走……人在这个时候是最容易出事的。”杜怡点点头，她觉得这位小学教师挺懂弟弟的。

静一会儿，杜怡说：“对了，你弟弟叫什么名字？”小学教师说：“我叫傅月，弟弟叫傅亮，两个人合起来是月亮。”杜怡想笑，忍住了。她压一压嗓子问：“你找着了胡姐儿，有啥要求呢？”小学教师眼睛闪过热切的光，说：“我晓得胡姐儿有本事，能把大事化小了。”

胡姐儿告诉过杜怡，这个案子属于入室抢劫，照相机加镜头的价值上了三万元，算得上数额巨大，而且在过程中故意伤害他人，两份罪摞一起，没个十年下不来。一个年轻小伙子，得把最好的十年交给监狱，这样的前景的确让人心暗，但要把刑期大幅减下来，是需要付出大成本的。胡姐儿事先定给对方的公关费是十二万元，先期预付一半。杜怡说："你把东西备好了吗？"小学教师明白说的是钱，轻了声音问："能不能少点儿？"杜怡说："这是胡姐儿定的数儿，她不讨价还价。"小学教师沉默一下说："我认这个数字，可现在我手头实在凑不起来，得再容我两天。"杜怡说："你迟交两天我们就迟启动两天，这也是胡姐儿定的规矩。"小学教师说："我晓得我晓得，我白天晚上都在想办法呢。"杜怡说："那行吧，我等你两天，两天后咱们再见面。"

两天后，小学教师按时跟杜怡联系，不过她在话筒里的声音是沮丧的，表示自己拼了力只凑到两万元。杜怡说："你的意思是再拖几天？我提醒一句，这对你弟弟可不好。"小学教师说："两万元你先拿走，把事情启动起来，后面的钱我接着凑行吗？"杜怡说："这肯定不行，胡姐儿不会答应的。"小学教师沉默一会儿，声音变得有点哽咽，说："咱们还是见个面吧，我电话里讲不好话。"杜怡没有拒绝，不过提议别去什么饺子馆了，去她的住处便可。小学教师说："我住在弟弟的出租房里，很难找的地下室。"

杜怡不怕找地下室。她按照地址来到中关村一老院子，问了几嘴便找到了。

这也是一间地下储物室改造的屋子，面积不大，透着一股霉味儿，跟想象中的没啥不一样。要说有点特别，是在两边的灰墙上，贴满了大大小小的照片。

小学教师把杜怡让到小桌旁的唯一一张椅子上。小桌已收拾过了，上面仅放着一只装钱的纸袋子。小学教师坐在床沿上，开始讲述筹钱的困难。她说来北京之前，把家里存款全取出来了，还变卖了自己的项链戒指。她说跟许多亲友借钱，不该开口的也开口了。她说为了钱的事，丈夫昨天在电话里跟自己吵架了。她的这些话真实却虚弱，因为并不能解决钱款不够的问题。杜怡目光有些游移，飘到了旁边的墙上。

她站起身，凑到墙边看照片。照片上有许多街拍的内容：一辆时尚轿车前的墨镜女人，路边椅子上打瞌睡的瘦脸男人，路面上一个造型奇特的影子，一只狗和一只猫站在街上对视，一个乞讨盲女坐在破音箱旁平静唱歌……为了制造艺术效果，不少照片拍摄的角度挺特别。

在另一边墙上，则布着几十张放大了的黑白照片，全是年轻人的近镜头特写。细瞧他们的表情，有严肃和微笑的，但大都是沮丧的、疲惫的、迷茫的。在这堆照片的中间，贴了一张泛黄的纸，上面写着：我们这一代。

小学教师走过来，指着照片中的一张说："这是我弟弟。"杜怡目光被引了过去。这是一张半身自拍照，照片上的人果然有些瘦弱，头发杂乱，颧骨突起，眼睛懒懒的像是有点累。在他敞开的衬衫胸口，似乎有一块不小的疤痕，不过只露出一半。杜怡凑近眼睛说："这是什么？是伤疤吗？"小学教师说："也算是伤疤吧，是用烟头烧的。有一天他挺郁闷，喝了点酒，就拿烟头烫自己的身体。"杜怡说："哟，他还挺放肆的。"小学教师说："后来我问过他，他讲了一些我听不大懂的话。不过有一句我记着，说是在身上留一个丢失的记号。"杜怡说："丢失的记号？丢失什么，女朋友吗？"小学教师说："也许不光是女朋友吧……以前他是个有志向的人，现在他什么也没有啦，真的丢失了。"杜怡说："这个记号是啥形状呀？"小学教师说："英文字母W，我也不晓得是啥意思。"杜怡再去辨认，还真是一个W。这个W烙在他身上是表达什么呢？ why（为什么），we（我们），way（路），want（愿望），wife（妻子），wall（墙），一长溜单词的选择题，答案只有他自己知道。也许答案并不重要，他表达的只是一种情绪。

杜怡回到椅子上。小学教师跟过来坐到床边，说："瞧着弟弟的照片，我心里呀就一撕一撕地痛。本来他应该待在这屋子里的，现在却待在了不该待的地方。"小学教师又说："我无论如何要救弟弟……我想过了，只有卖掉父母住的房子才能凑得够钱，可这需要一些时间，我得回去跟父母商量，还要跟丈夫商量，因为父母没了房子只能跟我们住一起。"小学教师摸一摸桌上的纸袋子，眼里突然泛起泪花，说："所以求你了小杜，你把这两万元拿上，让胡姐儿先把事情办起来……后续的钱我不会少交的。"

杜怡默着脸不说话，好像有点走神似的。过了好一会儿，她才丢一口气说："我试试吧……胡姐儿也不是个很抠的人，也许会给个面子吧。"又说："你爸妈卖房子的事也不用很着急，先看看事情能不能往前办吧。"小学教师说："小杜，你这么说，我……心里不踏实。"杜怡扮个笑脸说："我这么说，表示我不会不尽力。"

杜怡回到家里，从柜子衣物内找出一沓定期存单，数了数，正是预计中的两万元。两万元加上两万元，比六万元的预付款还差一截，但至少说起话来不心虚。

她去银行取了钱，又捋一捋脑子里的想法，然后去东四见胡姐儿。

跟往常一样，她坐在办公桌前向胡姐儿报告情况。胡姐儿抽着烟听着，听了一半便似乎明白了。她划一下手，止住杜怡的讲述，但想一想又扇一下手，让杜怡讲下去。

待杜怡讲完了，胡姐儿慢悠悠地说："小杜你什么意思？让我给这个抢劫犯破一回规矩？"杜怡说："他们家准备卖房子，卖了房子会补齐的。"胡姐儿说："卖房子不卖房子那是他们的事儿，我要的是现金，不打折扣的现金。"杜怡说："但这个偷窃的人……有点特别。"胡姐儿说："特别在哪儿呢？"杜怡说："他女友跟一个法国人出国了。"胡姐儿说："还有呢？"杜怡说："那天他心里郁闷，又喝了酒。"胡姐儿说："还有呢？"杜怡说："他会拍照片，拍了不少有意思的照片。"胡姐儿说："还有吗？"杜怡不吱声了。胡姐儿呵呵一笑说："小杜你说的都是些什么破理由呀！你以为我是法官，会考虑他的作案动机吗?”停一停，胡姐儿说：“干咱们这个的，得踩着规矩走，不能有同情心。这一回你冒出同情心，我瞧出来了。不好！”杜怡沉吟一下，抬起头说：“胡姐儿，我可以……替他们家打个欠条。”又马上补充说：“我会签上自己的名字！”

胡姐儿摁灭烟蒂，从办公桌后走出来，停在杜怡的跟前。杜怡没有仰头，眼睛不安地盯着胡姐儿的腰部。她的腰部静默不动，像是悄然等待着什么。过了片刻，她的身子动了，伸手从旁边一个抽屉里取出一副扑克。

胡姐儿一边动着手指“哗哗”地洗牌，一边说：“有的时候，我喜欢让扑克牌出来做一个决定。”杜怡抿了嘴，不明白地盯着她的手指。很快，她手里的牌洗好了，伸到杜怡面前：“你抽一张吧，要是红色的，依了你，要是黑色的，你把破想法收回去。”

杜怡愣了几秒钟，探手从一摞扑克牌里抽出一张，然后轻轻翻开——是一张红桃3。

事后杜怡才知道，胡姐儿在这个案件中的突破点是改入室抢劫为一般抢劫。玻璃橱窗是外露的，与店内连通有一扇小门，进了这个小门才是入室。或者说，橱窗是摆放相机的地方，平时没有人待着，所以不能算为室内。另外，相机的价值应参考进价，而镜头据说只是厂家提供的样品，跟原价差了一截，这样一计算，抢劫金额就掉了下来。还有一点是守夜老人，他的鼻梁虽然骨折碎裂，但修正加固一下，并没有明显破相。

当然，这些说法只是办事过程中的虚弱理由，虚弱理由因为人民币的注入，就变得扎实起来。

这时已经入冬，天空苍茫了一些日子，先下了一场小雪，跟着又下了一场大雪。只要没有急事，杜怡就让自己猫在家里。但天气的寒冷并没冻住小学教师的焦灼，每隔几天，她便往杜怡的传呼机里送来一个急切的号码。杜怡只好一次次在电话里告诉对方：“别着急，事情在走着呢。”

大概因为下过雪，二哥大的信号不好，杜怡通话时常常要站到窗口。待说过话，她会在窗前多站一会儿，看外边房屋的白色模样，以及被雪罩住的树。

过了元旦，终于传来法院结案的消息：大学毕业生傅亮以抢劫罪获刑三年，剥夺政治权利两年。杜怡将托办结果告诉小学教师时，对方在电话里轻轻哭了。杜怡不知道她是高兴还是伤心，伤心应该说不上，因为十年刑期降为三年，这是预想中的最好收局，但说高兴肯定也不对，毕竟弟弟要在监狱里待上三年，而且这不堪的经历会覆盖一辈子。小学教师抽泣着说：“谢谢你也谢谢胡姐儿！现在有了确切消息，我会尽快卖掉父母房子把钱补上。”杜怡沉默一小会儿，才淡着口气说：“先别卖房子，都进入腊月了，总得让老人安静过个年。”小学教师说：“老人已经没法安静了，他们心里会很苦！”杜怡说：“没个住的地方，心里的苦还会加倍。”小学教师求证似的问：“你是说暂时可以不卖房子？可不卖房子我怎么凑得起钱？”杜怡说：“听我的消息吧，我没告诉你卖，你就别想着卖。”

电话仍是站在家里窗前打的，说完这些话，杜怡的目光又转向窗外。雪已经差不多化尽，屋顶上仅留下几片残白，院子里的道路清爽好走。

# 九

杜怡是在第二天上午辞别出租房的。她关掉二哥大又停闭BP机，这样想联系她的人便抓瞎了——胡姐儿一定会发出催款的指示，但这个指示到达不了她的耳朵。

脱离胡姐儿的想法早在心里养着，只是需要一个恰当的机会。现在这个机会像一个踽踽而行的人，在空寂的街上与她迎面相遇。她不想再躲开了，于是伸出手握住了对方。

她已备好离开北京后投奔的去处，那就是杭州。对她来说，杭州其实也是个陌生的地方，无根无基缺朋少友，但那儿毕竟是家乡的省城，跟自己有着天然的地理联系。她曾把心理上不拒绝的城市点了一遍，好歹择出几个来，但最后都比不了杭州。如果用上逃离这个词儿，去杭州还有点回家的安全感。

不过这天上午站在北京站的售票厅里，她碰到一个问题，去杭州的火车票买不到了——窗口上方的显示屏里，目的地为杭州的票况亮着一个个“无”字。她沮丧地站一会儿，又在大厅里走一会儿，然后做出一个简单的决定：快点坐上火车，先去蚌埠，再从蚌埠转杭州。选择蚌埠是因为它离杭州已近了不少，显示屏上又说有票。

一小时后，杜怡过了检票口进入车厢，心里松了口气。她将旅行箱放上行李架，心里又叹了口气。在北京漂了两三年，值得携带的东西还装不满一只旅行箱子，像一首歌里所唱的那样，“归来却空空的行囊”。说白了，属于她的北京日子也有好的，但更多的是不好，不好的日子是存不住东西的。

杜怡坐在窗边，视线中的房子、街道和人影快速向后移去。“北京，再见了！”她心里伤感地说了一句。她不知道以后还能不能回到北京，就像上次离开莫斯科，以为是暂别却成为久别。

想到莫斯科，她心里又痛一下。她觉得这样不好，甩甩头让心情平淡下来。眼下是逃离状态，不应该自产一些愁伤的情绪。

她闭上眼睛，让窗外的北京景物消失。

到达蚌埠是次日凌晨，天刚微亮。出了车站，她找到一家小宾馆住下，然后躺床上补了一觉。在火车上，她没睡好。

醒来已近中午，她起来洗漱一遍，又在附近吃过简单的午餐，便去火车售票厅购票。这里去杭州的车次有好几班，她想一想，买了一张第二天上午的。到了这个陌生地方，她倒不急了，允许自己花半天时间瞧一瞧街景什么的，也算是来过该城市啦。

依着这样的安排，她下午去闹市区逛了一回主街，觉得没啥意思，又打听着到张公山公园走了走。待吃过晚饭回到宾馆，已是新闻联播的点儿了。她把身子松懈下来，进卫生间洗了个澡，之后坐在床上看电视。电视里正播出一台大学生音乐会，歌曲在舞台上流淌，一张脸孔唱完了，马上换一张脸孔上来。后来上场的是一位挎着吉他的女学生，她唱的是一首校园歌谣，歌词里出现了“我扎根的地方在哪里”一类的句子。杜怡脑子移开来，想到了明天抵达的杭州，想到了该如何在杭州逗留和会不会在杭州扎根。这么想一会儿，自己都觉得虚飘，便收了心思，关掉电视躺下睡觉。

因为有些累，她的睡意来得很快，没几分钟便跌入睡眠。过一些时间，睡眠里出现了梦，梦中脑袋上有点异样，似乎一只蟑螂在快活地爬过，她的手伸过去捉拿几下，蟑螂扮个鬼脸跑走了。又过一些时间，梦中出现一支燃着烟雾的烟头，烟头上有一截烟灰，烟灰撑不住掉到地上，砸出一声脆响。

杜怡惊醒过来，慢慢弹开眼皮，看见窗前一张椅子上坐着李三儿，另一张椅子上坐着一位大块头男人，他们嘴里都叼着烟头。杜怡眨眨眼睛，让自己从梦中出来——眨了两下，又眨了两下，当她发现这不是梦时，嗓子里挤出了尖叫。

李三儿说：“你别这么嚷嚷，好像不认识我似的。”杜怡紧紧拥着被子说：“你怎么进来的？你……你怎么到这个城市的？”李三儿说：“关于我的问题不重要，重要的是你为啥到这个城市？”杜怡说：“你什么意思呀李三儿，我就是烦心了出来玩一趟。”李三儿说：“烦心了就玩消失啦？玩消失你玩得过胡姐儿吗？”杜怡说：“我不懂你的话，也不懂深更半夜的你们为啥闯进我的房间?!”这时那位大块头开口了，声音粗粗的：“甭跟她废话！她不懂就赶紧让她懂！”说着伸手摁下所有开关，房间比刚才亮了一倍。李三儿指一指桌子上边的方镜说：“你先照一下镜子吧，瞧瞧自己的模样。”杜怡慌一下松开被子，惊疑地跳下床走两步，站到镜子前面，然后再次发出长长的尖叫——镜子里边的脑袋被剪光一长块头发，仿佛一片稻田里割倒了一垄稻子。杜怡一抬手，按住了自己丑陋的头上部位。

那位大块头说：“现在你懂了吧？”杜怡哆嗦着嘴唇说：“我……我要报警！”大块头咕咕笑了，对李三儿说：“她说她要报警。”杜怡说：“胡姐儿不能这样对我！”大块头又对李三儿说：“她说胡姐儿不能这样对她。”李三儿把烟蒂吐到地上用脚踩灭，对杜怡说：“这剪头发呀还真不是胡姐儿的意思，胡姐儿才不会这么干呢。”大块头点点头说：“剪头发是我的意思，我喜欢这么干。”李三儿说：“小杜你知道胡姐儿最恨什么吗？干咱们这活儿的最忌讳什么吗？两个字，背叛！胡姐儿说，可以客气走人，但不能背叛走人！”李三儿又说：“所以实话告诉你吧小杜，胡姐儿要的不是一绺头发，而是一截手指。”

杜怡心里抖一下，身子突然一蹿往门口跑，还没抓到把手，被大块头拦腰截住捞回去，一甩丢到了床上。大块头说：“我操，你这模样跑出去也不嫌难看！”杜怡哑着声音冲李三儿说：“看在以前交往的情面上，别太为难我好吗？”李三儿说：“不是我为难你，而是你先为难胡姐儿！胡姐儿的脾气你又不是不知道，你打了她的脸，总得留下手指什么的。”杜怡说：“我没有……我没有打她的脸，我压根儿不想打她的脸……”李三儿想一想说：“好吧给你个面子，手指我也不带走了，你自己挑一根指头让我们打击一下，这样我们回去也好交差。”杜怡攥紧手指，摇了几下头。李三儿说：“你要是很怕痛，我这里已备着止痛片了，吃一片能压住几个小时。”杜怡不吭声，只是使劲摇头。李三儿说：“我都这样替你着想了，小杜你也得给我一点面子呀！”说着朝大块头一摆脑袋。

大块头胳膊夹住杜怡身子，将她的右手手掌拽到桌面上。李三儿压住挣扎的手掌，扯出尾部小指。这根小指几乎是透明的，看上去有点嫩。大块头抓起旁边的茶杯，底部朝下往小指上一砸，砸出一声惨叫。

手指的疼痛让杜怡弹回床上，身体团成一坨，脸上渗出一批细珠。李三儿说：“很痛吗？要止痛片吗？”杜怡闭上眼睛，泪水却流了出来。李三儿掏出一粒药片，塞到杜怡嘴里。杜怡舌头一推，吞了下去。

不知是否是药片的作用，手指的痛减轻了一些，脑袋也变得昏沉欲睡，但此时她不敢松开紧绷的情绪。她冲他们说：“你们可以回去交差了。你们能不能现在就滚？”她推高声音：“你们现在就滚出去好不好？”李三儿把被子盖在她身上，嘻嘻一笑说：“小杜这个你放心，你是芳子的同学，我们谁也不会对你怎么样。你想睡就睡吧，我们再抽根烟儿就走。”杜怡哪里敢睡，脑子里使劲拽住那根警惕的弦儿。他们俩坐在椅子上点了烟，悠闲地抽起来。杜怡提示自己别睡别睡别睡，脑子却禁不住暗了下去。

睡眠中右手小指源源不断地送出疼痛，使她的脑子一直处于混沌状态。混沌中她的身子深一脚浅一脚地穿过一条暗色隧道，走呀走呀，隧道太长了，怎么也见不到出口的亮光。也不知过了多少时间，她似乎记起了上午的火车票，这让她的脚步奔跑起来。终于，前方出现了洞口。

她醒过来弹开眼睛，瞧见那俩人靠在椅子上睡着了。她抬一下手，见到一段臃肿乌黑的难看肉条——小指已不很痛，看来基本废掉了。她心里呜咽一声，撑着身子坐起来。那俩人立马醒了，将目光围过来。杜怡干着声音说：“你们为什么还在这里？你们为什么还不滚走？”李三儿说：“放心不下你嘛，我们不能就这样撇下你不管。”杜怡说：“那现在我求你们了，请马上滚开！”李三儿说：“小杜你的嗓子有些哑，口渴了吧？”说着去端来一杯凉开水，递给杜怡。杜怡此时的确口渴，就接过来喝了两口。李三儿掏出一粒药片，说：“还要止痛片吗？”杜怡摇摇头。李三儿说：“你还是服下的好！”杜怡还想再摇头，嘴巴已被李三儿掐住，那粒药片随之丢了进来。几乎同时，手中的杯子被大块头夺走，使力往嘴里灌水。她的脖子蠕动一下，一大口水带着药片跌入胃里。

李三儿松开她的嘴巴。她喘着气说：“你们……混蛋！”李三儿淡笑一声说："小杜你别不识好歹，这药片可不是便宜东西。"大块头说："你这会儿不肯吃，过不了多久你就得哭着跪着跟我们要了！"杜怡不明白地抿着嘴，脑子里突然一炸，像是闪过一道吓人的电光。她抬起脑袋使劲瞪着李三儿，嘴里抖出一句："你们……海……洛因……"李三儿说："这是胡姐儿的意思。胡姐儿说，你知道了不少东西，不收住你可不行！"

杜怡愣了几秒钟，伸手要往嗓子眼里抠，但她的双臂马上被粗鲁地扳到身后。她的脖子抻直了，一下接一下地咳呕，可什么也呕不出来。她的脸憋得通红，眼眶里有了慌乱的泪水。

过了一会儿，杜怡喃喃地说："我还是个姑娘呀……"大块头乐一下脸，对李三儿说："她说她还是个姑娘。"杜怡说："你们不能这样。"大块头又对李三儿说："她说我们不能这样。"杜怡调出一口气，嘶声吼道："我操你妈！"大块头紧一下脸，这回他没有接话儿。

# 无处安放的部分：年

1994 1995

1996 1997

1998

1999 2000

2001

2002

2003

# 无处安放的部分：你

那一天，你心里有点害怕。这个你知道。

几天前期中考试，你语文考了99分，数学考了100分，但这个成绩没让爸爸妈妈高兴起来。这些日子，他们是不开心的人。他们喜欢在你睡觉以后吵嘴，声音一会儿低一会儿高。他们以为你听不见。有时你动动身子表示自己听见了，可他们也不在乎。他们吵的不是你的分数，也不是你的钢琴。他们吵的事情比分数和钢琴加起来还要大。

钢琴是稀罕东西，你家却有一台。你不知道你家为啥有一台，因为这是很早以前的事了，那时你还没出生呢。这钢琴以前是妈妈一个人弹，你长到五岁的时候，妈妈开始教你弹。妈妈说你手指不赖，细长细长的。爸爸也说你手指不赖，像一条条泥鳅。爸爸比妈妈读书少，嘴里出不来好听的词儿。是的，你不喜欢泥鳅这个说法，泥鳅虽然灵活，样子一点儿不好看。实际上呢，跟钢琴待在一起，你的手指变得漂漂亮亮的，看上去有点透明。你用这双手已弹了三年多，从幼儿园弹到小学，从一年级弹到二年级。在班上，你是唯一一个会弹钢琴的人。这个你知道。

可是那天下午，你离开钢琴，一个人坐到门边的矮凳上。爸爸妈妈出门去了。他们经过一百次的吵嘴，现在去干一件重要的事。临走时妈妈搂抱了你，说儿子你以后要好好练琴。你点点头，从妈妈眼睛里看到了泪水。你心慌起来，很想冲过去拦住门不让他们出去。但你没有这么做，因为你明白自己还是小孩，挡不了大人的脚步。

你坐在矮凳上，把爸爸妈妈的事情想了一遍，觉得不够，又想了一遍。你似乎明白又似乎不明白。明白的时候，你心里有些难过，不明白的时候，你心里还是有些难过。时间一点一点地过去，慢慢地你犯困了，脑袋一甩一甩的。

楼梯下面终于传来了熟悉的爬楼声音，一下一下往上响着。你醒了神儿拿耳朵去听，那是爸爸一个人的脚步声。是的，只有爸爸的没有妈妈的！你脑子突然乱了，心里的难过成倍地增大，像是2乘上2又乘上2。你从凳子上站起来，一只手紧紧把住门框，让自己不要掉眼泪。

这时。他妈的。一个意外发生了——一阵风吹来，推动了木门。最多一秒钟，木门“啪”的一声关上，咬住了你的手指。

你的喉咙里发出了难听的惨叫。

# 第三部　杭州的氧气

# 一

没错儿，起点是二〇〇四年的初秋。那些日子里，我身上有点音乐的气味儿。这不是说我跟艺术扯上了关系，而是因为我在一家音像小店做着店员。

小店有个严肃的名字叫思响吧，一本正经地驻扎在浙大路旁边的一条小街上。小街瞧上去有些古，其实身段是低的，两边开着一些书店、画店、药店、文具店、体育用品店，当然也少不了小吃店、咖啡店。因为近着大学校区，街上大多是从校园里溜达出来的人。

思响吧店面比较瘦小，一共才两名店员，而且守着不同的时段。我是个夜晚爱好者，上午离不开床，所以做了下午班，时间从三点一直到九点。一天六小时听起来有点爽，可他妈的问题是，我的周末被抹掉了。我的日子像一篇只有逗号没有句号的破文章，无法痛快地歇一口气。用一句歌词说：一日尾随一日，每天都是一副不及格的面孔。

我的日子混成这样，当然也跟学生时代的不及格有关。不知怎么，我在课本跟前一直没啥斗志，不喜欢语文的好词好句，也不喜欢数学的刁钻算题。这种不喜欢从小学三年级起步，一路到达了高中。高三是拼杀阶段，很多人都这么说，可我脑袋仍是飘飘的，坐在教室里时不时要练习瞌睡。高考前的一个下午，我打盹儿做了个梦，梦见自己考进浙大。嘿嘿，那是个豪迈的时刻，我高兴了好几分钟，才依依不舍出了梦。这年夏天，我毫无悬念地拿到一个侏儒般的成绩，然后落脚在一所外地的三流师范学院。既然是三流学校，我也就不打算让自己精神起来。这种无所谓卧在心里，日子就过得快，一个学期跟着一个学期，好像时间也可以打折似的。毕业的时候，我拿到的是肄业证书。我在心里默算一遍，必修课挂科九门，补考仍不通过的三门。我觉得自己一点儿不冤。因为不冤，我也就不让自己跟自己生气了。

抢着要生气的是老爸。老爸说，花了一抽屉的钱买了个肄业，连小学老师都混不上，接下来你还能做什么！嘿嘿，我认为老爸的话里全是破绽，上学不能用一个买字，小学老师不能用一个混字。再说了，我这么个恍惚人士，一脑子的混沌，容易给新一代孩子带去沮丧东西，所以不进小学校园是对的。不过为了不给老爸精神上和经济上添累，这些年我也一直在找人模狗样的工作，譬如公司职员、杂志社发行员、社区管理员什么的，反正经常打一枪换一个地方。两个月前，我与思响吧一拍即合，得到了这份上午不用起床的工作。这时老爸又发话了，说一个大学生守着一个小店，收的钱还不是自己的，这种事讲出去别人都听不懂哩。唉，老爸就爱这么说来说去的。

其实守着这个碟片小店没啥不好，至少我的耳朵每天都是高兴的。似乎许多年了，我口味寡淡，找不到可以用力的爱好方向，但有一个兴趣点一直在心里搁着，那就是音乐。无论中学还是大学，只有在音乐课上，或者在音乐活动时，我的脸才会彻底醒过来。我偶尔对音乐一知半解的点评，也能引来同学们的一点吃惊。这么说吧，我对音乐的态度，就像对分手后远去的女友，知道追不上了，但内心时不时还有些惦记。现在，这份惦记一不留神在思响吧落了实——只要愿意，我可以把一天六小时全变成音乐时间，因为听碟也是上班内容的一部分。

除了听碟，有时我也要刻碟，就是刻录一些CD歌曲当作自制产品出售。这些CD因为新鲜的内容和另类的气质，往往卖得更好。而我对这种有点随心所欲的活儿，也挺乐意试手的。一般在晚上七八点钟之后，待生意闲下来，我就坐在电脑前开始制作。我把自己喜欢的一些歌曲找出来，再加上几首风格怪异的歌曲，然后打个包刻进一张碟片里。这样的碟片不能说是上品，但应该是独一无二的。

嘿嘿，此时的我，有一种玩游戏似的小快活。

一天傍晚，小店里先来了两位大学男生，他们一边嘟嘟囔囔似乎讨论某位女生，一边站在碟架前不停地挑选，拣出一摞碟片，完了又对那摞碟片进行二轮挑选。最后他们每人买了一张。

大学男生离开后，进来的是一位三十多岁的清瘦女人，模样像大龄研究生又像年轻教师。她挑得挺利索，先看中一张外国经典老歌的乐曲，又从自制碟片中拿出一张递给我，说你放一下。自制碟片没有正式彩封，只在白纸上手写主打歌的名儿。这张碟片写的是《氧气》。

我把碟片放进播放机，一个年轻女人的歌声响起，音调狂野而颓废，又加进一些痛感，有一种被吞没的味道。眼下这首歌还没出现在正版CD上，只在电脑上能找着。前些天我偶然听到，一下子喜欢上了。查了百度，原来是孟京辉话剧《恋爱的犀牛》里的插曲，由一位叫郝蕾的女演员自己主唱。我觉得听着这首歌，容易产生伸长脖子狠狠吸一口氧气的冲动。

这么想着，眼前的清瘦女人果然伸了一下脖子。嘿嘿，看来她中意了。我取出碟片，等着她的购买决定。她静几秒钟，才眨一眨眼问，这首歌想表达什么？我说，做爱。说完自己愣了一下，毕竟对方是一位有点严肃的端庄女子。清瘦女人不吭声，使劲盯了我一眼。我赶紧说，这是百度上的解释，你可以不同意。清瘦女人不搭理我了，掏出一张纸币搁在桌台上。我低头找了钱，把碟片放进袋子递给她。在她接过袋子的当儿，我又愣了一下，因为我瞧见她的小指套着一截假肢。这个只存在一秒钟的细节别人注意不了，但我能捉拿住，因为我的中指上也有一段假肢。那一刻，我突然觉得有趣。你想呀，茫茫人海之中，两个各自残了一根手指的人在一家小店里突然相遇，还说了做爱之类的话，这是相当小概率的生活插曲。

这么想着，我紧上几步走到门口，用眼睛去追随那清瘦女人。

嗨，她背影的样子不错，牛仔裤加白衬衣，腰部稳稳地收进去，双腿笔直又有点弹性。有点弹性的脚步将她带到对面人行道，然后低了头朝前走，这让她显出一点孤独。她走过一小段路，往右一拐，进了那家外文旧书店。

我掏出一支烟点上，身子靠在门墙上边抽边等着。这些年不用功读书的好处，是没把眼睛培养成近视，所以烟雾在眼前一口口飘起，我仍能看清斜对面的动静。那家书店门面不大，客流不多，不怎么招人注目。平常打店前经过，我也很少去留意的。但现在看过去，倒觉得那店牌挺像样的：一块原木刻字的横匾挂在店门上方，有点民国老字号的派头。

在等候的时间里，我把清瘦女人的年龄和职业猜了一遍，因为揭不开答案，自然也不知道有无准头。接着我去猜她的手指——一段残缺的手指，容易伏埋着一段故事。我自作主张地往她的故事里丢进几个词，情伤、自残、意外什么的，但每个词都溅不起什么细节片段，像一首歌所唱的那样：他人的历史属于他人，你离知道还差一百米。

一百米远的那边，眼下没有情况。横匾下面的店门，偶尔有人进出。出来的人身形不一，有的拿着书，有的没拿书，他们都不是那清瘦女人。

清瘦女人玩捉迷藏似的躲在了书店里，跟我比着耐心。我有烟陪着，倒不缺耐心，但我到底也不是个闲人，一位碟片买客打断了我的等待。

事情没有至此为止。两天后的下午，我按平时节奏从信义坊家里出来，坐公交车去上班。到了浙大路下车，刚在站台上落脚，眼睛碰到了一个身影。她从前一辆公交下车，微微低着头近过来，从我身旁经过，走到前边去了。我傻了几秒钟，心里嬉笑一声，让自己跟上去。

这是两天前丢掉的身影，现在又走在我的视线里。

今天她穿了一件浅蓝风衣，身子显得修长些。她的臀部其实不瘦，至少让风衣凸起一段好看的弧线，一左一右地交替扭动着。一阵风吹来，将她的风衣撩起一角，同时也将我的内心撩起一角。我的意思是说，此时风衣裹紧了她的半边身子，有一种一半线条一半隐藏的味道。她走得挺快，朝着我的小店方向。

当然，我的小店不可能是她的目标。她的目标仍是外文旧书店。走到那块木头横匾下面，她的身子一闪不见了。我犹豫一下，跟着走了进去。

她没有站到书架前，而是直奔售台将手提包搁在台桌上，又脱下那件浅蓝风衣。售台内的女店员接了她的风衣，挂在一旁衣架上。她则蹲身打开一扇柜门，将手提包锁进去，然后撩一撩头发，坐在旁边一张小桌前，伸手摁开电脑。她的神态已在说明，她是这儿的主人。不用说，我心里跳起一个明白，原来是这样。嘿嘿，看来我之前对她的职业猜想又是不及格。

我转过身子在书架前慢慢巡走。这是我第一次来这家书店，店内面积比我想象的要大一些，除了沿壁一圈书架，中间也竖着两排书墙，让大厅有了幽深感。在大厅最里边，还隔出一块阅读区，摆着一张长条桌和两溜儿椅子。我还注意到，大厅里响着轻柔的外国经典歌曲，这应该是两天前从我手里卖出的那张碟片。

架子上全是外文旧书，看上去有年头不短的，也有七八成新的。我装模作样一路踱过去，瞧见书架上的贴纸，才能分清英文区、俄文区、法文区、德文区、西班牙文区什么的。正有些没意思，忽然看见一墙外文译成中文的旧书。原来也卖这些呀，我心里哈了一声，似乎自己的来访有了理由。又为了证明自己是一位认真的买客，我举着脑袋在译本书墙上细瞧了好几分钟，最后挑了一本小说《浴室·先生·照相机》。这是一个叫菲利普·图森的比利时人写的，白色封面看上去还比较新。我平时很少看小说，也没听说过这位菲利普·图森的名字，我选中这本书是因为书名有点儿意思。

我拿着小说走到售台前，女店员看了看书的价格，收了十五元。我扫一眼坐在那边的清瘦女人，嘴巴里说，我待在店里看一会儿书，可以吧？女店员说，随便呀，先生。我说，我是问需要额外消费吗？女店员说，不用的，先生，不过您也可以要一杯龙井茶，才十五元。我说，又是十五元，十五是今天的吉利数字吗？女店员哧哧笑了，说先生您的每句话都是问号。女店员有一张胖乎乎的圆脸，笑起来挺有喜感。

我走到阅读区的长桌前坐下，女店员很快端来了一只茶杯。这差不多是个荒诞的时刻，我赶着点儿来上班，走着走着却走进了这家书店，而且还坐在桌子前一边喝茶一边看书，好像是有钱有闲的书生。实际上呢，我连书生的零头都不是，我坐在这里只是为了观察一会儿那位内容不详的女人，她没有来由地吸引了我。

当然啦，既然这么坐着，也得摆点儿正经样子。我先喝一口茶，然后打开小说集阅读第一篇《浴室》：

> 当我开始在浴室里消磨下午这段时光时，我并不打算待在里面；不，我在那里让时间愉快地流逝，躺在浴缸里沉思默想；有时穿着衣服，有时光着身子。爱德蒙松喜欢待在我的床头边，她觉得我变得更加安详。有时我跟她开玩笑，我们一起哈哈大笑。我边说边做大幅度的手势。我认为最实用的浴缸是两边平行、靠背倾斜、底部笔直的那一种，它可以使入浴者免去使用防滑装置。

小说的开头让我吃了一惊。穿着衣服躺在浴缸里思考人生什么的，这的确有点意思。再看下去，知道是一个男人和一个女人的故事。他们的生活比较乱套，一会儿坐在浴缸里吃糕点，一会儿请工人上门油漆厨房，一会儿在客人走后马上躺在门后做爱，又一会儿来了一个朋友使着劲儿杀章鱼……读了十几页，我脑子有些晕，把握不住情节。我只能确定小说里的男主人挺无聊的，跟某些时候的我有点像，不过他身边因为有一位女人，日子似乎就少了单调。这么想着，我眼睛脱离了书本去看那位清瘦女人。

清瘦女人不坐在电脑前了。她在我假模假样看书的时候，已经干上了活儿。

此刻，她正站在一张梯凳上，往书墙的上格摆书，那女店员则在下面往上递书。看得出来，她是个讲究的人，把一排书放好后，还要几次抽出塞回，让旧书们成为有次序的队伍。不过她的力气似乎不太够用，当女店员又把一摞书往上递时，她接过去没完全搂住，一本书滑出去砸在女店员的头上。我呵呵笑了两声，离开桌子走过去，想趁机套点近乎。我说，嗨，需要我帮忙吗？清瘦女人从高处瞥我一眼，继续手里的动作——她当然不会认出我是两天前卖给她音乐碟片的人。女店员应答说，不用的，先生。她的口气挺干脆。我停一停，没话找话地说，这些书从哪儿进的货？女店员说，您问这个干吗？我说，我的意思是……假如我有旧书卖呢？女店员说，我们可以上门收书，直接送到店里来也行。我点点头又接着问，这里的书不算少，买书的人怎么不多呢？女店员说，过会儿学校下了课，来的人就多起来啦。我还想说什么，女店员止住我说，先生您的问号太多了，您应该回到那边桌子去。

我做了一个耸肩动作表示遗憾，然后转身走回阅读区。刚在椅子上坐下，手机铃声响了。不用看号码我就知道是店里的肥红，她经常对我的接班迟到口吐怨言。果然，我一摁接听键，肥红有些油腻的声音便响起来，小章呀现在是三点十一分，你准备迟到多少时间？油腻的声音又说，我还要买东西还要接女儿，每分钟都要数着手指算好的。我一时找不到气壮的借口，只好说，好吧，我马上到，迟到的时间明天给你补上。

我合上书本夹在腋下，又看一眼那边的清瘦女人，慢慢走出书店。到了门口我脑子一跳，心想买本看不懂的小说带回去干吗？难道要把自己打扮成热爱文学的读书青年？这么一想，我让身子掉个头，重新走回店里。

女店员以为来了新客，一见又是我，眼里跑出疑问。我取了腋下的小说递出去，说这本旧书我卖给你。女店员摆摆手说，买了就不能退的。我说，我不是退，我是重新卖给你，你刚才讲过可以送书到店里的。女店员说，先生，我……不明白您的意思。那清瘦女人从梯凳上下来，拿过我手里的书看了看，问怎么回事？我说，这本书是我已经买下的，看一会儿觉得没意思了，想让店里买回去，我不在乎多少收购价。清瘦女人说，看这么一会儿就看出没意思啦？这说明小说写得好，因为这本书本来讲的就是没意思。她的口气一半揶揄一半认真，眼睛直直地瞧过来，这让我稍稍有点得意——因为我的灵机一动，她终于站在跟前与我面对面搭话了。我说，你表扬我看出了没意思，那你是什么意思呢？她说，你带回去慢慢往下看，也许会从没意思中看出有意思。我说，问题是我在对面那家音像店上班，我一边卖着碟片一边拿本书在看，像一位怀才不遇的学者，这么一想也挺没意思的。我的话有点痞，也顺便带点提示，想让她记起两天前的照面，然后醒悟地“噢”一声。可她没有，她只是安淡地说，你这个人够纠结的，就为了一本书。我不吭声地用手推一推鼻子，心想一个漂亮女人不会轻易记住一个无关人员的。她说，要不这样，你把这本书寄存在这里，什么时候想看了就过来接着看，不管是上班前还是下班后。

我知道酒店里是可以寄存剩酒的，可没听说过书店也可以寄存旧书。不过毫无疑问，这是个不错的主意，它像一首歌所唱的那样：有一个主张飘过来，像一枚树叶落在我的头上。

我点点头，听见自己心里“嘿嘿”笑了。

# 二

以后一些天，我经常提前出发去店里接班。当然啦，下了车在街上走过时，我会往书店一拐，假模假式地泡上一会儿。

那本《浴室·先生·照相机》继续往下看，仍没看出有意思来，我就另买了一本小说。这本小说是美国人写的，讲一个中学生逃学出来在纽约游荡的事儿，我看了一半便打住，又买了一本新的。这样十多天下来，我在书店里已寄存了五六本书。

小圆脸的女店员已跟我处了几分熟。能把一个卖碟片的吸引过来，并成为店里的常客，这使她对自己的工作感到满意。她根据书的内容先认定我是个文学爱好者，但我随后买的是一本音乐史，接着是一本地理见闻，再接着是一本历史故事，这动摇了她的判断，她的眼睛因此变得疑惑不定。我瞧着她小圆脸上的混乱神情，心里有点乐。我当然不是兴趣广泛的读书者，我买下这些杂书，只能说明我做不到静下心扎进某段阅读。一个生活没方向的人，怎么可能有一个确定的阅读方向呢。而我将书一本一本存在这里，用一句雅的话，是为了自己的上门像归来一样自然。

通过与小圆脸的搭讪，我知道这家旧书店已开了两年，生意刚够温和维持。女老板在国外读过书，懂两三种语言，本来下点力应该能赚到大钱，偏喜欢休闲日子，就开了旧书店。旧书店一开起来，其实也得不到休闲，进货盘货并应付各种管理，又没个周末休息，日子便呆板了，但总比一脸虚汗地在公司里打拼要自如一些。我说，看来你们女老板还是讲究生活腔调的。小圆脸说，什么叫生活腔调？我说，就是过日子的态度呀，譬如开店不为赚钱，而是为了自在。小圆脸说，老板过日子呢一半自在一半不自在，上午一个人在家待着当然自在，下午到了店里也就困住了。我说，这么说你们老板还是单身人儿？小圆脸说，这个我可知道得不多，你也不能这么问的。我说，那我能问问你们老板姓什么叫什么吗？小圆脸说，老板姓杜，我们两位店员都管她叫杜姐。我点点头，顺着又问，你们也两枚店员呀，怎么见不着交班仪式？小圆脸说，本来也正常轮班的，前不久那一位怀上了孕，不敢太累，就只做上午四小时，我呢中午接班做八小时。我说，嗯，多赚点票子也不坏。小圆脸说，不能这么说的，你没见我都累瘦了嘛。

我跟小圆脸聊话，大多是借着她给茶杯续水的时候。聊完了话，我会暗中望一眼那位叫杜姐的女老板——我在嘴巴里悄悄练习了几声杜姐，感觉挺顺口的。因为是生意松闲时段，她一般坐在电脑前看屏幕，有时也捧着一本书翻阅。若是有书籍整理一类的活儿，她会马上站起身和小圆脸一起去做，或者有购书者来咨询一些问题，她也会平静地送出解答。

我还注意到，她有几次起身进了大厅里侧的一个木门，好一会儿才返回来。我开始以为是上洗手间，马上发现错了，因为洗手间在大厅的另一侧。我又以为是去仓库间，可她走进走出似乎并没拿着书籍什么的。有一天下午我在阅读区待的时间长了些，烟瘾按捺不住，掏出支烟想悄悄抽上几口，被小圆脸的目光捉拿住。她走过来说，你不能在书店里抽烟的。我赖着口气说，不抽两口书看不进去呀。她说，你实在熬不住，就到外边小空地抽一根吧。她指了指那里侧木门，我这才知道原来还有这么个去处。

我拿着香烟和打火机，走过去推开那扇木门。外面是一块不大的露天空地，仅有十多平方米，周边设了不高的旧围墙，墙边长着一棵老树，枝叶占了半空一大角。

这应该是老房宅的后园子吧，虽然小了些，放风透气倒是个好地方。比较体贴的是，空地中间还搁了两段截面树桩，用以安放臀部。我坐上去点了烟，懒着脸看看围墙，又看看树尖看看天空，一边暗自攒了点小心思。我想如果这时再进来一个人，正好又是女老板杜姐，自己该怎么搭话呢？又想，她出来是为了抽烟还是透口气？若是抽烟，那我先得递上一支烟，再把火点上——有时候，抽烟的女人更像个老板。而两个人有了烟的帮助，说话就不生涩了。

这么无聊地走着神儿，我已经抽完了一根烟。当然啦，木门没有被推开，我也没有被人打扰。

不过一旦藏着念头，是很容易守株待兔，玩一次“偶遇”什么的。下一天我坐在长桌前一边翻书一边候着，果然见她身子移过来又走过去，出了那扇木门。我故意拖了两分钟，才起身慢慢踱过去。

我的出现没有让她吃惊。她站在空地中央，一只手臂架着另一只手臂，构成了抽烟姿势——如我猜想的那样，她是抽烟的。我冲她点点头，赶紧也掏出烟点上。有一根烟在手，我的神态就不会走样儿。她淡淡地瞧着我说，我知道你在书店泡了不少天了，看来你上班挺清闲的。我心里晃了一下，使劲抽一口烟——原来她没有无视我这些天的存在呀。我说，我可没那么清闲，我每次在这儿差不多只待半小时，完了就去上班卖碟片。她说，上次买的那张碟片蛮好听的……我说的是那首《氧气》。她说得挺自然，大约没记起买碟时我说的话。我嘴角露出一点小得意，说我看书不行但玩碟还行。她说，你叫什么名字？我说，章朗。她轻笑一声说，蟑螂？我说，不是蟑螂是章朗，文章的章，开朗的朗。她说，你名不副实，你的脸上找不到一点开朗。我一撇嘴说，世事如戏，何况一个名字。她说，好吧章朗，咱们现在做一个小游戏。我说，什么游戏？她嘴里喷出一缕笔直的烟，说两个人碰上了不一定聊天的，咱们试试一边抽烟一边不说话，看看能不能憋住。我怔一下明白了，这哪是什么游戏，分明是她不乐意跟旁人搭话，至少是眼下。我无法反对，做了个OK手势。

场景变得有点怪异，也有点好玩。她淡了脸，歪头瞧着围墙，或者围墙顶上的草叶。我的目光无处可去，只好看向老树。这是一棵身体不错的树，秋天了，树叶仍然多。

当然啦，我的眼睛并不是安分的。吐出一口烟雾后，我的视线也会跟上去在空中飘动一下，顺便用余光瞄一眼她静默的脸和夹烟的手。我甚至觉得自己看到了那根套着假肢的手指。

过一会儿，她的烟抽完了。她没有马上离开，而是吐纳几口气，似乎要把肺里的烟雾清空，然后才朝我点一下头，转身走了。

不用说，我有点沮丧。我像一条被丢在岸上的西湖草鱼，样子傻乎乎的。

情况的变化是在三日之后，那天下午我照常在接班途中访问书店，刚拐过身子，见店门前立着一块招人启事的牌子，上面写着招聘店员1名、年龄35岁以下、男女不限、工资面议之类的文字，我脑子里立马出现一个隆起的怀孕肚子，看来那位没见过面的店员选择提前离职了。现在的小女人就是娇贵，肚皮还没饱满就觉得自己不应该干活了。进入店厅，女老板不在，只有小圆脸坐在售台后面。我取了书在阅读区坐下，眼睛看着书，耳朵却自作主张地溜达到了那边。我知道，她有时候来得会晚一些。

这时手机铃声响了，自然又是肥红的。她说女儿今天集体秋游运河，学校让家长早点到武林码头去接。她讲得那么细腻，情况应该不假。我只好起身离开书店，紧着脚步回到自己店里。肥红已收拾好东西，跟我匆匆做了交接，便一阵浓烟似的飘走了。我看一下时间，比平时早了半小时，可她连一声谢谢也没留下。

我在椅子上坐下，脑子也跟着懒下来。此时离学生下课还远着，属于闲淡的时间段，隔好一会儿才有一两个买客进来。我怕自己打瞌睡，拣了张碟片塞进播放机。这是美国佬保罗·西蒙的歌曲集。当然啦，不是原版而是从电脑上捣腾出来的拼盘，有《这些年来仍然疯狂》《寂静之歌》《忧愁河上的金桥》什么的，反正挺能安抚耳朵。譬如《忧愁河上的金桥》，是老西蒙和加芬克尔的搭配重唱，一个嗓子沧桑，一个嗓子干净，好听得让人难过。这首主打歌是老西蒙二十八岁写出的，据说当时唱片卖了九百万张。我的意思是说，我今年也二十八岁，正没思没想地守在这家叫思响的小店里，一张一张卖着别人的唱片。

在有些忧伤的歌声中，我不知干点儿什么好。我走到小店门口，给自己点上一支烟，边抽边瞧着远处的那间书店。这会儿她来了吧？此刻是不是也待在后园子里抽烟？她为什么老是喜欢沉默？

就是在这时，我脑子里突然跳出一个念头：既然书店里紧急招人，我何不去应聘呢？我被自己这个念头吓了一跳，然后赶紧用目光去追捕那块招聘牌子。牌子远远的看不见，但上面的那些字儿我不用想也能重新记起来。

我站那儿抽完两支烟，在脑子里形成了去应聘的一串理由：第一，从一家店流动到另一家店，我跳槽的成本很低，而且书店面积宽敞，拥有阅读区和后园子，感觉比这里上档次。第二，书店里也能听音乐，自己在电脑里做了碟片，可以假公济私地播放。第三，这里的老板是个无味男人，一个月见不到几次，书店的老板是位有味女子，书店开得有点腔调。第四，因为那天我多看了她一眼，此后我他妈的挺惦记她，好像有什么不知好歹的企图……

说实话，我跟女人的交往史比较简单，把深深浅浅的都算上，也凑不够一只手的手指。记得高一时段，班里荷尔蒙飘荡，恋人们不仅课下黏在一起，上课也递送纸条吐诉春情。我刚好坐在教室中间，只好担任两对男女的纸条传递手。有一天我起了玩心，把男A的纸条递给女B，把女A的纸条递给男B，他们谁也没有觉察，递来递去谈得热乎。可等下了课一聊，两组男女都发现对不上情话内容，其中A组男女还吵了架，很快奔向分手。我就是向女A表达虚伪的歉意时跟她好上的。那是我的初恋，我有些用心，她投入不够，两个人的亲昵浓度一直上不去。到高三时，女A还是重返老路投向了男A。

大学时也有过一段。班上有位女生胸部平坦，男生们暗中称之为老飞，意为飞机场。老飞虽然身形单薄，却爱唱歌，班里组团参加文艺活动什么的，一般都由她担纲领唱。但她每次深情地唱完一首歌，我都能点出一二三的毛病，弄得她心中不爽。有一回两个人底下聊话，她责怪说，你干吗跟一个女生过不去，你还是不是男人呀？我说怎么不是，我要不要掏出来给你看？老飞的脸顿时爆红，瞪着眼睛说不出话。我说，你瞪什么眼，我讲的是身份证。老飞一阵颤笑，把拳头砸在我身上。从此我和她走在了一起。不过校园情事总是云卷云舒晴雨不定，我的这场恋爱也没维持太久，在大四第一学期便搁浅了。

毕业后工作稳不下来，爱恋的推力就很难发动。数年中也装模作样地约过两三个女孩，但只相处几天或几十天便收尾了，算是给浮光掠影这种成语做了个注释。

从根上说，我是个情感散漫的人，心里聚不起这个年龄应有的冲动。问题也许从儿童时代便开始了。八岁那年妈妈出走，离开了爸爸也离开了我，从此我眼中的女人就有些飘。我觉得女人的心思像雾中的花或水中的鱼，自己捉不住，也懒得去捉。

现在，一位清瘦女人的出现，让我的无趣日子有了一点改变。这个看上去比我大好几岁的女人，似乎有着曲折的经历和潜伏的思想，这让我心里淌出了好奇。我知道，不仅是断残的手指，她身上还有别的神秘东西逗引我。

生活太枯燥了，好不容易遇到一位不一样的女人，我为什么不使点劲儿去接近呢？

第二天下午我走进书店时，特地提一提气神儿，让脸上摆着几分认真。女老板还没现身，小圆脸照例将几本寄存的书交给我。我手一挡说，今天我不是来看书的。小圆脸说，什么情况？我说，你每天上班八小时是不是觉得挺累的？小圆脸不明白地点点头。我说，这种时间分配很快会得到改变，因为我来了。小圆脸说，这些天读过几本书，你说话的调子都不一样了……你是说你要来应聘吧？我“嘿嘿”笑了两声。小圆脸歪头看了我一眼，又看了我一眼，说你填张表格吧。她还真的拿出一张基本情况登记表。

我填好表格，又等一会儿，女老板到了。她默着脸把外套和袋子安顿好，拿起表格看了看说，你卖碟片不是挺好的吗？我说，一个小屋子，容易待腻了，我想换个地方试试。她说，一个喜欢流动的人，我们书店也是不喜欢的。我说，流不流动要看合不合适，合适了就不流动了。她说，要说合适，你一个师范生应该去一所学校。我说，北大毕业生还有卖猪肉的，我一个师范生为什么不能来书店？她盯我一眼说，你嘴皮子挺痞的，不过我们需要的不是嘴巴。我说，那我简单问一句，你需要的是什么？她说，细心耐心这些东西你有吗？所以我想过了，还是要一个女孩。我说，比起女孩我也有不少优点，我可以爬到梯凳上整理书架而不用你亲自出马，我不会怀孕生孩子又打断你的用人……

她不搭理我了，转身坐到电脑前。说实在的，我有点蒙，因为我以为自己的应聘是一试即中的。在招纳店员时，男生一般是稀有物种。

过了一会儿，见我仍待在一旁不肯走开，她躲开似的站起来穿过店厅，出了那扇后园木门。

我傻了一分钟，拿着那张表格尾随过去。她的动作挺快，待我迈进园子，一支点燃的烟已夹在她的手上。我扬一下手里的表格，嘴里的话一时没有跟上。她淡淡地说，你挺执拗的。我找到了要讲的话，说招人启事上明明写着男女不限，怎么又反悔了？她说，男女限不限是我的权力。我说，这对我不公平。她吸了一口烟，说那你讲讲看，这些天你老在书店泡着是为了什么？我说，明白了，你是因为这个对我不放心。她说，你不是纯粹为了看书，这一点我不会不知道……所以我需要一个动机。我无中生有地咳了一声说，掏一句坦白的话吧，因为我对你有些好奇。她没有变色，说好奇什么？我举起右手，弹一弹中指假肢说，我有一根残指，你也有一根残指，这是一种很奇妙的感觉，我还有一个判断，你是有故事的人。她沉默一下说，你叫章朗对吗？我点点头。她慢慢地说，章朗你太无聊了，你压根儿就是一只蟑螂！我说，做一只蟑螂也挺好的，可以在墙上爬来爬去，也可以待在角落里发呆，什么也不用想。她没有笑，而是叹口气说，你真够赖的！我说，可这一次应聘我是认真的。

她嘴里吐出一只烟圈，烟圈中似乎含着转机。她说，今天是周五吧？我说是的。她说，要不这样，明天刚好是二百大书市日，你跟我一早去淘些书，这是咱们书店的每周功课，也算是对你的一次试用。我点着头问，一早是多早？她说，六点。我说，这么早？她说，你要是起不了床也可以不去。我赶紧说，不就是少睡几个小时嘛，我可以去。她不吭声了，好像要结束对话。我追补一句，以后……我管你叫杜姐可以吗？她说，你也可以叫我老杜。我乐了说，老杜？怎么能叫老杜呢，至少也得叫杜姐。

第二天凌晨，我被五点半的闹钟叫醒，草草洗了把脸便赶紧出门。此时天还暗着，公交车未上路，打车又有点夸张。我算了算，从信义坊小区出发，沿湖墅南路一路走过去，大约半小时便能到达半道红的二百大市场。

我很久没起过这么早了，脑子有些迷糊，好在这个时点的空气比较清凉，一迈开步，像有风油精抹在脑门上。天色渐渐转亮，我腿脚一顺起来，便越走越快。到沈塘桥时，杜姐来了电话，说已在市场门口等着。

到了市场门口，正转着身子四处张望，杜姐从路边一辆车子里钻出来向我招手——这是一辆枣红色别克车，之前我没见过她开车，或者说她开车没让我见过。我奔过去说，杜姐我迟到了。杜姐说，你记住这个位置，咱们开始。说着大步往市场里走，我在后面随着。

原来这是一个收藏品市场。因为是周末集市，各种瓷器、玉器、字画、珠宝占满了整个小广场，有桌摊也有地摊。小广场盛不下，地摊们摆上了人行道，向远的地方蜿蜒而去。

杜姐引着我穿过古玩摊子，来到市场一角的旧书区。购书的人已经不少，都低着脑袋在摊子前慢慢挑选。杜姐要买的是外文译本，知道往哪些摊位凑。她的动作很快，眼光扫过一排书脊拣出几本来，又扫过一排书脊拣出几本来，之后一本一本跟摊主讲价。因是熟客，摊主的开价并不离谱，一般两三个回合便能敲定。双方价差比较大的，杜姐也不磨蹭，该放弃的就放弃。

我站在旁边，将买下的书籍装入备好的一只大布袋里，然后跟着她移步到下一个摊子。

逛过几个摊子，我渐渐知道了杜姐的两个路数：一是讲究书的品相，一般要面目清爽，除了稀缺的书，八成新以下的基本不要。二是与摊主议价时尽量避开旁人，因为旁人在边上一站，像是也看中这本书，容易推高摊主的出价，若谈不好，反而让旁人捡个现成。

没有太久，布袋装满了书，大约有五六十本。杜姐让我先送到车上再回来，不然攒多了拎不动。她小看了我的力气，以为我是小圆脸她们呢。不过我没有拖沓，拎了布袋快步穿过市场找到车子，把书腾到后备厢的纸箱子里。

待我返回来，杜姐又买下了一些书，搁在一个书摊边。我想知道自己不在时杜姐的选择，就将书一本一本放进布袋，有《蒙太奇1938》《圣经》《严寒，通红的鼻子》《玛婷》《外国现代派作品选》《屠格涅夫的生活和著作》《伊坦·弗洛美》《第三帝国的士兵》《植物种志》等，还有一套英汉辞典。说真的，我对这些书没啥感觉，从杜姐的脸上也看不出收获的快活——她的神情仍是沉默的。倒是这些杂七杂八的书比较幸运，像是一群被流放人士上演了一出集体回归。

我往车上送了两趟，译本基本就淘完了，之后目标才转向外文原版旧书。这一类的书摊不多，买的人也少，所以不用匆忙下手。有的摊主见杜姐来了，不仅搬出笑脸，还搬出特藏的一些书加以推荐。杜姐静静地翻看，看内容介绍和作者简历，又看装帧设计和版权页。她甚至将鼻子凑到书本上面，像是闻一闻墨的气味儿。她的样子让我觉得买下的每一本书都是可靠的。

这样买了几个摊子，终于把布袋填满了。杜姐松了一口气，抬起手表看时间。她看时间我也看时间，是七时半。往日这个点儿我趴床上才做半截梦呢，眼下已把该办的事办了。作为一次试用考试，我不知道能得多少分，不过至少我的跟班角色还是挺入戏的。

两个人出了市场把书放进车子。杜姐没有上车，说咱们去吃个早餐吧。我不反对，随了她向河边走去，那儿有一溜儿咖啡店和小餐馆。

我们走进一家面馆，她点了一份面条，我点了一份米线。面馆不大，却也有两层，两个人上了楼，在靠窗的小桌子边坐下。从这里望出去，能看见运河——水面挺开阔的，一座桥卧在水上，不时有膀大腰粗的运输船从桥下穿过。

这时候不能缺着话儿。我说，淘书这活儿挺不好干的。杜姐说，只要用点心，跟几回就会了。我说，我指的是早上起得太早。杜姐说，一周起一回早很难吗？真觉得难就算了！我说，很难也能对付，大不了回去再睡个回笼觉，把中午当作早晨。杜姐说，我知道你是单身，但这么赖床你爸妈不管管你？我说，我跟我爸住一起，他人老了嘴巴也老了，说不动我啦。杜姐说，不过从刚才看，你做事还算不上笨。我“嘿嘿”一笑说，这是因为在你跟前，第一次给老板跑腿怎么也得机灵点儿。

点心上来了，两个人吃起来。吃了几口，我又没话找话说，面条和米线，你一般都选面条吗？杜姐说，我在北方待过。我问，北方哪里？杜姐说，这条运河往上，一直到终点。我说，你是指北京？杜姐点点头。我说，你在北京这样的大地方待过，我特别信，我还觉得你在北京会有一堆故事。杜姐说，你怎么这么多废话，你的嘴巴就不能专心吃面条吗？我说，我吃的是米线。杜姐说，章朗，你在市场里的手脚我能打个及格，但你现在的嘴巴太不及格，你的口气他妈的不像是跟老板说话。

我只好用米线塞住嘴巴，心想，女人突然爆个粗口也挺有味道的。

# 三

我在书店上班了。

我上的自然还是晚班，小圆脸被挪到了上午。对此她挺乐意的。

几天后我才知道，小圆脸最近处了个男友，但进展缓慢，因为她拿不出晚上时间去看电影逛西湖。前后班的调换让她捡了个高兴。

我终于可以每天跟杜姐待在一起了。这句话听起来有点矫情，但表达了一种空间感。想想吧，在书店大厅里，有时候走着一些购书客和坐着一些阅读者，有时候空荡荡的几乎无人，而无论是闹是静，音乐一直轻轻响着，我和她的距离只有三米或者一米。三米指的是我坐在售台内，她坐在旁侧电脑前。一米则是她走过来或我走过去，俩人近着脸说上了话。

我挺喜欢跟杜姐聊话的。虽然她是老板我是店员，但我没有压力。其实她挺沉默的，甚至说话的时候也是这样——一边说着话，一边看上去仍显得沉默，这是一种很奇怪的感觉。所以两个人讲着某件事，我会时不时分一下神，去注意她说话的样子。我不知道她有没有注意到我的注意。

当然啦，她跟我说话，多是吩咐加指导。在书店里，眼下我还属于菜鸟阶段，被敲敲打打是免不了的。譬如对买回的书，杜姐要求先做擦拭，第一遍用毛巾，第二遍用绸布；书角有折痕的，必须花时间压平；若有破损的，必须仔细修补，不可偷懒。又譬如重新定价，杜姐给出一个数字后，我用铅笔在书的尾页写上，笔迹得干脆清爽，不能让人觉得这是个犹豫的价格。

这些做好后，一本书变得有模样有身价，然后才能上架。

杜姐又让我记住书店里的一些规定，譬如书籍可以预留但不赊账，不讲价不打折——对的，这些规定避免了与买客浪费口舌，符合杜姐的性格。至于服务态度什么的，杜姐叮嘱过一回就不提了。我是个散淡的人，心里没有怨气，虽脸上存不了和蔼，可逗个话打个趣还是熟练的，至少不会让买客感到自己受了冷落。

待了一些天我便知道，店里的生意确实谈不上好。外文书的购买者基本上是外语系学生和老师，他们的人数说起来不算少，但去掉不爱看书的、没钱买书的，再往日子里一匀，站在书架前的身影基本就稀稀落落了。相对而言，翻译书的售况要好一些。大学里总有一些爱上淘书的学生，他们有的真心喜欢书，有的佯装喜欢书，反正时不时地要在书店里晃荡一下，买下一两本或者两三本中文译作。而在阅读区，如果长桌前恰好坐着一位姿色女生，一般也会吸引几位眼镜男分布在周围，形成认真读书的虚假景象。

杜姐对书店的现状似乎没有不满意。以我的猜想，她一开始就不指望靠卖旧书赚大钱，或者说，她一开始要的大约就是这份不紧不急的闲定。除了周六起早去市场淘书，她每天都有一个属于自己的上午。下午待在书店里，她花一些时间整理书架、打理杂务，此外便是上网、喝茶、抽烟和看书。她看的多是闲书，慢慢地翻着，看不出是细读还是慵懒。她的朋友显然不多，因为很少打电话聊些女人闲话，也很少应邀出去泡个饭局。到了晚餐时间，她要么跟我一样要一份外卖盒饭，要么出门逛一下街再吃一碗点心。

嘿嘿，我说这些杂话，是想顺便表达一个意思：杜姐还是单身。怎么说呢，其实我见到她的第一眼，就判定她还不属于某个家庭，也不属于某个男人。我不明白这种感觉从何而来，也许是因为她身上那种孤单的气息吧。

现在我知道了，她叫杜怡，大我七岁，一位暂时的独身女人。

跟杜姐一样，我每天也有一个属于自己的上午。不过我是个潦草主义者，不善于管理日子。自打混上了下午班后，我就把作息时间推后三个小时。每天晚上九点打烊下班，我会吃点东西充充电，然后探听玩友们的去处。他们若在打牌或者K歌或者聚酒，我就直奔过去加入。他们若没凑在一起，我便自己跟自己玩，譬如在街上闲逛，或者胡乱看一场电影什么的，好歹把夜晚的时间用掉一些。回到家得是午夜了，但此时睡意还够不着我。我看电视、听音乐、玩游戏，有时也发发呆，直到老爸的咳嗽声从另一个房间传来，我才钻进有点憔悴的被窝，熄灯睡觉。

老爸是个古板分子，他一般会在夜里两三点钟醒来，用咳嗽声发出不满的提示，这已经成为习惯。我知道老爸对儿子有一种恨铁不成钢的怨言，但到了这个年纪，他已奈何不了我。许多年前，当失去妈妈失去手指失去钢琴的时候，我这一辈子就注定成不了钢。不仅成不了钢，还是一块派不上用场的锈铁。

但锈铁也是铁，待转过一夜，我睡饱了醒来，会发现自己的某个部位坚硬如铁。这时我挡不住地要想起杜姐，想起她沉默的脸，想起她同样沉默但凹凸有致的身段。我得承认，我对她的好奇从一开始就不单纯。换句话说，我对她的好奇是一个男人的好奇，因此少不了两块内容：一是她的身世；二是她的身体。

对于她的身体，我有想象的权利。我计划在脑子中一件一件脱去她的衣服，但这个念头一起，自己把自己挡住了。我不能这么粗鲁，像一个没有教养的人，像一个整天不听音乐的人。我愿意把她搁到街上款款而行，一阵秋风吹来，她的身子被风衣裹紧，头发无助地飘动，而我呢，不吭声地走到她的跟前，端起她的下巴，让她的眼睛看向我的眼睛。对的，我要的就是此类场景。这虽然不够放肆，也已经使我的鼻子喷出一股股热气了。

嘿嘿，在没有坐班的上午，我就这样让自己跟杜姐待在了一起。

我当然认为，自己的想入非非是不动声色的。店员的身份和年龄的差距是不错的掩护，遮住了我的不纯心思。我有些颓废的性情也容易藏住所谓的情动。即使嘴巴敢于逗个趣放个肆，听上去也不会跟调情有关，很难露出什么信号。这么一来，我和杜姐的相处似乎有点平淡还有点平静。

我知道，这不符合自己暗中的期望。我的意思是说，我是欢迎出现某个变化破掉平静的。

一日下午刚到书店，遇到一点新事。杜姐让我随她到一位女教授家去取书，店里由小圆脸续守两小时。这种节外生枝似的安排挺合我胃口，我二话不讲坐进杜姐的小车。车子开向武林路的一个旧小区。

补说一句，店里的进书除了到市场去淘外，另一个重要渠道就是外文教授的家。教授们因为调动、死亡或者搬家，会打包出售书房的书。杜姐喜欢这样的货源，不仅价格可商量，也容易捡到意外的好书。

这天的女教授是研究俄国历史的，长得也有点像俄罗斯大妈，胖乎乎的挺有隆重感。我们跟女教授一接话，便知道她刚刚添了个新房子，老房子准备出租。这当然是好事，问题在于新房子很重视客厅，把书房弄得有些小，只能摆上两排书架。所以一盘点，老房子的不少书就走投无路了。

女教授把我们引到现在的书房，除窗户外，三面墙上下左右站满了书。女教授推一下眼镜说，我算一算，得有三分之一的书要处理掉。马上又说，但我不肯，只能先处理掉三分之一的二分之一。杜姐点点头说，三分之一的二分之一已经不少了，可以慢慢来。女教授又指着书架的上方说了几句话，意思是先从上边开始，因为搁在书架上格的书是不常用到的。

我按着女教授的指示，从储存间搬来一张椅梯，放到书架跟前。女教授一级一级爬上椅梯，对着书架指指点点。她说话的时候，椅梯几乎有些摇晃，我赶紧一只手摁住梯档，一只手扶住她的小腿。她的小腿圆滚滚的，虽然隔着薄裤，握在手里仍很有肉感，仿佛时间一久，指缝间会溢出一些油脂。

幸好女教授很快撤下来，换上了杜姐。杜姐身子轻，站到椅梯上是不会引起晃动的，但我灵机一动，右手一伸也握住了她的小腿。杜姐似乎瞥我一眼，但对我的保护动作没有反对。在之后的十多分钟里，她就这么站在半空中与女教授说书的事，其间还用俄语对话，舌头不时搅拌出 串嘟噜声。这是我第一次听杜姐讲俄语，所以耳朵有些新鲜。但此刻，比耳朵更有感觉的是我的右手。同样是第一次，我残缺着中指的手掌轻轻包围了杜姐的一小段肢体——今天她穿着休闲裙子，小腿套了肉色丝袜，握在手里挺真实。是的，一种瘦滑的真实手感。

我脑子有点飘，脸上则走神地严肃着，严肃中又渗出一丝微笑。好在杜姐和女教授的注意力都在书名和价格上，不会留意我傻乎乎的表情。

与女教授谈妥后，我们花了些力气把处理的书捆扎装袋，然后分几趟搬到车上去。这次收获还算不错，差不多把后备厢塞满了。

车子往回开时，大约因为购书顺利，杜姐的脸比较开朗。我顺势搭话，说你俄语讲得挺溜的，一点儿不带磕绊。杜姐说，好久不讲了，不磕绊是因为你听不懂。我说，听小圆脸讲，你在俄罗斯留过学。杜姐说，不是俄罗斯是苏联。我说苏联呀，那得有点远，上个世纪的名词了。杜姐沉默地把着方向盘，过一会儿才问，苏联解体时你多大了？我算了算，说十五岁吧，那会儿马上读完初中，到了高中苏联就变成一堆国家，所以地理课全乱了。杜姐“嗯”了一声说，那时的苏联往地图上一摆，比现在的俄罗斯大许多。我说，当时你是在莫斯科吗？杜姐点点头说，是的。我说，莫斯科是个好地方，不过听说吃的东西很少，我指的是那时候。杜姐又点点头说，是的。我说，饭都吃不上，人们当然就闹腾了……地理课的老师埋怨，戈尔巴乔夫和叶利钦掐了一架，把苏联弄休克了，把课本也弄休克了。杜姐说，你上课挺用心的嘛，十几年前老师的话还能记得。我“嘿嘿”一笑说，课堂上吧得凭心情，心情爽了也能听一耳朵……问题是那会儿我心情老是不爽。杜姐问，为什么？我用手搓一搓鼻子说，小时候我爸我妈离婚了，我跟老爸过，老觉得过不好。

杜姐扭头看我一眼，问那种不爽的感觉现在还有吗？我说，现在的不爽是另外一种不爽，跟过去又不一样。杜姐说，我明白了，原来你缺少安全感，母亲可以提供的安全感。我说，要说是什么感，有时候我更觉得是一种苍茫感。杜姐说，你应该赶紧找个女朋友，找到合适的女朋友心里就踏实了。我说，我是个无所谓的人，没有女朋友不算什么，我好像没啥不踏实的。杜姐说，你还是不踏实，你心里是晃的，这一点骗不了我。我说，能给个例子吗？杜姐说，刚才握着我的小腿，你手心出汗了。我的脸一热——他妈的，我竟脸红了吗？我赶紧自我解围说，我很少碰女人的，碰到女人就紧张。杜姐说，你应该是在装纯。我说，装啥纯呀，有时候我恨不得自己变成一个流氓。杜姐说，为什么？我大了胆说，成了一个流氓多轻松呀，握谁的小腿我手心都不会出汗。杜姐说，就你这口气，已经八分流氓了！我嘿嘿笑了。

车子时不时遇到红灯，走得有些慢。我瞥杜姐一眼，心想刚才聊苏联解体，怎么说着说着滑到我身上了。我返回之前的话题，说那么你呢，在莫斯科过得好不好？也有不爽吗？杜姐不吭声，认真地盯着前方。我追问，那会儿你有男朋友吗？一个人在外没有男朋友心里一定不踏实吧？见得不到回答，我又问，莫斯科折腾的时候，你有没有上街去看热闹？人家在玩解体，咱留学生瞧着觉得挺有趣的吧？

车子一个踉跄刹住，差点闯了红灯。杜姐转过脸冲我说，你怎么这么多废话，咿咿呀呀问个没完！我缩一下嘴巴说，我只是好奇。杜姐说，我他妈不喜欢你的好奇！我看你是活得无聊了，就想找点有意思的事儿，可你得明白，我不是个有意思的人！杜姐生气的样子有点好玩，我说，你……这算发火吗？杜姐不知道怎么回答，竟然使劲摁了一下喇叭。我说，如果算，这是我第一次见你发火。杜姐说，章朗你给我听着，你那些花花绿绿的心思我早看出来了。可你别忘了，我是个女人，更是你的老板！

现在我明白，从靠近杜姐的第一天起，她就知道了我的企图。以我平日里幼稚加拙劣的表现，想捂住自己的心思大约是很难的。懂了这一点，我心里有些跳跳的。杜姐说得没错，她是个女人，更是我的老板。不过这句话也可以换一个说法，她是我的老板，更是个女人。只要是女人，我就不仅仅是老板手下的一个店员。

我早说过，以我的判断，杜姐不是个经历简单的人。相对我平庸无趣的履历，她的生命内容也许是我的两倍三倍或四倍五倍。虽然只年长我几岁，可她过去的岁月似乎很远很深，里头藏着一堆挺重的东西。但同时，二十八年的粗糙经验告诉我，一位喜欢沉默又自我守卫的独身女人，内心是容易放着脆弱的。我甚至还进一步地认为，一位喜欢沉默又自我守卫的独身女人，内心也是容易放着狂放的。

几天后的一个晚上，书店正准备打烊，杜姐走过来跟我说，要一起吃点东西吗？这是杜姐第一次邀我消夜，我赶紧点了头。

那天下午至晚上，杜姐的神情一直不太好，我已经注意到了。所以我能猜到，这不是一顿兴高采烈的夜宵。

关上大门，我们沿着街边走一会儿，拐进一家杭菜小店。我刚想点一碗馄饨，杜姐已报出几个小菜，还要了一瓶黄酒。噢，看来这个晚上杜姐真有点不一样，也许想借着酒说些什么话吧。

菜上来了，我给杜姐和自己倒酒。杜姐喝了一口酒，不吭声，又喝了一口酒，还不吭声。我夹了一口菜塞进嘴里，眼睛看向杜姐，意思是不说点什么吗？杜姐抿一下嘴巴，终于说了一句，今天是个重要日子。我问，什么日子？杜姐说，你不懂。我说，你说了我就懂了。杜姐摇摇头，继续一口一口地喝酒，却基本不吃菜。小店的灯光有些暗淡，使她脸上的酒红瞧上去不够清晰。我见她的杯子已空，要给她倒酒。她一把夺过酒瓶，自己给自己斟酒，然后把酒瓶往桌面上一蹾，双手握住瓶颈，下巴靠在瓶口上。我说，杜姐你没事吧？她散着神儿看我一眼，轻轻笑了一下。

没花太多时间，一瓶酒已经见底。最后一口酒吞下后，她没有用餐纸，而是用手背碰一碰嘴唇，有点像小女生的动作。我说，还吃点主食吗？她否定地摆一下头，拿起旁边的风衣穿上。

我们出了小店，往公交站方向慢慢走去。我在旁边暗瞧杜姐的脸，经过一瓶酒的帮助，她的神情并没有得到放松。我的意思是说，我本想边走边搭些话的，但她的脸色叫停了我的嘴巴。我只好低了脑袋，盯着前面的两只身影在街灯下一会儿拉长一会儿变短。这样默默走了片刻，我抬头再瞧一眼杜姐的脸，猛地看到水的亮光。我吃了一惊，说杜姐你哭了？杜姐停下脚步，脸朝天上翘起，泪水更快地淌了下来。我慌了说，怎么回事呀杜姐？你说了我才能懂呀。杜姐说，我冷，你抱一下我。我身子紧一紧，双臂伸出搂住了她。她的身体就像事先不发通知的小船，突然停泊在我的怀里。在这一刻，我心里没有冒出窃喜或感慨什么的，因为我抱住的身子似乎在微微发抖。

过了片刻，杜姐说话了。她讷讷地说，今天是他死去的日子。我不明白，小心着问，你说是谁，谁死去的日子？杜姐说，我的他，十三年前的他。

她说话的时候，脑袋靠在我肩膀上，声音像是自言自语。

在那深秋的夜街上，杜姐就这样向我掀开内心的一个口子。现在我知道了，杜姐的他也是留学苏联的学生，比杜姐大三岁，十三年前死在北京一家医院里。别的细节，杜姐不肯多说了。显然，这个掀开的口子有点小，我使劲伸长脖子往里头打量，也看不到太多的东西。但它坐实了我原先的猜想，杜姐的确是个复杂的女子。

之后几天，杜姐对我的态度仍是平淡和职业的，仿佛压根儿没存在过那个夜晚。那个夜晚像书架上的一本书，被某只手拿出来翻一下，马上又塞回一长溜的书籍中。

但我又知道，经过了那个夜晚，我和杜姐的关系不可能跟以前一样了。有一句歌词说得好：无人街头的那个拥抱，是一次暗中的出发。即使杜姐要装得平静如水，我也不能只在岸边游走，我得往水里丢入一两块石头。

当然啦，在单调古板的日子里，石头也不是那么好找的。我费了点脑汁，想到晚上下班后送她回家。杜姐上班大多数时候不自己驾车，因为停车麻烦且费钱，还不如坐公交方便。但杜姐住在城西一个小区，坐公交回去，下车后得在夜色里走上十多分钟才能到家。我认为这是危险的十多分钟，眼下虽然治安状况没那么坏，可一个单身女人老在夜晚里行走是容易遇到意外的。我把自己的想法以玩笑的口吻说出时，杜姐觉得简直幼稚加可笑。她说，你省省力气吧，我坐了那么多年公交，现在还要你护送？我无赖地说，我睡得晚，这个点儿我就喜欢在街上窜来窜去，如果不送你，我会把时间花在那些狐朋狗友的身上。

下一天打了烊，我涎着脸跟杜姐去公交站。车子来了，她走上去，我也走上去。她站好了拉住一个吊环，我站在旁边也拉住一个吊环。早过了高峰时点，车子开得有些快，有时一刹车，她的身子就撞上我的身子。此时车厢里并不拥挤，两个人本可以站开一些，但我没有挪步，杜姐也没有挪步。每回车子一抖，她的躯体摇晃而来，我的身上就被碰出一阵愉快。当然啦，我不知道杜姐有没有感应到我的愉快，因为她的侧脸几乎没有表情。

费了半个多小时，车子将我们送到城西公交站头。下了车，我伴着杜姐往前走。杜姐说，算了吧你赶紧回去，这里的街灯一路过去，哪像有人打劫的样子。我自然不肯，说世事难料呀，如果我不认识你，又刚好看见你一个人这么走着，没准儿也会跳出一个念头要打劫你。这么说着走一会儿，杜姐刹住脚步说，你是不是想跟进小区，然后让我邀请你进门坐一会儿？我说，进门坐一会儿就算了，我可以站在楼下看着你的窗户亮起灯光，然后你在灯光里走来走去。杜姐说，这样好玩吗？我说，有点好玩。杜姐说，你他妈够赖的！她想一下，掏出烟盒说，我还是邀请你抽支烟吧。两个人凑近脑袋把火点上。杜姐说，你站这儿把烟抽完，抽完了我也到家啦。又说，你不能老不同意，你得听我的！

在那个晚上十点钟的街头，我就这么煞有介事地站那儿抽着烟，用目光将杜姐一步步送远。烟快抽完时，我看见走到远处的杜姐回过身，举起手臂在空中挥了挥，那支未熄灭的烟头好像在夜色里划出一丝微光。

之后两天我还想如法炮制继续护送，但被杜姐止住。她上班开来了自己的小车，把我的护送借口弄没了。

我不是个缺少耐心的人，既然她不喜欢玩这个，那换一种方式吧。一天上班闲着，我跟她说，今天晚上我想请你看电影，以表达一个普通员工对老板的感谢。杜姐问，什么电影？我说，什么电影不重要，重要的是在电影院里坐上一两个小时。杜姐盯着我的脸看了几秒钟，不吭声地摇摇头。

又过一日，我对杜姐说，清河坊的晚上比白天更热闹，要不要我陪你去逛一圈？杜姐说，我去过两回的。我说，这第三回会不一样，逛街有个跟班的，那感觉跟微服私访似的。杜姐又摇摇头，说了一句，瞧你那点儿伎俩，别枉费心机啦。

我没有沮丧。杜姐虽然拒绝了我的提议或者说引诱，但脸上是温和的，口气也不是冷硬的。就是说，她跟我讲话时，已不是一个老板而是一个女人，并且是一个内心渐渐开放的女人。因为这一点，我心里甚至会冒出突破前的小激动。

# 四

这日天气有些冷，但空气中无故地有点喧闹。晚上快下班时，接到朋友的召唤电话，说他们在武林门一家咖啡馆玩圣诞Party。我这才明白今晚是平安夜。

我没有兴趣去赴Party。自打内心的注意点挪动后，我跟他们混在一起的玩兴减了不少，何况我又不是基督徒什么的，谈不上跟平安夜有啥亲昵关系。

但杜姐开车离开后，我一时又似乎无事可做，犹豫之中还是坐公交到了武林门。下车后沿着体育场路慢慢往前逛，遇到了一长溜儿高大的演出广告牌。我一块一块看过去，在其中一块牌板前停住了。这块牌板上写着孟京辉《恋爱的犀牛》的演出内容，背景为一位白衣男人抱腰红裙姑娘的剧照。一看演出时间，心里忍不住一跳——正是第二天的晚上。

我在广告牌前站了两分钟，然后转过身向不远处的杭州剧院售票处走去。在我的预想中，这种票是很难买到的，因为离明天太近了。

凑到窗口一问，竟有余票，只是座位靠后属于垃圾位置。我没犹豫，掏出钱买了两张。

我对自己这个灵机一动的决定挺满意，在心里给予了表扬。

次日一上班，我便瞅个空儿向杜姐通报消息。我说，那盘《氧气》碟片你好久没听了吧？杜姐说，什么意思？我说，唱这首歌的那位女演员来杭州了。杜姐说，郝蕾？我说，是的，她叫郝蕾。杜姐说，她来了跟我有啥关系？我又不追星。我取出一张票搁在她电脑桌上，说怎么没关系？有了这张票，你就可以现场听她唱那首歌了。杜姐说，你又玩这种套路了！我"嘿嘿"一笑说，有《恋爱的犀牛》做诱饵，我觉得今天的套路不一样。杜姐拿起票瞧了一眼，说你倒讲讲看，有啥不一样？好歹得找一个我应该去看的理由吧。我说，理由当然有呀，我先为你做了《氧气》那张碟，现在又给你买到《恋爱的犀牛》这张票，这叫前后呼应，潜伏着某种缘分。杜姐说，前后呼应又潜伏缘分，你的酸词儿还真不少。她淡笑一声又说，要找理由嘛其实只有一个，你已经花钱买了票。

嘿哈，跟我预想的一样，杜姐这次答应了。我不知道是自己谋划得好，还是孟京辉、郝蕾有面子。

晚上吃过盒饭，守到七点钟，便把店门关了。我们很少改动打烊时间，特殊情况例外。今天就属于特殊情况。

我跟着杜姐走到停车位，上了车。车子很快拐进浙大路，又驶入曙光路。这是一段挺近的路。有车子的帮助，七点半之前的五分钟应该能到达武林门的剧院。

这是我第一次跟杜姐去泡文艺时光——是的，我现在一不留神就会用上一些酸词儿。想到在剧院里两人紧挨着待上近两个小时，我心里有一种新鲜的兴奋。瞥一眼杜姐，她脸上挺专注，一副认真对付红绿灯的样子。

但有时候专注和认真加起来，也不一定能挡住意外。车子快到体育场路时，左边一辆白色车子没头没脑地别过来，杜姐点刹车慢下来，仍听到“砰”的一声，两辆车粘在了一起。我和杜姐赶紧下车，见对方车子的腰部靠在我们车头左部，造型比较别扭。这时对方驾驶员也下来了，是一位戴眼镜的文弱中年男。我说，怎么回事，干吗要使劲靠过来？文弱中年男委屈地说，有个女人突然把自行车骑到我边上了，莫名其妙嘛。我看旁边车道，早没了惹事自行车的影子。

唉，眼下最重要的是怎么快速处理好现场。我对文弱中年男说，是你的责任不反对吧？文弱中年男说，我不能自己反对自己，我是讲规矩的人，我听警察的。他掏出手机拨了号码。过一会儿，警察开着摩托车来了，很快拍了照片判定了责任，说这是不大的事儿，你们最好双方协商。文弱中年男说，我们自己怎么协商，还是你给个说法。警察说，要按程序处理得等警察来。文弱中年男说，你不是警察吗？警察腼腆一下说，我是协警。文弱中年男说，哎呀，协警断事不算数的，我要一个正版警察。协警举起对讲机叽里呱啦讲了几句。

我不能不着急。我对文弱中年男说，你车子保险都上了吧？文弱中年男说，我是讲规矩的人，保险怎么能不上呢？我说，那不就行了嘛，手机拍个照片明天交给保险公司，不用你出一分钱。文弱中年男不好意思地说，我的手机只能打电话不能拍照。我说，我的手机可以拍呀，明天我陪你去保险公司。文弱中年男说，保险公司很刁钻的，不一定认你的手机……咱们还是等等警察吧。我说，我脑门上都是汗，我有急事你没看出来吗？文弱中年男说，哎呀，车子一撞把我撞忘了，我也有急事，我要赶到城北教堂过圣诞节的。我说，那还废什么话，赶紧把车子撤开呀。文弱中年男说，已经叫了警察，又把车子撤开，这样做不好的。我说不出话了，只是在脑子里一把揪住文弱中年男，将他塞到驾驶座上。

杜姐早已坐回车子。她很安静，她甚至没说一句话。

正版警察终于来了。他看了看现场，要了杜姐和文弱中年男的驾驶证，然后指挥两辆车分开靠到边上。此时背后道路上已堵成一条很长的车流，灯光们不满地晃动，气势雄壮而又恼怒。正版警察教育了文弱中年男几句，问扣分罚款还是双方协商。文弱中年男说，有你这句话我就放心了，当然双方协商去对付保险公司啦。正版警察归还驾驶证，又交代协警一句，跨上摩托车一溜烟儿走了。

文弱中年男凑到我跟前，用讨好的口气说，我已打过保险公司的电话，他们马上来人，咱们也不用太着急，反正不出一分钱的。我伸手将文弱中年男的眼镜摘下，往两只镜片上各哈了一口气，再戴回他脸上。文弱中年男两眼都是雾，嘴里嚷着这是干什么这是干什么。我走到车窗边问杜姐，咱们怎么办？杜姐说，等吧。她又说，咱们先抽根烟。

进入剧院时，演出已经过半。两个人在后排座位坐下，稳住神儿去看舞台。不过经过路上的折腾，我心里沮丧透了，注意力一时凑不起来。台上故事少了前面的铺垫，我的思维也跟不进去。说真的，在事先的预谋里，我会趁着暗色握住杜姐的手，不怕自己的紧张让她知道。如果她不抵挡，我还会进一步动作，将她的肩膀搂过来，让两个身体靠在一起。妈的，现在我的心情大大打了折扣，我的手自然也找不到调情的节奏了。

舞台上的剧情在推进，旁边还打出字幕：马路的疯狂使恋爱指导员的理论彻底崩溃，在一个犀牛嚎叫的夜晚，马路以爱情的名义将明明绑架。

绑架的造型很简单，就是让穿红裙子的明明坐在椅子上，眼睛蒙一块白布，身体绑两圈绳子。接着明明讲了不少话，马路讲了更多的话。最后，马路跪在台上。

直到演出结束，那首《氧气》也没有出现——应该已在前边唱过，我们到底错过了这首歌。

灯光亮起，演员们列成一排欠腰谢幕，观众们站起身鼓掌。我使劲瞧着台上的女主角，找到了一个没把握的发现。我对杜姐说，你有没有觉得郝蕾的脸跟你有点像？杜姐说，离得这么远，你的眼力够好的……你这是讨好我吗？我说，我这是讨好郝蕾。杜姐嘴角动一动，算是笑了一下。

走出剧院坐上车，杜姐静着脸，没有马上启动。我以为她要抽烟，掏出烟盒。杜姐说，花一个晚上想听郝蕾唱《氧气》，还是没听到。我弹一下烟盒，跳出两支烟。杜姐说，我现在想去书店听那首歌，你陪我去吗？我的手一愣，两支烟掉了回去。我压了压高兴，说这个想法好，咱们去把这首歌补回来。

杜姐发动车子往书店开去。这回路上挺顺溜儿，一刻钟便到了小街。已是歇店时间，街上暗淡着，显得有点冷清。

开门进店，杜姐脱掉外套，又觉得冷，打开了空调。她找出那张碟片看了看，先放在旁边。瞧她的样子，像是等待更舒服的温度。我赶紧泡了两杯茶，将其中一杯递给她，她指了指手，示意我把杯子搁在阅览区的桌子上，同时也是表示她要坐下来认认真真地听。嘿嘿，为了听一首歌，弄得这么有仪式感——我突然觉得，这个晚上确实有点不一样了。

店堂里渐渐有了暖意，杜姐把碟片塞进播放器，然后走到长桌边坐下。我跟过去，坐在她的身旁。店堂里响起有点弹跳的前奏音乐，很快引出郝蕾的声音。声音几乎没有迂回，带着一些神秘、一些颓废直接进入野性的演唱：

对我笑吧笑吧

就像你我初次见面

对我说吧说吧

即使誓言明天就变

享用我吧现在

人生如此漂泊不定

…………

高潮在后面部分，那声音仿佛与身体一起走向缺氧的状态：

过去岁月总会过去

有你最后的爱情

过去岁月总会过去

有你最后的温情

所有的光芒都向我涌来

所有的氧气都被我吸光

所有的物体都失去重量

我的爱已经走到了所有路的尽头

不知怎么，这首歌我和杜姐以前也听过不少遍，但都不如此刻听得入心。杜姐沉默一会儿，说你懂音乐的，你给点评几句。我说，这个嘛，声线不错，音域也还行，就是转音还不够老练……杜姐打断我说，别他妈扯这些，说点直接的感觉。我说，我以前讲过，这是一首做爱的歌。杜姐说，还有呢？我说，能感应到身体在扭动，一种高潮时的呼吸困难。

音乐还在往下走，多是一些城市民谣。杜姐抻一抻脖子，慢慢地说，现在我也想干点儿什么。我说，噢，你想干点儿什么呢？杜姐说，身体扭动，呼吸困难。我身子几乎僵住，过了几秒钟，才有些慌乱地说，你的意思是……我不太明白……

杜姐不再搭话，径直走到旁边一个柜子前打开木门，扯出一叠旧窗帘布扔到长桌上——这突如其来的窗帘布明确了地点和决心，我再傻也知道自己该干什么了。我抖开窗帘布，努力像宾馆服务员一样去布置桌面。为了表示镇定，我还用手掌在布面上捋了几下。但仓皇之中，窗帘布铺得有些难看。

杜姐开始解衣。她没有迟疑，先脱掉外衣丢在椅子上，然后瞧我一眼。我退缩了目光，看向那张椅子。椅子之上，衣物一件追着一件地多起来，很快形成了内容丰富的一堆。我骂了一声自己，赶紧去剥离身上的衣裤。我脱得没有秩序，衣裤相缠着在旁边椅子上乱成一团。

此时杜姐已坐在桌面上，双臂抱住双膝，下巴靠在膝盖上。我爬上桌子，不敢马上动作，就垂下双手跪立她的前面。她静静盯住我的眼睛，慢慢松开手臂，对着我直起了身子。我的视线蹿动一下，捉住了她的胸部。这是两只好看的乳房，饱满而又清秀，在呼吸中微微颤动。乳房之间，两道交叉的细疤组成一个 ×，醒目地印在白白的皮肤上。

在我的目光中，杜姐的肩膀渐渐松掉，似乎过渡为弱小自怜的样子。弱小自怜的样子是用来征服的，我的身体一下子增长了力气。紧接着，我的鼻子里跑出粗乱的热气，喷到她的脸部，喷到她的胸部，喷到她的腹部。

有一种滚烫的感觉叫走投无路，此刻我就是。我推倒了她，像一本书压在另一本书上。空阔的店厅里，仍然走着后续音乐，但我的耳边仿佛有狂野的歌声响起：

所有的光芒都向我涌来

所有的氧气都被我吸光

所有的物体都失去重量

我的爱已经走到了所有路的尽头

在力气快走到尽头时，我看见杜姐脸上渗出一层细汗。一些乱发窜过来，粘在她的脸颊和唇边。她使劲翘起下巴，闭上了眼睛。没有多久，她唇边的头发猛地飘起，因为她嘴里冲出了声音。

一切静了，碟片到达了终点。书架上的书们被打搅之后，似乎也松了口气。

杜姐蜷了身子侧卧着，眼睛久久没有弹开。我坐在旁边，很想抽支烟，但忍住了。我不能动来动去。

杜姐睫毛扇一下，眼睛张开了，往上看着我。她的目光空空的，像是不明白我是谁。我用手碰她一下，她梦醒似的一笑，笑得有点疲惫。我想找点儿话说，临时没有找到。

过一会儿，杜姐说了一句，知道吗，今天是什么日子？好几个答案在我脑子里飘过，今天是圣诞节，今天是一起去看话剧的日子，今天是你我身体相遇的日子，但我又知道哪个回答都不是她想要的。果然，她轻轻地解答，今天是苏联解体的日子。我“噢”一声点点头，脸上却停留着茫然。

杜姐说，你点着头，可你什么都不懂。又说，你什么都不懂，现在却待在我的身边。我有些尴尬，尴尬中又有些不服气。我说，我也不是什么都不懂，譬如我懂音乐，我懂《氧气》这首歌。杜姐说，你其实也不懂……这首歌唱的不仅仅是身体的感觉。我说，什么……意思？她说，你听到的是身体的做爱，我听到的是精神的挣扎。我说，嘿嘿，做爱当然挣扎，这个我懂。她说，你他妈还是不懂！

我们不再说话。她的眼睛看向天花板，似乎在想什么，又似乎什么也没想。我伸手取了一支烟，“啪嗒”一声点上——在店厅里是不允许吸烟的，但此刻她没有反对。我抽了两口，将烟塞入她的嘴唇。她抽了几口，又递回给我。一截烟灰在途中掉下，落在她胸前的疤痕上。我低下头吹了一口，烟灰在她的胸部散开。

我想问她这个 × 疤痕是怎么回事，马上被自己拦住了。我觉得此时掌握不好嘴巴的分寸。

这一夜的脱轨，为我和杜姐的关系定下了调子：思想尚未靠近，身体已无距离。

上班依然照常，整理书籍，接待书客，盘点钱款，每天的六个小时都是相似的。但我又知道，一切又是不一样的，因为日子塞进了别的内容，或者说，还有别的内容在等着下班打烊。

下班打烊后，我会陪着杜姐去咖啡吧喝一杯饮料，或者去商场逛一逛正在打折促销的品牌店。有时想要点儿安静，就来到西湖边，沿着白堤一直往前溜达，听湖水在夜色中轻轻拍打。有时也换一个地方，去运河边站一会儿，看一艘又一艘轮船在水中穿过夜晚。

不过我和杜姐都明白，两个人更愿意做的是身体交流。不少个夜晚，我们关上店门后，就在长桌上铺好专门准备的被褥，然后播放碟片，然后两只身子抱在一起，然后让缺氧的感觉淹没我们。为了玩点儿情趣，我们也换地点。有一次看见两大袋旧书搁在旁边，我们灵机一动，将书倒出来堆在地上，再盖上被褥，做成一个简易的书床。那是我们唯一一次在书堆上放肆身体。还有一次，我们开车沿着运河走，到了一个暗静地方，杜姐突然停车望了我一眼。我明白过来，心跳多跳了几下。默契之中，两个人一起换到后座。我们在黑暗中打开身体，又望着不远处运河上驶过的轮船，心里冒出恶作剧般的快活。

但快活过后，是一种说不清楚的虚空。我知道，两个人的内心还没打通，到达不了相知。到达不了相知，也就够不着相爱。够不着相爱，自然也就托不起真正的快乐。我的意思是说，快活不等于快乐，快活属于身体，快乐属于内心。

那段日子，杜姐的女人味儿被引了出来：脸上老有几分光鲜，腰肢变得柔软，连走路时双腿也多了一些弹性。她的身体明显有些贪，好像一本从封存中取出的书，被人打开了，就指望着一页页读下去。她有点匆忙的解衣，她抻长脖子的挣扎，她毫不节制的尖叫，都在传达着一个女人的现场欲望。

可退潮之后，她又是那么的失神，失神中还掺杂着沮丧。为了给些安慰，我会将她的脑袋搬到自己的臂弯里。她侧过脑袋看我，目光远而散淡。我甚至觉得，此时她忘了正在看我。她的情绪传染了我，让我也有了一种枯萎的感觉。

好在两个人并不愿意老在沉默中待着。这时候我会点上两支烟，一支给她，一支留给自己。在烟雾中，我们开始找一些话头。我试探着说，你能不能讲点儿过去，让我慢慢地懂你。她说，在你眼里，我是不是荣升为老妇女，需要喂你一些过去的事情？我说，别呀杜姐，你才大我七岁。她说，虽然只大七岁，但我觉得差了一个年代。我说，那就说说属于你的年代呗，譬如苏联留学。杜姐便狠狠吸一口烟，又长长地呼出，像是吐出一个决心。

过了一会儿，她几乎是用自言自语的口吻开始讲述。她讲了莫斯科郊外的大学，讲了莫斯科地铁，讲了苏联第一家麦当劳餐厅，讲了历史老师的乡间别墅，当然也讲了那位前男友。她的回忆仍是简略的，像是主要说给自己听，留下一片又一片只有她自己才能填充的空白。我有些不过瘾，就提醒她，多说点儿你的前男友呗。她说，他是八十年代末最早留学苏联的研究生，读书很用功，一个字儿一个字儿读过《资本论》。我说，还有呢？她说，他不像你，他是个理想主义者，是的，他是个理想主义者。我说，还有呢？她说，有一天他遇到了一颗子弹，这颗子弹到了他肺里。我说，还有呢？她说，后来他死了，没有还有了。杜姐前男友死了，我当然记着，但我不知道他的死跟一颗子弹有关。我说，他叫什么名字？她说，他姓夏，夏小松。我说，名字普通，经历传奇，只是你讲得太简单了，像一本书的故事梗概。她说，如果他像一本书，也是我的枕边书，你没有资格借去阅读的。我说，好吧……不过遇到一颗子弹，这种事想一想就觉得激动。她说，激动？你他妈为什么用激动这个词儿？我说，我可不是对他的死不敬……生活太无趣了，日子里射进一颗子弹，至少会闹出点心跳。我这么一说，杜姐不吭声了。

还有一次做爱之后，我又问起她胸前的疤痕。杜姐说，你够操心的，问了这疤痕是不是接着问我的残指？我说，为什么不呢？你的事我没法不感兴趣。她说，如果我说我混过江湖还吸过毒，你信不信？我说，我应该会信，不过我先要大吃一惊。她说，可是我不会说那些事儿，没趣没味的，说了堵心。我说，我都大吃一惊了还让我白等呀，至少得说点故事梗概吧。她说，有一句哲语，每个人都有一部属于自己的历史，何必一定要展示给别人看呢。我说，这种哲语最没意思……再说你不能还把我当别人了。

杜姐沉默一下，说我还有一句哲语。我说，嗯，我听着。她说，我身体给你了，可我还没爱上你。我努一努嘴说，这种哲语还有点意思。她说，什么时候爱上你了，我就把过去不堪的事都告诉你，大的小的远的近的随你问。我哑笑一声说，这话吊胃口了……我得想想怎么才能让你爱上我。她说，你别他妈装痞，其实你交出了自己的身体可也还没爱上我，对吧？

这时候我有些糊涂，因为我不能确定。我点点头说，我喜欢你但好像还没爱上你。她说，所以你过去的事可以不说，我也不会提着劲儿追问。我说，我值得一提的往事可不多，我所谓的历史翻开来，就是一堆七零八落的无聊事情。杜姐把我的右手抓过去，摸着中指假肢说，我知道，你的无聊历史是从这根手指开始的。我说，嘿嘿，手指的事我也先收着，你得等着我啥时候爱上你。

好些次用过力气之后，我们俩裸着身子，就这样懒懒地对着话儿，迷茫而坦白。当然啦，未爱上对方却身体相缠，我心里多少有点不安，不安的同时又有点不解。我的意思是说，打第一眼起，杜姐差不多就吸引了我，我这么追着杜姐贴着杜姐，难道只是为了拿下她的身体？在身体之外，真的只有喜欢没有爱？喜欢跟爱的距离有多远，一尺还是一丈？

有时想，杜姐是不肯去爱，我呢是不肯去弄懂爱。在杜姐跟前，也许我仍是个混沌着的男人，像一首歌所唱的那样：你活了一岁又一岁，你缺少爱的练习，你就是一枚爱情挂科生。

# 五

天气彻底变冷的时候，大学放假了。大学一放假，书店的生意就像打上了瞌睡，一会儿醒着一会儿迷糊。

一天傍晚，杜姐有事外出，这时书店里出现一位穿黑呢大衣的教授模样的人。他来回看了看书架上的书，然后走到售台前跟我讲话，意思是家里的书房有些臃肿，就趁着寒假挑出一批不用的旧书。我发困的脸精神起来，问了一些情况，也说了店里的收书规矩。双方说定下一日上门收购的时间。

杜姐回来后，我把刚才接洽的事说了。杜姐问是什么专业的书，我愣了一下答不上来。杜姐说，你办事吧就多点粗糙。我“嘿嘿”一笑说，那教授戴一副圆形眼镜，学问应该不错，反正不是教体育的。

第二天下午，我早些到达书店，坐杜姐的车去收货。按前一天留下的地址，教授的家在密渡桥附近的一个小区，倒也不算远。在车上，我想调情几句，杜姐没搭理我。是的，一旦进入工作时段，她就会变成老板的样子，我呢仍然只能是一个跟班。

在小区里停好车，我们找着一幢楼坐电梯上到十层，一扇门打开，那教授看看我又看看杜姐，引我们进去。客厅沙发上坐着教授夫人，面无表情地投来软软的目光，马上又转向电视机。听声音，她看的似乎是一部韩剧。我心里嘀咕一声，大白天追看电视剧，教授家的品位也不高嘛。

不过进了书房，品位立即又回来了。一间挺大的屋子除了窗户，沿墙一圈全是高顶书架，还在中间竖起一排双向书架——感觉空间有些压迫，但也算是教授家该有的样子。旁边地上，已码着几摞整理出的旧书。我和杜姐凑上去翻了翻，大多是经济学方面的译本，也有一些英文原版书。

教授端来茶水纸杯搁在书桌上。杜姐直起身子问，老师您是教经济学的？教授点头说，主要是西方经济学，也教比较经济学。杜姐说，这些书放了不少年头，怎么就舍得不要了呢？教授说，这些日子觉得屋子压抑……书房就这么大，新的书进来，总得减去一些旧书。杜姐说，你有英文版《资本论》吗？教授说，有呀，而且我收藏了五种英文版本。他指了指书架上方，表示《资本论》们放在那里。杜姐说，这么多版本为什么不减去一些？教授说，这个屋子待着一大堆西方经济学家，也得给马克思留些空间吧，我觉得五种版本称不上多。杜姐说，马克思是德国人，为什么不把他算作西方经济学家呢？教授说，广义算，狭义不算，西方经济学可不是个地理概念。杜姐说，算一算全中国，真正读过《资本论》外文版的人也不多吧？教授说，这是个有趣的算术题，虽然没法统计，但肯定是个很小的数字。

杜姐站在那里，不像是来收书的，倒像是一位学者跟另一位学者做茶歇谈话。而我作为一个下手，只能一边听着一边卖力地干活，把书清点分类，再仔细捆扎。其间杜姐和教授在聊话中顺便谈妥了购书价格——教授对钱的多少似乎并不在意，他认可的是书店女老板对这批经济学书籍的不马虎态度。

把书收拾完，出了些细汗，我取过书桌上的纸杯喝了口水。这时我注意到桌子一侧支着一只相框，照片上有全家三口人：教授、夫人和大学生模样的女儿，他们挺高兴地坐在绿色草坪上。我心里暗了一下。是的，每次看到这种三口之家的快乐合影，我心里都会暗一下。我伸手拿起相框，更近地瞧一眼，又放了回去。

杜姐付了钱，又随上一张名片，说以后处理旧书就打这个电话。教授点点头，也拉开书桌抽屉拣出一张名片递给杜姐。我歪过头扫一眼名片，上面有经济系教授一类的头衔，又写着“郑园梓”三个字。

我和杜姐合力将捆好的书拎到门外，一边等电梯一边跟教授说告辞的话。这时门内突然跑出教授夫人，嘴里嚷着等等、等等。我和杜姐一起回过头，看见教授夫人说，你们是书店的呀，我迟钝了我迟钝了。杜姐说，您有什么指教？教授夫人说，屋里讲，屋里讲好吗？我心里奇怪着，随着杜姐返回屋内。教授夫人一改先前的淡漠，让我们在沙发上坐下。我看一眼电视，上面还在放着韩剧。教授夫人捡起遥控器降下声音，脸上出现一些兴奋，说我突然想到的……我们还有一本书托给你们卖，不知行不行？杜姐说，什么书呀请拿来看看。教授夫人进了卧室又马上出来，手里拿着一本粉色封面的书，说是她女儿的作品集。杜姐接过来翻看一下，说我们是外文书店，主要卖外语书，中文书也得是译本。教授夫人说，这靠得上，里边有好几首女儿翻译的诗呢。杜姐又潦草地翻一翻，将书递给我。我验货似的瞧了瞧，书名《听雨》，作者郑雨，里边的内容有散文诗歌和忆文什么的，还有中英对照的译诗，比较俗的是用了好几张照片，以展示作者的可爱。杜姐说，你们女儿挺有能耐的，还是大学生吧？教授夫人说，去年大二，今年应该是大三。杜姐说，大三就出书啦，长在教授家就是不一样。教授夫人笑眯眯地说，你们多带一些去，能卖多少我就供多少。杜姐也微笑着说，我们卖的是旧书，这么新鲜的书可能反而不好卖。杜姐老练，即使是拒绝，口气里也夹着笑意。

此时坐在旁边一直不吭声的教授终于插一句话。他说，这本书……我们编辑的，是女儿的遗作。我和杜姐吃了一惊，同时我还看见教授夫人脸上也吃了一惊，仿佛刚刚听到这个消息。杜姐从我手里取回书再翻，这回翻得认真，过一会儿她抬起头说，我们可以多带一些过去。教授夫人说，郑园梓，你为什么要强调是遗作？我不喜欢遗作这个词儿，说是女儿的作品不好吗？教授没有搭话，默默地起身进了卧室，拿着十来本《听雨》出来。教授夫人说，不够不够，明显不够！教授又默默进屋，出来时手里的书厚厚一摞。教授夫人说，那么你们先卖着，不够了再跟我们要。又说，卖的钱我们不花，我们会攒起来再捐掉。杜姐点一下头。

电梯来了，我们和书一起下楼。把书装入后备厢后，我们开车回书店。路上我忍不住说，那教授夫人以为这种书会大卖呢，我看一本也卖不掉。杜姐说，人的判断与心情有关，她的心情你哪里知道。我说，我有点好奇她的女儿……什么情况？怎么死的？杜姐说，大二出的事，应该是二十来岁。我说，二十来岁，捏一把能捏出水来的年龄。说完了觉得不妥，赶紧用余光溜一眼杜姐，杜姐把着方向盘，安静着不吱声。过一会儿她卷着舌头叽里咕噜说了几句话，说的是俄语。我说，什么……意思？杜姐说，托尔斯泰的话，幸福的家庭都是相似的，不幸的家庭各有各的不幸。我沉默一下，嬉笑着说，这话听多了觉得俗，不过你用俄语说出来挺好听的。

两天后的晚上，大约七时多一点儿，教授又出现在书店里，大衣紧裹，头发稍乱。因为知道了他女儿的事，他的样子在我眼里就有点憔悴。

他直接走到售台前，说自己惦记着女儿的书。我说很抱歉，还没卖出一本。教授说，我知道，我不指望别人会注意这本书。我解释说，来这里的买客都是奔着旧书，想淘点儿名著什么的。教授点点头说，所以我特地过来在女儿的书上写些字，增加点卖相。这时杜姐也瞧见了教授，站起身走过来。教授转向杜姐，把自己的来意又说了一遍。杜姐说，这个想法挺好，写上些字算是题词签名本。教授说，我把一些话写在书上，其实是说给女儿听的，如果被哪位买书的人看去，那也是缘分。

此时店厅里人影稀少。我把一大摞《听雨》搬到阅读区的桌上，又泡了茶送过去。教授脱了大衣坐在那里，拿起笔开始写字儿。他一本一本地写，偶尔还会停笔发一会儿呆。发呆的时候，他的背影显出了孤独，好像一下子瘦了一些。中间我挺想过去看一眼，被杜姐的目光止住了。她在提醒我，不要去打扰一个正跟女儿说悄悄话的父亲。

不过即使是悄悄话，落在纸上也要让人看的。过一些时间，教授写完了。我走过去续了水，一边整理书一边趁机看字儿。字儿写在扉页上，每本都不一样。一本这样写着：那天，你挽着我的手臂逛街，我买了一枝白玫瑰给你。你说：爸爸，我做你的小情人好吗？当时的我笑了。另一本写道：你的问题我找不到答案。我是一个教授，我知道答案不在书本上而在时间里。第三本上则放着伤心的文字：你迈向天空，掉到地上摔碎的是我们所有的日子。但是孩子，我没有权利责怪你！

这时杜姐也过来了。她看一会儿书上的字儿，马上做了一个小决定。她说，郑老师，我们可以在店里摆一个台子，专门放上这些书，这样会好卖些。教授摇摇头说，不要这么做，我倒希望这些书在书店里待的时间长一些，变成真正的旧书，然后不知什么时候被人买走。教授的这个想法有点拐弯，不过多少能见出一种心境。杜姐想一想说，好吧，那我自己先买一本，不拿走就放在书架上，想到了拿来看看。我赶紧说，还有我，我也买一本。教授翘一下嘴角说，谢谢你们！我说，我有一个感觉，写上这些字儿，我们卖的就不是书而是故事了。教授说，孩子的离去对我们是不能再大的大事，但对外人来说，其实就是个小故事。我说，这个故事能讲一讲吗……知道了故事，看这本书就容易看出一些感觉。

教授站起身摸一摸桌上摞着的书，说，对不起，我跟你们还陌生，不是吗？他这句话让人有些泄气，我嘟囔了一声，却形不成回答。看来听不到故事了。

教授拿起大衣，将胳膊伸进袖套。杜姐突然说，我男友也是学经济学的。教授"嗯"了一声，没停止穿衣动作。杜姐说，他喜欢读《资本论》。教授点点头，穿好了大衣。杜姐说，后来他死了。教授一愣，眼睛盯住杜姐的脸。过了一小会儿，他收起目光问了一句，这附近有咖啡馆吗？

那天晚上，我们破例提前一小时打烊，陪着教授去了旁边不远的一家咖啡馆。

在咖啡馆一间小包厢里，一杯拿铁和两杯卡布奇诺被送上来。两杯卡布奇诺属于倾听者，那杯拿铁到了教授手里。他端起杯子呷一口，低头抿一抿嘴，抬起头时脸上已有了回忆。

教授首先解释，女儿名叫郑雨，是因为出生时天下着雨。那是五月的一日，天空本来好好的，他从教室出来骑自行车往医院跑，半路上忽然就遇到了雨丝。待赶到医院，女儿刚好生下来。他心里一片晴朗，站在产房门口打了两个痛快的喷嚏。

以后的日子，郑雨生长得顺利，聪明、漂亮、快乐这些好词儿都可用在她身上。用一句话比喻，有点像一股溪水撒着欢儿往前淌。做了学生后，教室里的课本不过瘾，课外又学过不少好玩东西，书法、小提琴、奥数什么的，还参加过几次作文比赛，被评为市里的少年文学之星。小学毕业后上的是外国语学校，市里最好的中学之一。虽然初二时也有过叛逆期，脸上整天摆着不高兴，还喜欢呛人，但这个阶段很快过去了。

高一与高二之间的暑假，郑雨加入一个国际中学生夏令营，宿营地是美国马萨诸塞州的Amherst学院。这个学校是美国最好的文理学院之一，有“小常青藤”之誉，跟王力宏就读过的威廉姆斯学院和宋美龄就读过的卫斯理学院合称为“小三雄”。因为这个原因，报名的学生就多，外国语学校有五名学生同行。夏令营时间不短，有二十多天，活动内容除了各国学生交流，还有参观、听课等。郑雨还选了一门冥想课，一整天待在封闭园子里，不说话不看书不写字，只是独自散步，或者打坐发呆。好在这门课只是尝试性的，还没有难受便结束了。

不过难受的事儿很快遇到。不知是水土不服还是吹了空调，郑雨竟然感冒了，发起低烧。那几天她特别心慌，弱小得不行。这时一位男生出现了，向她支援安慰的话和调皮的话，还有好吃的零食。这位乘虚而入的男生叫老Q，是五位同行的同学之一，他成功地在美国这个校园里自开了一门爱情练习课。夏令营结束回国的航班上，两个人把座位调在一起，然后郑雨的脑袋靠在了老Q的肩膀上。

老Q的真名当然不是老Q，但郑雨一直这么唤着。老Q跟郑雨同一年级，不在一个班。他的特别之处在于生在杭州长在杭州，却是个混血儿——父亲是美国人母亲是中国人。当年，老Q父亲还是小伙子的时候，背着旅行包来中国旅游，在西湖边见到一位穿连衣裙的漂亮姑娘款款走过，心里一跳尾随在后。走一会儿，姑娘发现了，回头骂一声“流氓”。美国小伙子听不懂，以为姑娘招呼自己，就高兴地靠上去搭话。两个人叽里呱啦说半天，相互不明白，却把情绪说开了。那时候中国开放没多久，跟老外谈恋爱是一件严重的事，他们的恋情在许多人嘴里说来说去，连市里报纸都辟出半版记述这段跨国之爱。很快，老Q出生了，老Q父亲留在杭州找到一份辅导英语的工作。又过几年，老Q父母的爱情松懈了，因为他们俩没法在语言上做深度交流。饭桌上中餐和西餐的争夺也开始展开，两张嘴巴都感到委屈。老Q七岁的时候，父亲离开杭州回到了美国。打那时起，老Q一直跟着母亲生活。

郑雨和老Q在外国语学校因为不在一个班，也就算不上很熟。不过老Q仗着中西合璧的外貌，在校园里容易招引女生的目光。有一次郑雨在食堂里坐老Q斜对面吃饭，曾悄悄研究过他的眼睛和鼻子，然后回到寝室跟女生们说笑一回。女生们普遍认为这个老Q既然身上存着白色人种的荷尔蒙，一定是个情场高手。两个人好上后，郑雨才知道老Q浪得虚名，之前并没谈过恋爱。就是说，两个人原来均是初恋，以前最多收到过纸条或秋波什么的，但那是不作数的。既是初恋，彼此便很投入，恨不得课堂日日相见，食堂餐餐同桌。好在外国语学校是学霸集中营，学风甚好，俩人又是读书之徒，待在一起也守着课本的，基本没损伤学习。高中收尾时，同年级有一半同学去了国外留学，另一半的大部分被保送进国内大学的外语系。老Q守株待兔，拿到人民大学英语专业的保送名额。郑雨想读中文系，就参加了高考，终于没有考坏，如愿进入北师大文学院。这样两个人的恋爱场所从杭州挪到北京，从中学挪到大学，常常是这一个周末在人民大学相聚，下一个周末在北师大碰面。

但两人恋爱过程中，有一个问题始终未打理好，就是对美国的认可度。郑雨在美国夏令营期间虽然遇上感冒，可很快得到爱情，而且校园里的人文空气那么自由，想一想那冥想课也挺有趣，所以觉得美国是个有味道的地方。老Q对美国的态度原有些拉锯，既存天然的亲近，又怨父亲的无情，那次去美国本想见父亲一面以便接上情感，不料打通电话却讨了个伤心——对方称自己没准备好心情，拒绝了相见的要求。老Q因此由怨生恨，不仅恨那个陌生的父亲，也恨缺少人情味儿的美利坚。

认可度的不一致，便扯出另一个问题，即要不要去美国读书。外国语学校的学生握有语言和信息之利，出国留学自然成为优先选项，可老Q既然恨了美国，就不屑再踏上那块国土。老Q不去，郑雨也就收起留学的心思。蒙在鼓里的教授夫妇，原计划是让女儿高中毕业即去美国上学的，手里都备好了美元，不想高三阶段女儿变了想法。教授夫妇在家里不搞霸权主义，只能顺势而变，等着女儿大学中途重返留学轨道。而在北京的郑雨和老Q，虽然放弃了赴美读书的念头，仍将美国作为相聚时间的闲话点心，并由此延伸出资本主义是优质还是垃圾、中国和美国谁更有趣等等话题。为了支持自己的观点，两人各做功课，收集一些严肃的或调皮的材料。当放出材料拿下一个回合时，取胜者就得意地嬉笑。关于美国的舌头争斗，几乎成了他们在一起时的趣味调料。

不过日子并不是一直顺利着往下走。不知什么时候，郑雨觉出老Q有些不对，但没有特别地警觉。直到一个周末下午，老Q讪讪地告诉郑雨，半年前父亲主动联络自己，很快把关系变热了，又经过几个月的手续办理，他已取得赴美留学的签证。郑雨不肯相信老Q的话，老Q就拿出父亲的信和盖着印戳的护照。在那个下午的剩余时间，郑雨很安静。她问老Q，为啥不第一时间告诉我？我也可以去美国的。老Q回答，我不能一边说美国的不好一边又承认自己在办签证手续，我嘴巴老想拐弯，可一时拐不过来。她又问，现在你这么跟我说，不怕我不高兴吗？老Q不吭声地拿出一个小玻璃瓶和一把小刀，他用小刀在胳膊上划了一下，随之淌出血汁，滴在小瓶子里。等滴满了，他将血瓶子递给郑雨，然后低着头走了。郑雨举起血瓶子对着天空看一会儿，似乎想看明白一个中美混血儿的血有什么不一样。但在她的眼里，这瓶血除了红色还是红色，而且红色在渐渐凝固。她把血瓶子丢进了旁边的垃圾箱。

这些情景是随后郑雨在电话里告诉父母的，此时教授夫妇才知道女儿早已恋爱，而且摔了个跟头。一阵别扭之后，教授夫妇决定将坏事转好事，重启女儿赴美留学之路。他们告诫女儿，以后去了美国不可与那老Q恢复联络，再拾旧情。事后教授才明白，自己并不懂女儿的心思，或者说低估了女儿的心理沦陷。寒假回家，女儿挺平静，每天一个人待在房间里看书，还写了一些散文，翻译了一些英文诗。唯一的异样，是她在餐桌上特别卖力，一坐下就不停地将盘里的东西往嘴里塞，吃相凶猛。做父母的虽然觉得不雅，但也认为这是女儿在学校里缺少油水的表现。

就在寒假结束即将返校的前一天晚上，郑雨留下一张纸条，然后从十楼窗口跳了出去。她化了淡妆，穿着齐整，身上那件灰色大衣是过年时新买的。所以所以，她躺在地上的样子并不难看。

教授在说到女儿最后的结局时，特别用了两个“所以”。我看得出，他讲述的语调虽然平稳，眼睛里却一直浮着一层暗淡的伤悲。

大家似乎忘了喝咖啡，桌子上的三只杯子都剩着一些，已经冷了。不过我没忘香烟，抽出三支分到各人桌前。教授没动，大约他是不抽烟的。杜姐也没动，她竟然忍住了。我犹豫一下，还是没把自己的烟点上。

这时杜姐问话了，语调挺柔。她说，郑雨那张纸条……留了什么话？教授说，纸条上就两行字：爸妈你们若很伤心，就再生一个孩子吧，会比我好。他或她长大了也替我看看这个世界，看看中国和美国。唉，最后的时刻郑雨仍生出这种离谱的念头。杜姐说，她心里还在跟老Q较劲儿。教授说，要是较劲儿，也去美国呀，把书读好活出个新样子来。杜姐说，一个女孩子的爱被伤着了，别的心思就会堵住……这个我懂。

我心里起了一点好奇，插进去问，你们之后要孩子了吗？杜姐盯我一眼说，刚才不是讲了嘛，那只是郑雨离谱的念头。教授说，虽然离谱，她的话也是一个暗示，那半年我们特别痛苦，我夫人掉进黑暗里老出不来，后来我就想何不按女儿的意思试一试，撬动一下日子。杜姐说，这么想好像也对……试成了吗？教授说，我夫人四十八岁，说起来也不是没有可能，可努力了几把，包括去了几趟医院，到底没有见效。杜姐说，一个女人被悲伤裹着，是不容易把身体调整出来的。教授说，为了调养身体，我夫人想提前退休，被我阻止了。她是个公务员，去单位还可以分流掉郁闷，老窝在家里更憋坏了。我又插一嘴说，我知道了，为了不憋住自己，后来你们就做了《听雨》这本书。教授点一下头说，编这本书花了我夫人四个半月的时间，她编得很慢。杜姐沉吟一下说，四个半月不算短，从某种意义讲，这本书也是个孩子。

一个晚上的故事走一圈，又回到了书上。包厢里安静下来，像是一次谈话的暂停。我捡起桌上的烟在鼻子前闻了闻，又放回去。在不抽烟的教授跟前，我还是不能允许自己把烟点上。

# 六

那天晚上，教授没问杜姐男友的事。女儿的自杀是个痛区，他陷在其中分不出心。如果他当时转过话头追问一下，杜姐没法躲闪，多少也得说一些自己的往日情事吧。两个小时的咖啡馆包间，装得下两个话题的。

我强调这个，不光是为了好奇，趁机让耳朵解个馋。我的意思是说，一个见过两次面的教授能拿出心里的事，可杜姐仍不乐意向我细说往日的男友。我虽然进入她的身体，却进不了她的过去日子。我挺想这种情况有点改变。

接下来的几天，因为有教授讲的故事做背景，我上班空闲时会翻一翻那本《听雨》。书里有几张郑雨的照片，拍得都挺好看——以前日子里没苦没痛的，她脸上当然明亮着。也因为这个原因，里边的文章有一半是青春语言，虽然细腻却没有重量。后面的文字深沉起来，对一些事情形成了看法，譬如“在碎片时代怎么管理自己的脑子”“为什么每个国家都把自己摆在世界地图的中央”“立体五官比平面五官好看的理由”等等。她翻译的英文诗中也有一些好句，譬如“当我准备好离开时／心里已经是清晨了”“眼睛从杯中望出去／穿过红酒里的冰块／世界醉得失去了温度”。还有一首译诗是写给死亡的：“她不知道对方善于毁约／因此她顺从地躺下／躺进心爱的棺仓／却从没有思量过／有人会悄悄合上盖板”。

我把死亡的译诗指给杜姐看，说这差不多是郑雨的遗言，她早已准备去死的。杜姐说对方是谁？有人又是谁？我说，不是暗指那混血儿老Q吗？杜姐说，也许是，也许不是。我说，什么意思？杜姐说，为什么不是命运呢？命运撕掉合约，命运给合上盖板。一说命运这种大词儿，我不吭声了。我不知道杜姐的心念，但明白她心里装着不一样的死亡故事。

又过几日，就到了春节，书店歇业七天。对我来说，这种节日够无趣的。我想跟杜姐一起待着，没有得逞，她去了温州老家。那是个叫昆城的镇子，以前她提起过。她是个多么不喜欢热闹的人，但过年了，总得回去看看父母的。

我在七天假日里不是吃喝就是睡觉，不过其间也去见了一次母亲。这是一年中的规定动作，跟母亲及一堆母系亲戚吃一顿饭。母亲还特地抽个空当单独接见了我，她以慈祥的口吻讲了“有女朋友了吗”“得抓紧呀”一类的话。我说抓紧做什么？抓紧结婚吗？抓紧生一个孩子吗？我没有往深处说，但也把她噎住了。她是个明白人，知道我胸中攒着的那份怨气没有散去。自打八岁那年她离开我，同时又让一截手指离开我，我就不指望自己在心里能走近她。这么多年过去，还是近不了一步。就是这样。

过了春节，书店重新开业。生意暂时闲淡，但气温一日日往上走。

几天之后，大学开学了，店厅里人气返回一些。

一个周二的下午，教授来了。他拎着电脑包，像是刚上完教室里的课。他顺着书架走一圈，取了一本书来到我跟前。我一边招呼一边瞧一眼封面，是一本书名复杂的经济学译著。教授转一转脑袋没找到杜姐，就问女老板呢？我说她出去买点东西，应该会很快回来。他点点头，买下了书。

教授没有马上离开，而是去了阅读区坐下来。我泡了茶端过去，见他已打开刚买的书。我想提一句那本《听雨》的卖况，没说出口，因为他方才一定看到女儿的书还整齐地排在书架上没少下去。

过一会儿杜姐回到店里，我示意教授在那边。杜姐便过去打招呼，大约不想打扰他，聊了几句很快回来。我说，教授今天来店里好像不是为了女儿的书。杜姐答，我问了，教授说下了课还早，就过来坐坐。我记起教授夫人在家里的颓废模样，心想他回家没准儿不痛快，在这儿看书能得个轻松呢。这么寻思着，我扭头望一眼教授，他看书的样子挺投入。

过了五点，教授收起书本喝一口茶，然后穿上大衣准备离开。我赶紧过去搭话，说这本书没看完，可以先存在这里。教授说，你以为我会经常过来看书吗？我说为什么不呢，这儿有茶有音乐，还有一大屋子的书等着伺候您，可不比家里的书房差。教授微笑一下说，你倒挺会Marketing（营销）。这么说过，他把手里的书留下了。

下个星期二的下午，教授果然又来了。他仍然拎着电脑包进门，在书架前走一走，然后跟我要了上次存放的书，坐到阅览区桌子前。

我不知道教授有无发现《听雨》在书架上少了两本——当然啦，是我玩点小心思，提前收了起来。考虑到文科教授的数学一般不太好，所以我送茶杯过去时，特意提示郑雨的书卖掉了两本。教授"嗯"了一声，又和气地冲我微笑一下。因为这个小小的消息，我想教授今天坐在这儿的心情会好一些。我甚至起一个念头，待教授看书完了邀他一块儿晚餐，这一回三个人吃着吃着，也许能勾出杜姐的往日故事——是的，我惦记着这个。不过我也知道，不能因为一位来看书的教授，书店老是提早关门打烊。

靠近傍晚时分，教授站起身走过来，把那本未看完的书交给我。我把邀请吃饭的念头咽下去，扮一个送客的表情。这时杜姐出现在我旁边，说郑老师请留步。教授收住脚步转回身。杜姐说，郑老师您下周还来吗？教授看我一眼说，这里有茶有音乐，还有一大屋子的书，我为什么不来呢？杜姐说，那您下次来，能否留给我一点时间，我有些经济学问题想请教。教授"喔"了一声说，你也懂经济学？杜姐说，我不懂经济学，我是替以前的男友问的。教授愣了一下，不再说什么，只是很慢地点一点头。

之后几天，我空闲时会在脑子里过一过杜姐的话，猜想一下她可能要问的经济学问题。当然啦，我把中学和大学学过的经济学零星知识赶在一起，再乘上五或者十，可能也抓不住经济学的边角。有一次在茫然中，我脑子一跳，搬来梯凳爬上爬下，在外文书架上格寻找马克思的书。我看到了英文版和俄文版的《资本论》，还看到了《法兰西内战》《雇佣劳动与资本》。另有一本英文书题目很长，我用英汉辞典翻译一下，是《德谟克利特的自然哲学和伊壁鸠鲁的自然哲学的差别》。我有些心虚地将书插回书架，默默从梯凳上爬了下来。

好玩的是，有一天我注意到工作桌前的杜姐也在翻看一本经济学中文书。那本书不厚，中间夹着书签，一页翻过去，书签便后移一页。以我的判断，杜姐这是在做提问的功课。不过她坐在那儿看书的神情既专注又落寞，像一个回到羸弱里的女生。我当时心里一动，很想过去抱住她的脖子。但我没有这么做，因为我隐隐觉得，此刻她正在复习跟前男友的旧事。

又一个星期二下午，教授按点儿走进书店。

教授在阅读区长桌前坐下时，旁边还有两位阅读者——是一对学生模样的男女，看书似乎有点心不在焉。我不知道这对学生要待多久，有他们在，是不方便聊天的。

时间过去一个小时，那对学生还没走，教授也在埋头看书。我心里有点着急，上次的念头又溜出来。我想给杜姐一个建议，早点打烊一起去喝咖啡。为了给这个建议探探路，我走到杜姐跟前先嘀咕一句，意思是那俩学生应该到西湖边牵手去，干吗老在这儿泡着呀。杜姐瞥我一眼，似乎看出了我的小心思。她摇摇头说，两个人待在一起看书不好吗？我觉得挺好。

这样说过话，杜姐起身离开，手里拿着烟盒。我知道她是去后面小园子抽烟去了，没有在意。又过一会儿，我扭头望去，发现教授的座位是空的。我愣了一下，等着教授从洗手间出来。等了五分钟，教授不肯现身。

我拎了热水瓶去阅览区，给那俩学生续了水，又把教授的杯子加满。现在我知道，教授已被杜姐唤去小园子，听她说一些话。她也许会说已故男友的甲乙丙丁，譬如他的留学经历、两个人的相爱、他又是怎么死的，然后帮他提几个经济学问题。说完这些话，她会点上一支烟，听教授的解答。教授的解答温和耐心，因为他是讲给一个年轻死者听的，这个年轻人死去时比他女儿大不了几岁。

这么想着时，我的样子一定很沮丧，或者说有点傻。这些天我一直等着这一场谈话，眼下谈话来了，我却不能参与。对此时的他们来说，我像个不重要的边缘人。

我失望地走回售台，把身子丢在椅子上。我当然也可以捏着烟盒去小园子，好歹听一耳朵，但不用说，这样丢下售台挤进他们的谈话显然不好，至少是有些突兀的。

正胡乱想着，杜姐的身影出现了。我眼睛张大一下，瞧着她走回来。杜姐凑近我说，把店门关上。我花了两秒钟才反应过来，说提前打烊，去喝咖啡？杜姐说，不是的，教授给我们上课，上个小课。我不明白地看着杜姐。杜姐说，我提的问题有些大，几句话解答不了，他干脆给我们好好讲一讲。我说，上个小课……为什么要关门呢？杜姐说，你不是也想听吗？你如果守在售台这里，就不关门。

我不吭声了，走过去把大门关上，只留了门缝，然后跟还在店厅里的买客一一解释。有一位买客听说教授临时讲座，起了兴趣要求留下来。那两位男女学生也声称可以不离开。

就这样，有五位听课者坐在了阅读区长桌前。杜姐还备好纸笔做笔记状，弄得跟真的上课一样。

教授站在那里开始了解答问题式的讲课，他讲的是经济学知识，一开口便从亚当·斯密《国富论》起步，显得比较高深，但听着并不觉得迷糊。讲课过程中，他的眼睛不时从五位听课者的脸面划过，有时还在杜姐的脸上逗留一下，似乎回应着之前她提的某个问题。因为这种感觉，我脑子一恍惚，觉得现场还有一位隐身听课者——我当然指的是杜姐已故男友。

教授讲了约四十分钟，差不多一节课的时间。他讲完了刹住嘴巴时，大家一齐鼓掌，好像每个人都听懂了似的。随后几位听课者散去。我给教授递杯子，教授喝了一口，也拎起提包告辞。我随杜姐将教授送到门口。

我们回到阅览区，桌子上躺着杜姐记录的几张纸。杜姐掏出一支烟点上，吸一口递给我，自己又点上一支——此时我们似乎忘了店厅里是不允许抽烟的。杜姐轻轻地说，我再看一遍。她一边抽着烟一边对着笔记又细阅一遍，还顺手更正了一些字。完了她抬起头，将记录纸推给我。

在这个有点特别的星期二下午，因为杜姐的郑重态度，我用耳朵和眼睛两次领教了教授的经济学分析。这些分析占满了整整五页纸：

首先记住，经济学最核心的是要解决财富增长和分配公平这两大问题。

先从亚当·斯密《国富论》说起。亚当·斯密是英国人，他在1776年出版了《国富论》。1776年，这是人类历史上非常关键的一年。这一年，瓦特发明了改良版的蒸汽机，工业革命爆发。新兴资产阶级对自己信心爆棚。

《国富论》的核是什么？就是分工和自由市场交易可以创造巨大的财富。《国富论》一上来就举了一个流传至今的经典案例：以前在传统的手工作坊里，一个工匠一天可能做几十枚铁钉，但一个现代化工厂进行了细致的分工，一天可以生产几万枚铁钉，生产效率一下子得到了上百倍的提高。而专业化的分工是基于庞大的、自由的市场交易，这么多铁钉，不扩大自由贸易怎么卖得出去。全世界有好几亿人，一年可能需要十多亿枚的铁钉。正是在这个理论的基础上，亚当·斯密提出了最著名的“看不见的手”的论断。在个人利益的驱动下，每个人专注于自己擅长的工作，然后把做出来的产品互相交换，所有人都能够得到好处，于是这个社会经济一定快速向前发展。所以，亚当·斯密主要讲的是经济增长问题。

亚当·斯密这一理论被欧美一批经济学家拿去，形成了西方的资本主义市场经济理论。可以说，今天西方经济学那一帮人都是《国富论》的徒子徒孙，包括最著名的奥地利学派的哈耶克和芝加哥学派的弗里德曼。哈耶克是偶像派，粉丝很多，他主张降低国家角色的功能，防止经济集权主义。弗里德曼是实力派，他提出了货币需求理论，主张货币创造需求。他们倡导的自由经济思想这些年帮助了美国的经济增长，也使得美国凭着一身肌肉行走江湖，并在与苏联的PK中赢下一局。但西方经济学家不能解决另一件事，就是财富的公平分配。

分配理论的源头仍要在《国富论》里找。亚当·斯密除了讲分工和自由贸易之外，也提出了另外一个问题，就是商品的价值来源问题。但他没有讲深，点到为止，结果给自己的自由市场理论挖了一个坑。而马克思正是在此入手，衍生出了自己的政治经济学。

亚当·斯密认为不同的商品之间能够交易，是因为生产商品都需要付出人的劳动，所以劳动时间是衡量商品价值的标准，这个解释后来成了马克思主义剩余价值理论的根源。提出来这个理论之后，亚当·斯密就不再说这个事了。

马克思在此基础上提出商品分为使用价值和价值的概念。使用价值就是这杯茶可以解渴，穿的衣服可以增暖。价值是凝结在商品内的无差别的劳动时间。那么必然得到一个结论，劳动创造价值，商品的价值都是由人的劳动创造。这又必然得出一个结论：人类社会最公平的分配方式，就是看你为这个社会财富贡献了多少价值。

马克思拿这一理论去分析当时的欧洲社会，发现理论跟现实严重不符。在分工的流水线上，工人每天汗水奔流地干活，创造了价值，但谁分配到最多呢？不是工人阶层，是资本家，是拥有生产资料的人。资本家过着富得流油的生活，工人们却在生存线上挣扎。为什么会这样呢？就是因为生产资料被资本家占有了。马克思认为，造成这种人剥削人的制度的核心原因，就是生产资料的私有制。所以他提出五个字：消灭私有制。那怎样才能消灭私有制呢？和平说道理肯定是不行的。马克思说，推翻资产阶级的政权，建立社会主义国家，建立一个生产资料公有制的社会。马克思所设计的社会主义，就是生产资料的社会化。

现在我们知道了，从亚当·斯密《国富论》出发，发展出了两个理论流派。一个是西方资本主义自由主义市场理论，用力要解决的是财富增长问题。一个是马克思的政治经济学理论，用力想解决的是分配公平问题。

苏联建立后，真的把所有生产资料变成了公有制。劳动者在工厂工作后领取劳动工资，但剩余价值归公，由政府统一分配使用，按劳分配也变成了现实。但我们注意，苏联把《国富论》的另一面思想——自由交易制度取消了。由国家统一指令来组织生产和统一财富分配，成了苏联社会主义的发展模式。

现在我回答你今天最主要的提问：从经济上说，苏联为什么解体？以我的反思，可以找不少原因，譬如计划经济无法估计消费者的消费欲望，缺少市场与资本，使得轻工业和重工业无法形成有效的循环等等。但最核心的是：官僚体系的腐败堕落。

在那个时候，苏联生产资料所有权名义上在整个工人阶级手里，但实际控制者是整个官僚精英集团。他们在某种程度上占有了剩余价值利益的分配。事实证明，至少很大一部分苏共干部，利用了当时的经济体制，把工人们创造的剩余价值捏弄一番，变成官僚集团自己享受特殊待遇、腐化生活的财富水龙头，想要了就拧开。当然，与此相配套，这个官僚集团也形成官僚主义作风，使生产过程缺少公开的竞争，让苏联在新一轮技术革命的较量中全面败下阵来。所以说，苏联建立了新的经济体制，但并没有实现马克思所希望的分配公平设想，越走越偏离了。

所以仔细想一想，这不是马克思的错。马克思经济理论已经out的说法是站不住脚的。马克思一生写了1974部（篇）论著，简直像大海一样，最后他是死在家里书桌上的。对这样一位学者，我们要做的应该是真正去弄懂他。为了说得更清晰些，我们把上面所述的关键要点重新捋一遍。作为政治经济学家，马克思的深层想法是：这个社会太不公平，占社会大多数的底层人民，一年到头辛苦工作、不得休息，却连基本的生活都无法维持，而这并不是因为他们生产不出足够的物质财富来分给大家。有极少部分人，不需要怎么辛苦就可以过着穷奢极欲的生活，也不肯多分一点点给底层人群。这种社会现象，必须加以改变。

这是马克思经济学的核。人类社会和经济学又发展了一百多年，在马克思的理论中找到过时的或缺陷的东西并不难，但这个核心思想仍是立得住的。

先看东方。过去中国经济只讲究平均分配而不追寻财富增长，走了很大的弯路。眼下中国经济依靠市场的自由和开放，以很快的速度向前奔走，初步解决了财富增长的问题。但是，现在很多人对自己的生存状况并不认可，整个社会积累了挺大的怨气。勤劳致富、付出总有回报的理念正在被淹没，而投机取巧、追求一夜暴富的心态正逐步占据主流。造成这种现象的原因是清楚的——分配不公。许多年过去，社会进程的一个难点又回到了分配问题上。

再看西方。经济上取得很大增长，财富积累得那么多，而且权力阶层让出一部分利益对自己的制度做了改革。但无论是周期性的金融危机，还是阵发性的社会冲突，都指向一个大的问题，阶层分化，基尼系数在增大，不公和歧视仍在各个角落游走。是的，他们始终未解决好、现在仍然挠头的难点，也是社会财富分配不公的问题。

几年前的世纪之交，英国BBC在全球范围举行过一次“千年思想家”网上评选，哈耶克和弗里德曼连尾巴都没有排上，达尔文排第四，牛顿第三，爱因斯坦第二，得票最高的是马克思。与此同时，剑桥大学文理学院教授们也以投票方式进行推选，将“千年第一思想家”给了马克思。

现在我们知道，东西方两种制度的竞赛和冲突，一方坚决守住马克思，另一方也高看马克思。马克思一直在看着世界的进程。

看完笔记，我抬起眼睛说，记得挺周全的，像一篇文章。杜姐说，是教授讲得周正，有板有眼的。我说，有板有眼了，看上去就有些套话味道。杜姐说，你不懂经济学，就会觉着问题讲得太大。我说是啊，讲的都是大事，跟咱们有啥关系呀。杜姐不言语，使劲嘬一口烟。我嬉笑着脸又说，总不能讲你是老板，剥削我的剩余价值，然后我反对你推翻你。杜姐把烟雾从嘴里吐出，说，这纸上说的事跟你没关系，可跟夏小松有关系。夏小松的名字一出现，我的嘴巴静下来。杜姐说，夏小松要是活到现在，他一定会觉得纸上说的事跟眼下的现实有关系，一定会觉得马克思在瞧着此时的中国。对的，他是爱想事儿的人，他会这么想。我接一嘴说，你讲过的，他是理想主义者……嘿嘿，他像一个传说。杜姐说，传说？对我来说，夏小松可不是什么传说！他躲在我的一个个日子里，他妈的他把我的日子弄得不一样了！

我不吱声了。我当然知道自己在杜姐的情感史里占不了好位置，但夏小松的每次出场都带着一股子劲头，到底让人有点沮丧。我的意思是说，自己心里对夏小松虽然好奇，但免不了也有点醋酸的感觉。我在脑子里用一下力，想搭出一个男人的模样，没有搭成。我说，我问一句，夏小松长得帅吗？脸上是不是老挂着思考？我握紧拳头将胳膊弯向脑门，做一个雕塑《思想者》的造型。杜姐嘴角掠过一丝笑，把口中的烟慢慢喷向我的脸。

这天晚上店门没有再打开，我们在外边用了餐。因为比平时早，我寻思着要找点儿什么活动，被杜姐否掉。她瞧着我的脸说，我要回家。

她说这四个字的时候，我并没意识到其中的伏笔。

我陪她坐公交车去城西。路上两个人先是站着，中途有了一个空位，杜姐坐下很快闭上眼睛，像是累了又像是想着什么。路灯的橘光在她脸上晃过去，又晃过去。

到了目的站，我们下车往前走。走到小区门口，我收住脚步，像往常一样做挥手告别动作。杜姐说，你不是想见夏小松的模样吗？我愣一下。杜姐说，今天我准了你。我又愣一下。不过再痴呆，愣了两下我也悟过来啦。

我随着杜姐进了小区，从一幢楼坐电梯上到二十五楼。杜姐掏出钥匙打开门，脑袋一摆让我进去。这是我第一次踏入该屋子，目光有点兴奋。屋子不大不小，二室一厅。客厅里摆着麻布沙发，站在沙发旁望出窗外，能看到浓浓淡淡的灯光。我说，这是这幢楼的最高层吧？杜姐说，上面还有一层，面积大买不起。我说，你喜欢住得高？杜姐说，住得高容易透气，天空也显得近。我暗自一笑，透个气有啥容易不容易的，天空有啥近不近的。

杜姐说，见一下人吧。说着往卧室走去。我随在她身后，进了门直接走到床前——原来柜台上支着一个杂志大小的相框。相框里是一对年轻男女坐在麦当劳餐厅里的合影，周围有一些俄罗斯人的脸。不用说，这是十几年前的杜姐和夏小松。从照片上看，夏小松戴着眼镜，但五官长得疏朗，文气中又有些犟气。两个人依贴一起的样子挺快乐。我忽然有些明白，以前杜姐不让我进家门，是因为她把这屋子视作他们俩的专属地，她每天夜晚一定是在夏小松目光的安慰下入睡的。

杜姐瞅着照片，不言语。我不知道说什么，也不吱声。一种有点奇怪的沉默出现在照片内的两人与照片外的两人之间。

过一会儿，杜姐动一动身子，手里已拿着那几张笔记纸。她说，知道我想干点儿什么吗？没等我答话，杜姐又说，我要把纸上的话烧给夏小松。我以为是“捎给”，就点点头，等着她诵读。她转身拿来一只玻璃烟缸，搁在相框前。我明白了，掏出打火机递上。

杜姐“啪”的一下摁亮打火机，取一张纸点着，放进烟缸里。一团火蹿上来，又矮下去。她将纸接上，一次次放在火中。火团上上下下几回，慢慢安静了，变成一摊黑色的残屑。

杜姐闭一闭眼又弹开，轻轻呼出一口气。她说，你先出去吧，让我一个人待一会儿。我“嗯”了一声——这时我不能说反对的话。

我走出卧室来到客厅，不知该做什么，就坐在沙发上想抽根烟。烟掏出来了，才记起缺着打火机，只好作罢。这样傻乎乎地待了片刻，杜姐出来了。她走到沙发跟前，盯住我的脸说，知道我现在想干点儿什么吗？没等我答话，她说，我要……have sex 。我怕自己又听错了，有点发愣。

杜姐走过去关掉灯又走回来，坐在沙发上开始解衣服。我身子激动起来，双手伸过去想帮助杜姐，暗色中却跟不上节奏。我只好把手撤回，忙乱脱掉自己的衣物。还没脱净，杜姐柔软的身段已贴过来，把一股温热的鼻息喷到我脸上。我赶紧甩掉还套在胳膊上的衬衫袖子，使劲搂住了她的身子。

在她的呻吟声到来之前，我抽空看了一眼窗外。从高楼望出去，天空的确显得更近——因为我看到了几颗星子。

# 七

随后日子里，教授来书店的次数减少了。据说他开始写一本书，在学校上课后，需要去图书馆查资料。

郑雨的书仍没有卖出一本，不过隔一段时间我会从书架上抽走一本放起来。这样一不留神教授踏进店里，只要走到书墙前，就能看出《听雨》的数量变化。

那个时段里还有一个变化，就是我交费去学开车了。每回坐杜姐的车，我挺不满意自己只待在副驾座上。学车的念头经过一个冬天的培养，终于在天气暖和后成为行动。

练习驾车的日子，我不能把上午的时间花在床上了。我要比平时早起两三个小时，用过早餐后赶到沈半路的一个驾校。指导我的教练是个宽鼻子中年男，个子不大脾气却不小，动不动就呵斥我。我很不习惯，忍了几天差点回送他一顿暴骂。后来一打问，才知道教练们都是一个德性，嘴巴粗鲁是为了促进学员。妈的，原来驾校教练是个骂人还有理的职业。不过听这么一说，我心里火气消了不少。

如此上午学车下午上班，日子过得就有些匆忙。晚上躺在床上，我还在脑子里盘点自己的存款，琢磨着该买一辆什么价位什么牌子的车。当然啦，我也不可以太自力更生，得从父亲那儿扒点儿钱。是的，他不能什么都不帮我的忙。

学了近一个月，我的驾驶动作渐渐入门，教练给的呵斥声也越来越少了。一天上午，我在场地里练习倒库，把车子一遍遍地开出倒进。接近中午时，我下车收工，走了几步，一眼望见前边站着一位风衣女子……是杜姐！我一愣又一喜，学车这么些天，杜姐偶尔会用嘴巴关心几句，却从未光临现场指导过。

我迎上去，扮酷地扯一扯嘴角，等着杜姐的一句表扬。但杜姐没有。她淡淡地看我的脸，一摆头说，咱们车上说。说着转身向停车场走去。我追上几步，想搭话没有搭上。

上了车子，两个人坐定。我说，怎么啦，这么严肃？杜姐说，章朗，我上午去医院了。我说，你病了……不会吧？杜姐说，给我一支烟。我急忙掏烟点上，递给她。她将烟塞进嘴唇，似乎僵了一下，又把烟取下掐灭，然后说，章朗，我有了。我说，什么有了？话刚问出口，已经明白了，一阵慌乱从我脸上跑过。杜姐扫我一眼说，你挺紧张的。我点一下头。杜姐说，没一点儿高兴？我又点一下头。杜姐说，你的反应跟我想象的一样。我很慢地眨一眨眼，说，太突然了，有点措手不及。杜姐说，给你五分钟消化一下，然后再说话。我不吱声了，脑子里出现一些念头，老鼠般地爬来爬去，一时却抓不住。这个时候抽支烟比较好，但我知道已经不可以了。

过一会儿，我似乎从“突然”中出来了。杜姐说，现在怎么样了？我说，还是挺紧张的。杜姐说，仍没有一点儿高兴？我说，好像没有。杜姐说，那我知道了……行啦，咱们去吃饭吧！我说，等等，话没说完怎么能去吃饭呢。杜姐说，你还想说什么话？我木了几秒钟，根本找不到话。杜姐笑起来说，瞧你那模样，都吓傻了。她一出笑声，我轻松了一些，我解释说，我是第一次遇到这种事儿。杜姐说，你以为我是第几次？我他妈的也是第一次！说着她发动了车子。

在快餐店匆匆吃过午饭，杜姐说自己有点累，下午不去店里了。我坐上车搭一段路。路上她调出音乐台，放着一首接一首的流行歌曲。到了文三路口，我下车，她向西回家。

下午在店里有些心不在焉，觉得时间过得慢。好在店厅里人不多，我可以时不时地溜到小园子抽烟。抽着抽着，我想到了一件事：一整个中午，我没有及时给杜姐一个拥抱，不仅少了拥抱，连一句安慰的话都忘了给她。作为一个男人，我的表现很不及格。活在日子里，我老觉得自己是一个无所谓的人，不想一遇上事，就变成有所谓的人。我算是错看了自己。

这种懊丧的情绪之后便陪着我，从下午一直到晚上。夜晚在家上了床，我拿起一本杂志乱翻，想让自己稳定下来，但没有奏效。随后我听音乐碟片，一盘朴树的《火车开往冬天》。我听到朴树用苍茫的声音唱一个故事：我梦到一个孩子，在路边的花园哭泣，昨天飞走了心爱的气球，你可曾找到请告诉我。那只气球飞到遥远的那座山后，老爷爷把它系在屋顶上，等着爸爸他带你去寻找。有一天爸爸走累了，就丢失在深深的陌生山谷，像那只气球再也找不到。这是个旅途，一个叫作命运的旅途……

这么听着时，隔壁响起父亲的咳嗽声。他没有带我去找气球，他也没有丢失在山谷里。他总是在我的旁屋待着，然后用咳嗽的方式提醒我把音乐声音降下来，或者提醒我该睡觉了。

可是此时我没有睡意。我离睡觉似乎还有点远。我调低歌声，看一眼手表，十二点十分。这个时间杜姐应该入眠了，但我还是捡起手机摁出短信：睡了吗？没过一分钟，手机"嘟"的一声，上面一个字：没。我赶紧问：那你在干什么？杜姐回：没干什么，坐在床头听歌。我写：我也在听歌，听了一个晚上。杜姐回：一个晚上过去，你想说点什么？我：我得说抱歉，白天没说，现在补上。杜姐：你抱歉什么？抱歉让我有了孩子，还是午饭没让我吃顿好的？我：白天我应该安慰你，因为这时候的女人总有点害怕的。杜姐：我不害怕，害怕的是你。我为自己辩解：我也不是害怕，我是不知所措。杜姐：你的反应确实有些可笑，像闯祸的样子。我：是的，我今天有点瞧不起自己。杜姐：章朗，其实最主要的是，我们相互不爱。

又回到老问题了。我停止手指摁动，有点发愣。杜姐又追来一句：因为不爱，所以紧张，所以害怕，所以没一点儿高兴。我想一想，回去一条：我不懂，说不爱你，可我又喜欢你，恋着你。杜姐：将来有机会，你生死爱一回就懂了。我：你经历过你懂了，又不肯去爱别人了。杜姐：不爱，但可以相互取暖。我：取暖只与身体有关，对吗？杜姐停顿一下。我又写：可是咱们之间不仅仅只有身体的情欲，对吗？杜姐：有些问题需要时间，不用马上去回答，现在马上要回答的是肚子的事。我：我知道，对这事你已经准备好答案了。杜姐：章朗，你不要躲掉责任。我：我没有躲，我一个下午一个晚上都在想这件事。杜姐：你想到了什么？我：刚才我听到朴树的歌，一个小孩把气球丢了，父亲去山里找，把自己也弄丢了。杜姐：什么意思？你是小孩还是父亲？我：我有些恍惚，开始我觉得自己是小孩，后来又觉得自己是父亲。杜姐：是的，你不是小孩了，你现在的身份是父亲。我：可是，我的父亲身份很快会丢失。杜姐：我明白了，这就是你的答案。我：我猜这也是你的答案。杜姐：先说你，这件事让我看出了你的不勇敢。我：我承认我有些懦弱，我承认我还想当小孩。

杜姐不搭话了。她也许伤心也许失望，但也许我的态度支持了她的决定。过了半晌，她回复：好吧，让你的父亲身份很快丢失吧！

定下不要孩子的主意后，我宽了心，一夜睡得无碍。第二天醒来跟杜姐短信几句，也能感觉到她的轻松。她说已准备好心情，过了周末就去医院。

周末店里生意要忙碌些，平常不出校园的学生会出来逛一逛，社会上的爱书分子也会过来串串门。所以周六周日卖出的书，比平日多一倍还不止。

周日晚上打了烊，我问杜姐累不累，要不要吃点儿什么。杜姐说有点累，消夜就省了吧，反正肚子里的东西不用喂养了。她这么一说，我有些语塞。停了停，我说，啥时去医院？杜姐说，周一医院最忙，周二吧。

接下来的情景有点突然。我收拾好东西等着一起往外走，被杜姐止住了。她盯着我说，去了医院就得暂停一段时间，我现在想要。我心里一愣，痞了口气说，你不是说有点累吗？杜姐说，我不怕累！我说，可是……你肚子里有东西，合适吗？杜姐慢慢地一笑说，没啥不合适的，也许还能省下一笔去医院的钱。

我丢掉手里的提包，搂住杜姐的身子。现在，她不是沉静的老板而是柔软的女子了。我拥吻着她走到阅览区长桌旁，手脚一下子变得很勤奋。我将书柜里的被子扯出来铺在桌上，然后一件一件撤下她的衣裳，又囫囵吞枣脱掉自己的衣裳。

没有了衣裳的杜姐显得光滑轻盈。我将她抱起来搁在桌上，跟着让自己也蹿了上去。

情调很快形成。我跪立在她的上方，瞧着她白皙而扁平的肚子，心里有一种卸去压力后的轻松。轻松让人气爽，推动了我的斗志。就在我要启动的时候，杜姐将双腿并住，弹开闭着的眼睛。我嘟囔一声，怎么啦？杜姐说，给起一个名字。我说，什么……意思？杜姐说，虽然只活了一个多月，也该有个名字的。我明白了，再次看看她的肚子，说这有意思吗？杜姐说，有意思，至少是个纪念。我说，那就起个名儿吧，不要姓。杜姐说，你舍不得拿出自己的姓？我说，用了我的姓，就像真的有了个儿子又没了，感觉不好。杜姐说，为什么是儿子而不是女儿？我说，为什么是女儿而不是儿子呢？杜姐说，行吧，我不反对是儿子……你给起一个。我想一想说，既然是为了纪念，就叫老纪好了。杜姐忍不住笑了说，老纪？你他妈管一个多月的小东西叫老纪？我说，为什么不可以？这个时候还让我穿上衣服去找字典吗？杜姐摸一下自己肚子说，行吧，我不反对这个名儿。

在这个春日的晚上，我和杜姐就这样赤裸着身子，给此刻也许在旁听的小东西起了个名字。

周二上午，我陪杜姐去了医院。这是一家妇产专科医院，位于古墩路，离杜姐家近一些，做了就回去休息。

我们在医院里走来走去，花了一个小时做B超、验血、心电图检查，然后被允许人流。手术有两个套餐，价格相差一倍。我点了贵的。

之后是排号等待。手术室外的椅子上坐了许多人，有些是一对男女，有些是单独女人，大家都不爱说话。我和杜姐也不说话。杜姐闭着眼睛，似乎在养神，又似乎在想着什么。我的手没事干，把病历翻来翻去。上面的字潦草又无趣，但帮我展开对手术室的想象：杜姐走进屋子，换鞋换衣服，然后躺到指定床位上；护士麻利地绑住她的双腿，麻醉师将药水推进她的身体；她盯住天花板，麻痹的感觉一段一段往下走，很快覆盖了全身；待她醒来，扁平的肚子仍然是扁平的，但小东西没了，只留下老纪的名号……

终于轮到杜姐，这次我没忘了安慰动作。我搂一下她的肩膀，又拍拍她的后背。她慢慢走过去，随一位护士进了手术室。

现在我成了单独男人，周围不是依偎着的男女，就是孤零零的女人。他们中的一部分目光时不时要看一眼手术室，我的身子恰在这些目光经过的半途上。我起身离开，去了洗手间，完了又拐到院子里，掏烟点上。我瞧见院子里走过一些人，其中不少是大肚子的女人。她们的肚子有的大一点，有的小一点。我弄不懂大一点的是几个月，小一点的又是几个月。我对这些事总是弄不懂。

抽完了烟，我返回大厅，往手术等候区走。还没走近，已看见杜姐静静地坐在那里。我赶紧奔过去，说做完啦？这么快。杜姐说，你先坐下。我便在旁边坐下，眼睛盯着她的脸。她的脸并不苍白，但有些倦意。杜姐说，刚才我在手术台上躺下，脑子里忽然飘过教授女儿的话。我说，郑雨？她的什么话？杜姐说，你还记得郑雨遗书上的话吗？她说爸妈你们要是伤心，就再生一个孩子吧，长大了替我看看这个世界，看看中国和美国。我说，那不是女学生离谱的话吗？杜姐说，不离谱，后来教授他们俩努力了几把，没努力成。我说，想到这个你就从手术台上下来啦？杜姐说，是的。我说，那你眼下准备怎么办？杜姐说，我想马上给教授打电话。我沉默一下说，杜姐，你的想法真疯狂！杜姐说，不疯狂，我要跟教授他们谈谈，是的，我要跟他们夫妻谈谈。

杜姐掏出手机查找教授的联系号码，很快找着了。她站起来走到旁边静处打电话，说了好一会儿话。我望着杜姐的身影，心里有些飘忽。是的，和杜姐在一起，我经常跟不上她的思维节奏。

杜姐打完电话回来，告诉我已跟教授约好，现在就去他家。她有点兴奋，脸上的倦意似乎消失了。我傻乎乎地指出，我们已付了手术费，而且是高档套餐。杜姐说，从教授那儿补回来，他会请我们吃大餐的。

这个上午就这么荒诞拐了个弯儿，从医院通向教授的家。

当我们来到教授家门口时，已近中午。敲开房门，教授和夫人都站在那里迎候，态度认真且迫切。进了客厅坐下，教授夫人一边给我们沏茶，一边竖起耳朵。杜姐没有扭捏，将自己肚子的情况讲了一遍。她说上午本来去做手术的，临时改变了主意。夫人说，为什么改变呢？杜姐说，麻醉针都拿过来了，这时我突然记起郑雨遗书上的话，我想你们也许需要一个孩子。夫人说，为了我们，你愿意把这孩子生下来？杜姐说，你们乐意，我就愿意。夫人说，太突然了，我有点蒙。老郑你是不是有点蒙？教授说，不着急，咱们一起把思路捋一捋。

夫人静了静，脸上似乎出现十万个为什么。她说，我不懂，我不懂的太多了。你们为啥不留着这个孩子？要是没结婚，赶紧把婚礼补上，这有难度吗？我们收养这孩子，你们需要多少经济补偿呢？我今年四十九岁了，你们认为我养得动吗？孩子放在这里，头一年你每天过来哺乳吗？孩子长大一些，你们会经常过来探望吗？

夫人还想问下去，杜姐把手掌一竖，说一切的问题只有一个，你们需要不需要这个孩子？半晌不说话的教授开口了。他说，那我也只问一个问题，马斯洛理论告诉我们，任何行为都是有动机的，动机源自需求，你这么做的需求是什么？杜姐说，我的需求也是郑雨的需求，她希望有个后人去见证。教授说，我好像明白了。夫人说，可是我不明白，我心里在斗争，我不知道该不该激动，该不该高兴。

教授沉吟一下说，对不起，给我们一点时间。他拍拍夫人的肩，示意离开去商议。两个人起身去了卧室。

我们端起杯子喝茶，同时去看电视。电视上有韩剧，教授夫人应该在我们敲门时摁了静音。现在屏幕里一辆红色的车在爬坡，似乎还放着音乐，却发不出声音。开车者是位年轻女人，一个特写镜头，平静的脸突然吓了一跳。刹车开门，原来硌到一块石头。她吃力地搬开石头，上车继续驾驶。乌云飘过，雨憋一会儿没憋住，哗哗下起来。雨刮器积极地刮来刮去。天空闪过一道闪电，让年轻女人的脸白了一秒钟。她一只手把着方向盘，一只手掏出手机使劲说话，只是没有声响。

有声响的是那边卧室。里面已对话了一杯茶的工夫，这既是一个男人和一个女人的对话，也是一位经济学教授和一位韩剧爱好者的对话。低语的对话之中，终于响起嘤嘤哭声。哭声像在爬坡，渐渐升高，传出来时含糊又清晰。

我看杜姐一眼。杜姐又喝一口手中的茶水，放回桌上，说咱们走吧。我说，不等啦？杜姐说，不等啦！我说，总得打声招呼吧？杜姐摇摇头。

我们出了屋子将门轻轻带上。电梯很快来了，我们进去分站两边。杜姐微叹一声说，估计错了，我以为……我说，他们想要一个孩子，但不想要别人的孩子。杜姐不言语了。我说，咱们还去医院吗？

电梯打开，杜姐走出去。我追上一步又问，咱们还去医院吗？杜姐说，不去了！我急着嘴还想说什么，杜姐的手机响起铃声。

是教授打来的，他在说明。等对方歇了话，杜姐说，是的，不用等了，我已经改变主意。孩子在我肚子里，我有权利替他做一个新的决定！杜姐又说，谢谢您郑老师，谢谢您上次的讲课！

# 八

杜姐新的决定，便是将孩子生下来送给她自己。

我比较生气。在这件事上，我没有愉快过。杜姐说孩子在她肚子里她有这个权利，可我呢，她想过我的权利吗？坐在教授客厅时，我就一脑子的迷糊和抵抗。想想一个跟我有关系的孩子在这屋子里跑来跑去，管教授叫爸爸，管夫人叫妈妈，我心里像有蟑螂在爬动。现在，杜姐一计不成又生一计，要让孩子匆匆忙忙走错了路似的踏进这个世界。怎么说呢，联合国高手再多，中国也有一票否决权。可在杜姐跟前，我的投票权似乎视同虚设。

与杜姐在一起，我脸上可以渗出不满信号，但有些言语掏不出来。不在一起躲在手机里，要说的话反而能够直截了当。这是我近日的心得。

晚上靠在床上，我忍不住给她发短信：这个决定不可修改吗？她回复：是的，这是我和老纪讨论后的最终决定。我不高兴了：可是我没有参与讨论。杜姐：种下孩子与你有关，但生下孩子与你无关！我：你霸道！杜姐：对不起！我：你说说你做出这个决定的理由。杜姐：

我似乎已经表达过了，我要再说一遍吗？我：我理解能力差，我要看到文字。杜姐：我这辈子也许不会结婚了，老纪可能是让我当妈妈的唯一机会，这是其一。我：你怎么不说老纪是上天派来什么的。其二呢？杜姐：你不让老纪姓章，好吧，我准备让他姓夏，想到这一点我会心跳。我：我懂啦，原来教授不领养你就安排夏小松领养了。还有其三吗？杜姐：十年后，老纪会到俄罗斯待些日子，瞧瞧莫斯科的变化；二十年后，老纪会到美国留学，他在那里会时常跟父亲夏小松对话。我：孩子还没生下来就说十年二十年后的事，不是个笑话也是个梦话。杜姐：这就是你不能成为老纪父亲的原因之一。我：老纪的父亲不是我，那我是谁？杜姐停顿一会儿，回复：我是谁属于哲学问题，我没法参加讨论。杜姐以偷换概念的方式潦草结束了谈话。

第二天上午我还没醒透，手机"嘟"的一声。杜姐发来一句话：昨夜我做梦了。我睡眼惺忪地摁出几个字：梦见什么啦？杜姐回复：一只气球在山上飘，飘到了房顶上，有人爬上去拿在手里，像跳伞样降到地面，交给了小孩。我问：那个人是夏小松吧？杜姐：呵，你猜出来了。我：说这个梦有意思吗？我还睡着呢。杜姐：我只是想告诉你，这是第四个理由。

不过下午上班的时候，我们不说这件事了。在店厅里，她是老板，我仍是打下手的员工。我们没法辩论一个容易让购书者偷听的话题。更重要的是，我明白自己难以涂改杜姐的想法。

店里的生意没有坏下去，也没有好起来，空闲的时间还是不少。

我注意到杜姐开始讲究吃了。她买来一堆零食备在抽屉里，一边看书一边时不时地往嘴里塞一块东西。晚饭她拒绝再到外边吃便餐，而是自己买来肉菜在小园子里烧煮，即使厨具简陋，也能很快弄出三菜一汤或四菜一汤。吃了一些日子，她肚子未见突显，脸面倒渐渐丰润起来。我的嘴巴因为沾了光，就表扬菜做得好吃，又夸她对吃的态度。杜姐说，年轻时我才叫能吃呢，曾吃出一个胖妞来。

当然，她早已戒了烟，也不允许我在她跟前抽烟。有一次我上洗手间蹲位，顺便吸了一根。回到售台刚坐下，她就过来敲打我，说以后不许在里边吞吐了，一股怪味儿。我说怪什么味呀，又不是吸毒。杜姐说，书上教导，孩子在肚子里长三个月后，就对异味儿有感觉了。我嘿嘿地笑，洗手间的异味应该是马桶里出来的吧？杜姐说，别废话，你不能惹老纪不高兴！

为了让老纪多吸几口好空气，杜姐会在打烊之后去西湖边散步，并指示我陪随身旁。我们从北山路进入，在岳庙边停妥车，沿着苏堤一路慢行。走得有些累了，便在水边椅子上坐下。正是春夏交接时节，风吹在脸上挺和蔼。夜色中水浪一下一下轻拍在堤岸上，打出音节般的声响。我伸手搂住杜姐肩膀，让她的身子靠过来。她的躯体似乎沉重了一些，但反而有一种娇弱的手感。

在那一刻，我甚至产生一点儿错觉，自己能接受这个孩子生下来，自己也能与杜姐一起培养名为爱情的东西。想象一下吧，老纪侥幸出生后，很快长成一个两三岁的小小孩在店厅里跑来跑去，跑到杜姐跟前叫一声妈妈，跑到我跟前叫什么呢？也只能叫一声爸爸。然后呢，我们仨事实上组合成一体，被时间推着往前走，过一种平常的生活。这种平常因为有书店陪着，至少不那么平庸。

在西湖边坐着，情绪是容易变软的。是的，那会儿我心思真有点儿飘忽。

一天下午，我们摆放前一日的进货。我踏在梯凳上往书架里塞书，杜姐站在下面给我递书。一个不留神，我手中的书滑出去两本，一本落在她肩膀上，一本大约挨到她的腹部。我刚想乐，见她眉头一皱，丢掉书抚住肚子。我赶紧下来问怎么啦，杜姐说你砸着老纪了。我要扶她，她摆摆手，走到旁边椅子坐下。坐一会儿，她说不行，还是到医院检查一下。

我守着店，她一个人去了医院。说实在的，我心里有些忐忑，怕老纪真出什么差错。不安了一个多小时，终于等到杜姐的电话。她通知没事儿，老纪好好的。我说，没事儿就好，不然老纪会说我为难他。杜姐说，不过医生建议我不要开车，路上一堵会累着人，在家休息为上策。

随后一些日子，杜姐依着医生的话在家歇养了。我要去探看，被她挡住。她说，我有老纪陪着就行啦，想吃就吃想睡就睡，你来了我还得想着怎么跟你说话。她这是一半玩笑一半真想一个人静着。我可以想见，窝在家里的杜姐不会亏待老纪，她一定做许多好吃的，不等老纪饿了就热情地喂下去。吃饱之后会听音乐，会看电视，也会下楼去散步。晚上没事了，还可以站在阳台上瞧月亮。反正没有我没有书店，她照样过得不单调。这么一想，我有些没趣。自打有了老纪，我变得更不重要了。

过了两天，我起了个早，去超市买了一堆五花八门的吃物，然后坐车去城西。天气渐渐大热，到达她家楼下，我已经披了一身汗。

杜姐对我的到来竟然有点喜出望外。她用嘴巴指点，让我将吃物放入冰箱，让我擦洗汗脸，完了让我坐到沙发上看她的身材。此刻她穿着粉白色的吊带宽松裙子，朝我侧身而站，肚子明显地拱出。似乎为了满足我的眼睛，她还稍稍笨拙地转了一圈，使裙子贴着腹部展开。杜姐说，瞧见了吧？这就是一个标准孕妇的身姿，我现在的体重是以前的一点五倍。我说，看来你现在的心情也比以前好了一点五倍。杜姐说，跟老纪一起待着，我发现日子挺有意思的。我说，讲讲看，怎么个有意思？杜姐说，我们一起听音乐一起散步还一起看夜空。我眨眨眼睛笑了，这些都是我提前能想到的。杜姐说，我还给老纪朗读《资本论》。她从旁边小桌上取来一本书打开，用英语柔声读了起来，仿佛读的不是《资本论》而是一本诗集。读完一段，她换了一本俄文《资本论》，用俄语咕咕噜噜地朗读，声音高低起伏，也是好听。

我缓缓拍了两声掌，表示的是疑问。我说，这时候给老纪读这种大著作，他能听得懂吗？杜姐说，别说老纪我也不懂，我让他听的是声响。我说，俄语英语两种声响，老纪顾得过来吗？你会把他弄晕的。杜姐一咧嘴笑了，你这会儿倒记起替老纪操心了。我说，我不光是替老纪操心也想替你操心。她放下书看我一眼，也坐到沙发上。

我觉得该说点正题话了。我说，上午去超市买东西，脑子忽然就犯了迷糊，不知道自己是什么身份。杜姐说，章朗你啥意思呀？我说，我有点恍惚也有点尴尬。杜姐说，又是恍惚又是尴尬，背歌词呀。我说，时间一天天地逼过来，我得弄明白自己的角色。前两天我在想，等老纪生下来，咱们能不能顺水推舟过在一起。杜姐说，你说能吗？我说，也不是一定不能，我不乐意孩子出生，但老纪真的来了，我好像也能接受。杜姐说，能接受老纪不等于也能改变咱们的关系，你千万别说自己是个不讲究能凑合的人。我“嘿嘿”一笑说，我本来还真想这么说一句的。杜姐说，可我不是，我他妈不是那样的人！

杜姐收了话语，轻轻抚着肚子。过了半晌，她说，我琢磨好些天了，必须离开你；不离开你，咱们就很容易貌似一家人；又不能赶你走，你慢慢地真以为自己是男主人了；你在家里待着，老纪又不管你叫爸爸，那可真是恍惚又尴尬，对谁都不好。我点点头说，你这么一较真，我在你跟前确实不太好混了。杜姐说，所以我想把书店转让掉，转给别人也行，你接手也行，反正我得撤出来。我吓了一跳，说别呀，书店这么开着又不碍事，你我还是老板和伙计的关系，最多我不骚扰你就是了。杜姐摇摇头说，你不骚扰我，保不准我会骚扰你哩。我说，那也行呀，咱们就算是勾搭偷情，我不介入你和老纪的生活。杜姐说，你闭上眼睛想象一下，那是怎样的别扭日子，好玩吗？再说了，书店也赚不了大钱，一个人的时候当作寄存自己的地方，有了老纪，书店真的可有可无啦。我说，老纪老纪，多了个老纪我就被一脚踢开，什么都不是了。

杜姐笑了说，那行吧，为了安慰你受伤的情绪，现在允许你亲近亲近老纪。她示意一下，让我脑袋挨近她的肚子。我把身子挪过去，低了头贴住她隆起的腹部。先是空白的，什么声音也没有。再静一静耳朵，听到了咕噜咕噜的声响。我说这是啥意思，是老纪睡觉打呼噜吗？杜姐说，这是老纪在练习俄语呢。

我想瞧一瞧肚子，杜姐允许了。我撩起她的裙子，一只半圆的肚球亮出来，看上去粉红光滑。我伸手摸一摸肚球，又轻轻拍了一下，里边没啥反应。我说，老纪怎么不来点拳打脚踢，让我见识一下。杜姐说，老纪热爱和平，不跟你一般见识。我想一想说，见一面不容易，怎么才能让老纪知道我来过了呢？杜姐说，你在上面签个名吧。我探出手指，作势在肚皮上比画。

杜姐突然止住我的手指，认真着脸说，给你笔墨，真的签上名字。我说，别逗了，跟老纪闹着玩儿，来什么真的呀。杜姐说，我就要玩真的！说着起身去找笔墨。我只好像电视剧的人物那样耸一耸肩——我说过的，不少时候我的确跟不上杜姐的思维。

笔墨很快拿来了。杜姐仰靠在沙发上，把袒露的肚子摆好，做了个请的手势。我提着笔，有点心虚地说，我的字挺丑，老纪会不会嘲笑我？杜姐说，不会，老纪现在人之初性本善，还做不出嘲笑的表情。我把笔头对准圆球下方，一笔一画写下“章朗”俩字。杜姐说，不要停，再写上老纪两个字。我想说什么忍住了，低头研究一下，把“老纪”写在圆肚上方。杜姐说，还有我的名字也写上。我点点头，又添上“杜怡”。杜姐说，最后写一个名儿，夏小松。我的笔愣一愣，停在空中。杜姐说，写呀，夏小松！我默默提一口气，将“夏小松”写了上去。

现在半圆肚子以肚脐为中心，上下左右各占据了一个名字，空白的皮肤变得有点复杂。杜姐微笑着说，齐了。我说，什么齐了？杜姐说，与老纪有关的人。我不想接此话题，就不吭声地退后两步打量肚子。看了几秒钟，我“嘿嘿”笑了。杜姐说，你笑什么呀？我说，看上去像地球上各大洲被重新瓜分了一遍。杜姐“扑哧”一声也乐了，同时放下裙了盖住地球，站起身去了洗手间。

过上片刻，杜姐没有出来。又等了等，她仍不肯现身。我走过去推开洗手间的门，见杜姐脱了裙子站在镜子跟前——两个腹部隆起的女人静静对望，四个名字变成了八个名字。

我刚想幽默一句，发现镜子里的女人眼眶内有泪花闪动。我傻一下，赶紧将日光移向镜子外的女人——杜姐的眼中确实装满了泪水，只是不淌下来。

杜姐真的要出手书店了，或者转给别人或者转给我。我不想让别人得到，只好自己收受下来。其实我的暗中心思，是先替杜姐打理着，待她生好孩子转过念头，书店还是她的。

法人变更手续没有想象的那么复杂，无非在网上下载一些表格填好，再拿着一堆材料去工商大厅排队。排完两次队，书店名义上就成了我的。杜姐没和我具体商量转让费，更没提别的条件。我把准备买车的钱加上父亲的援助（他为我终于成为老板高兴了好几天），凑成二十万整数打入杜姐的银行卡。我还许诺等以后赚了钱再陆续补上——这一点听着像是虚晃一枪，好在我已做了让杜姐早日将书店赎回的打算。

当上所谓的老板后，我觉得自己自由了一些。我可以坐在卫生间内抽烟，也可以时不时地溜到小园子里放风。我还从电脑上下载一批民谣歌曲做成碟片在店厅里播放，让买客一进门便误以为踏进了音像店。有一次我整理抽屉，翻到那张杜姐收藏的《氧气》碟片。我把它放入自己的碟片箱里。

一天上午我又起了个早，到超市买了些东西去看杜姐。之前的两天，她把手机关了，似乎专心跟老纪聊天或读《资本论》。我想在电话里说几句书店情况，再问几句肚子进展，她不回复我。

到了小区坐电梯上去，摁了门铃，出现在我跟前的是一位高瘦女人。我以为走错楼层了，抬头看门号。高瘦女人说你找房东吧？房子租给我啦。我吃了一惊，问她搬进来几天啦？高瘦女人说，才两天哩，我这不还在收拾房子嘛。我说，房东搬哪儿住了？高瘦女人说，还用说吗？单身女人挺着个肚子，肯定得去娘家……好像是温州那边的一个镇子。我想一下说，她给你留联系号码了吗？高瘦女人说，你是她什么人？我晃一晃手里的购物袋说，你应该一眼就瞧出来了，我不是个讨债的……我是她朋友。高瘦女人笑了说，我也不怕你是讨债的，反正她的手机打不通，昨天我发现水龙头坏了，想问一声没问成。我试探地说，打不通倒好，至少不用担心来催房租了。高瘦女人说，哎呀呀，我房租可是交了一年的，到了明年时间一近，她电话还不追着来呀。

我还想问什么，找不到话头了，作为一个租房者，她也不可能知道得更多。不过我还是把自己手机号码留给了高瘦女人，让她联系上房东时顺便告诉我一声。多一个信息源嘛，我想。

没有信息。半个月过去，一个月过去，两个月过去，杜姐杳无消息。她像一本书插在某个书架的角落里，时间一长就不容易找到了。

我知道，杜姐是故意切断与我的联络。我还知道，她一定换了手机号码，以便把原来的日子变成历史。

凉意渐渐变浓，深秋的模样就出来了。一天我在小园子里抽烟，发觉树上的叶子掉了不少，空气中有一种沧桑的感觉。我忍不住去想，杜姐在小镇的日子过得好不好，老纪面世的时间是不是到了。我也许应该去那个叫昆城的地方看一眼，我对自己说。

我转身回到电脑前找汽车客运信息，原来杭州至昆城还真有直达快客，每天上午下午各一班，用时五小时。汽车五小时意味着无聊和疲劳，但我没有犹豫地在网上订了票。完了我给小圆脸打电话，让她上两个全天班，加班费双倍。嘿嘿。现在我说话已是老板的口气。

第二天一早，我直奔车站坐上了快客。因为缺觉，又因为免不了去琢磨老纪的出生，我在车上想想睡睡，时间倒过得快。中间在高速服务区撒了一泡尿，抽了一根烟，又继续上路。

抵达昆城已是下午两点，刚一下车，一辆三轮车马上骑过来停在旁边。车夫用一种奇怪的方言跟我说话，见我不懂，又改用普通话问我要到哪里。我有些犹豫，因为我手里没有杜姐的任何信息或住址线索，到这里只是碰碰运气。这个小镇又如此陌生，对我来说还只是一个名词。车夫批评地说，又不是痴呆老人，怎么说不出地址呢！我说，好吧，去昆城中学看看。昆城中学是在快客上琢磨出来的，我想所有从小镇考上大学的人都要从中学出发。不想车夫说，呀，那很远的，我走不了，你坐出租车吧。

坐上出租车才知道，昆城中学其实不远。远与不远，昆城跟杭州的认定标准很不一样。到了学校，先去拜访门卫。门卫说你找谁？我说随便哪个老师。门卫一听警惕了，说你这话什么意思？我说真的只是找位老师问问情况。门卫说你是记者吗？我说我哪是什么记者，我连记者的零头都不是。门卫说不是记者就好，那你在这儿等着吧。

很快大门内出来一位短头发的青年女子。门卫说不是随便哪个老师吗？这位就是呀。我便上去截住她，说了杜姐的情况。青年女教师说，什么时候毕业的？我算了算，说得有十七八年了吧。青年女教师说，那我哪能知道呀，我进来才七八年，使劲伸手也够不着。正这么说着，又出来一位白头发的男教师，青年女教师随即把我转让给了他。

我又第二遍介绍杜怡情况，说先在北京上学，后又到苏联留学，这样的学生在这儿怎么也不会多。白头发教师说，你讲的这位学生我倒听说过，好像留学回来待在了北京。我说，她从北京早回了杭州，现在又回了昆城。白头发教师说，那我真的没法知道，我是教数学的，不是班主任，再说这么多年我教了太多学生。他停下话，似乎在计算一个数字。过了片刻他说，我教了二十九年，一共教出了两千六百五十个学生。他马上又说，我是说大约啊。

我又打车回到镇子中心街区。站在喧闹的道路边，我的脸上全是迷茫。下午的阳光有点晃眼，我伸长脖子打了个喷嚏，然后掏出烟点上。因为光线明亮，街道上的路人气色不错，两旁的商店看着也挺精神的。我使劲想象一下，让眼前鲜艳的街道慢慢转暗，变成黑白照片。在黑白照片上，少女模样的杜姐轻盈地走过。是的，那时候的小镇一定是安静的，小镇里的杜姐一定是清纯的。昔日的杜姐和现在的杜姐差着二十年的时光，二十年的时光能装下他妈多少事呀！

正这么散着神儿，一辆自行车摁着铃声骑过，上面是穿白衣裳的姑娘，像一位护士。护士让我想到了医院。我脑子一醒，觉得自己可以去医院看看。

半小时后，我来到了昆城医院产科大厅。我不知道杜姐的精确预产期，也明白不可能恰好能遇上，但我还是认真问了护士台。大眼睛的护士查了电脑，也认真地告诉我，没有。

我在旁边椅子上坐下。眼前有一些人在走动，又有一些人围聚在待产室门口。他们有的着急，有的淡定，没有一个人像我这样一脸的茫然。我闭上眼睛，脑子里走出杜姐隆起的肚子，以及肚子上的黑墨名字。我自讨没趣地想到，几年以后老纪开始识字，杜姐在白纸上写下三个名字让老纪抄写。当然啦，那三个名字里没有我。我的名字将在他们的日子里淡去，像一只断线的风筝在天空中消失。

产房里有婴儿哭声传出，让待产室门口的人群兴奋起来。我站起身走过去，似乎也要领略一下那初来乍到的声音。这时手机铃声响了，摁开一听竟是教授。教授许久不见了，此刻到书店一走。他肯定向小圆脸问了情况，便打我的手机。我说，我在小镇，但找不到杜姐。教授说，她是个不一样的人，她不让你找到，你怎么找得到呢。我说，其实我找到了，也没什么特别的事。教授说，如果你找到了，替我看一眼孩子吧。

# 九

找不到杜姐，我没有特别难过。她离开我，本来就不打算让我找到的。那一趟昆城之行，说白了，我只是为了求一点儿心安。

之后的日子，我的心真的安淡下来，过起了属于自己的生活。我仍然一边当老板一边做收银员一边玩点儿音乐，自在地混过两三个月。到了年底一清算，除去房租电费员工工资，利润少得不好意思。我理了理思路，知道经营书店非长久之策，因为自己既无外语专长，也没旧书癖好。杜姐显然难以复出，那我只能且战且退，往音乐方向转移。

方针定好，下一年开初我便逐步收缩书店场面，并寻找接手的下家。春夏过渡时节，我终于将书店转出，同时盘下对面那家“思响吧”音像店——那老板也是开店开腻了，既然原员工有此意向，就顺水推给了我。

为了弄点儿新气象，我把音像店更名为“氧气碟吧”。重新开张那天，除了大声播放那首《氧气》，我还自己送自己两只兴高采烈的花篮。花篮旁边则竖一块告示牌，煞有介事地写道：开业三日之内，售品一律对折。

作为一位不追求忙碌的小老板，我招聘了一名朝九晚五八小时上班的店员，自己则傍晚五点接班，守四小时的店。我明白小店赚不了大钱，但毕竟陪着音乐，至少不会让自己的日子无聊得发霉。

自此以后，我生活的主要内容便是睡懒觉、看货进货、守店听音乐和偶尔的朋友聚酒。这是没有难度的日子，很容易一天天地打发过去。有时候在店内待闷了，我会踱到门口点上一支烟，一边抽着一边望向对面的书店。那里换了主人，但门面没有变，不时地进去一个人或者走出一个人。

我的安分状态让老爸着急。他没法跟儿子深度交流，但算得清楚儿子已经三十岁了，这是个让人揪心的年龄。他放下男人身段，去尝试自己不擅长的牵线工作。经过几次撒网，他收获了信心：原来这个年龄段的姑娘遍地都是，那些父母们也更加着急更加崩溃。他把一位姑娘的信息给我，我摇头，他把另一位姑娘的信息给我，我又摇头。父亲瞪着眼睛说，为什么？我说，我现在还不想成家，想成家了再说吧。父亲说，那你什么时候想成家？说个时间！我一撇嘴说，这可说不准，反正不是今年！父亲说，今年可以先谈着，谈好了明年结婚。我说，什么事都得先来后到，今年的重点是把店铺打理好。父亲沉默一下说，好吧那就明年，不能再迟了。我没有再反对。对我来说，明年是个虚词，似乎还早着呢。

但时间走得快，一个秋天过去，再加一个冬天过去，“明年”就到了。父亲没有半分懈怠，隔几天便丢给我一两句促婚的话，让人烦不胜烦。有一天我想法一转，觉得摆脱父亲干扰的办法也许正是成家。这个念头一起，我接下了父亲再次递过来的姑娘信息。

这位姑娘名叫朱溪，二十八岁，是一家印务公司的出纳。约个时间见了面，双方的眼睛都没有一亮，但也没有暗淡。她是个平常女子，长得不算难看，只是少了气韵。不过她不缺细心，很快注意到我的残指假肢，只是没有吭声。我没话找话地分析了两个人的名字，一个与蟑螂同音，是低级动物，一个跟朱熹同音，是高端人物；高端人物每天看着低级动物爬来爬去，不知道要做怎样的哲学思考。朱溪愣了几秒钟，终于快活地“呀”了一声，想不到今天遇到一个有文化的人。

又交往几次，她便明白我不是真正有文化的人，我也知道她并不是看重文化的人。她的注意力在票子、房子和面子上。当然，这也不算什么缺点，眼下在日子里待着，谁不想混出点面子呢。再说她有着安稳性格，没坏心眼，估计能打理好家庭。冲着这几点，我接受了她。

到了婚娶议事阶段，父亲咬咬牙在附近租个小房子，把自己搬了出去。按我家的钱票实力，此时在杭州城已买不起新房子了。在这一点上，我颇有预见：结婚确是避开父亲打扰的一种方法。只是瞧着父亲低头沉默地离开住了不少年的房子，我心里渗出一些难过。

婚礼那天，依着朱溪意思，我们在酒店里摆了三十桌宴席，平常不联系、八竿子才打得着的亲朋都被招呼过来。司仪在台上讲些热情的废话，号召台下的人们为我们的爱情干杯。人们举完了杯子，便开始交流自己的私话，谁出轨谁升迁谁被追债什么的，场面闹哄哄的，跟想象中的婚宴没啥差别。

夜晚回到婚房，朱溪不肯马上入寝。她把贴了双喜的旅行箱打开，倒出一堆大大小小的红包，红包里有长辈压箱钱和亲友份子钱。她让我在旁边陪着，自己抖擞起双手开始点钞。她点得又快又准，一沓厚厚的百元大钞“唰唰”通过一双出纳的手，就像一件行李在履带上通过安检机。没有太久，一堆人民币又回到旅行箱里，但这是经过数点的钱，让朱溪心里踏实。朱溪搂住我说，从明天起，咱们攒钱买房子。

是的，我家房子虽然重新化妆过了，仍然显着老态，不能让朱溪满意。婚后一月未到，她果断出手按揭了一套还在建造中的新房子。新房子带给我的影响很直接：一是戒烟。朱溪认为抽烟既制造污染又不利身体还无故烧钱，却找不到一点益处。我没有跟她争嘴，而是自动后撤，换了烟牌子，让烟钱收缩一半。二是戒懒。朱溪认为我睡懒觉不对，只上四小时的班更不对，一个欠着银行钱款的人，怎么能整天晃来晃去呢。对此我也没有申辩，主动更换店员，自己上白天八小时的班，晚上找一位下班后兼职挣钱的人补上。

我的退让使日子少了波折。一年后女儿出生，丈母娘入住，睡在了父亲原先的屋子里。两年后新房子交付，简单装修后租出去，得到一些钱票正好补贴日益吃紧的家庭财政。又一年，朱溪获得公司老总表扬，年终分到比别人多一点的奖金。虽然只多一点，也让她心情不错，好像把握住了生活。

到达第四年，也不知怎么起的头，我们的争吵多了起来。没啥豪华的分歧，尽是些一地鸡毛的小事，再添入急躁的情绪。好多拌嘴内容过后几小时便想不起来，存下的只是争吵的味道。静下来想一想，主要是朱溪对我的赚钱能力渐渐失望了。女儿上幼儿园后，家里的支出在增大，银行的还贷每个月又准时追过来，让人疲于招架。而我的音像店这几年不仅捕不到钱，而且在电脑和手机的夹击下，一路慢慢下滑。不好的是，我仍然一副恍惚和无所谓的样子，朱溪在丈夫身上几乎看不到日子的前景。朱溪有一句话说得我挺沮丧：你守着店，我守着你，几年过去怎么越守越差呀。

心情不好了，床铺都觉得挤。有时吵过几句架，我干脆就睡到地上，免得翻身时碰到朱溪的手脚。女儿对此不明白，早上弹开眼睛便跳下床推醒我，雀跃道，爸爸你不小心掉下床啦！

晚上有时睡不着，我穿着睡衣到客厅抽烟。客厅不大，两支烟就白雾缭绕。丈母娘从客间出来上洗手间，不说话，只是看我一眼。朱溪从卧室出来上洗手间，也不说话，只是看我一眼。我很无趣。

好几次我借口盘货，晚上就睡在了店里。我坐在地铺上，一边戴上耳机听音乐，一边认真地要想些什么。可我不是一个善于思考的人，一做思考状自己都觉得可笑。说白了，眼前的店铺很小，外面的世界很大，我左右不了生活的方向。

在这样的枯燥状态中，时间又往前滑了一截。有一日我忽然发现，自己已很久没跟朱溪身体纠缠了。使劲往前找，也能找到几次，但每一次质量都不好。朱溪躺在下面总是闭着眼睛不吭声，任我凑起精神做着动作，仿佛我是自导自演的三流艺人。

终于又到了夏天，女儿从幼儿园领到毕业证书。这天下班后，我被召去加入朋友聚会，喝了不少啤酒，瓶子们在旁边桌子立成一排，像一个中队的城管队员。这时即使城管队员在场，也管理不了一群豪迈的嘴巴，大家聊得挺尽兴。散场后，我打车回家，携着一股酒气进入卧室。女儿因为有点大了，跟外婆睡在了一起，所以此刻床上只躺着朱溪。她穿着一点点衣物，侧身卧在凉席上，鼻子里呼出梦的气息。不知怎么，我突然起了兴头，力气很快集合到腹部。但我没有去动朱溪，而是坐到一旁地上。我关闭眼睛，将手伸到腹部。慢慢地，所有的光芒都向我涌来，所有的氧气都被我吸光，所有的物体都失去重量。

过了一会儿，我睁开眼睛，瞧见朱溪静静地卧在那里看我。她的神情迷茫、恼怒又鄙夷。两个人久久不说话，好像谁都找不到恰当的语言。

差不多沉默十分钟或一刻钟，朱溪开口了。她说，你喝多了吗？我摇摇头说，没有。她说，咱们离婚吧。我想点头，临时刹住了。我说，一下子讲离婚，有些突然了吧？她说，你觉得突然？我说，也不是突然，只是觉得有点快。她说，那就缓一缓吧，咱们考虑三天。

其实用不了三天。两天过去，我和朱溪都考虑好了。第三天上午，两个人一起打车去婚姻登记大厅，领到了跟女儿幼儿园毕业证书有点相似的离婚红本。

半月后，朱溪和女儿以及前丈母娘迁住新房子。我这里多出一个房间，父亲又搬回来，恢复了原来的格局。日子走了一圈返回始点，似乎这些年的忙碌就是为了拿到一套房子让女儿去住。这样讲我有些懊丧，但不后悔。世上许多事不说对错只讲缘分，缘尽而散，如江湖告别。我的意思是说，在离婚这件事上，我不怨自己也不恨朱溪。

当然，父亲对此不能满意，嘴巴挡不住地发出责怪的声音。但他年纪老了一截，声音也老了一截，力道不是很足了。何况离婚的事他干得更早，我只是在他摔倒的地方又摔一次。

音像店有点开不下去了，可一时找不到新的挣钱路子，就只能勉强撑着。往后时段里，我跟狐朋狗友一起聚酒的次数多了一些，但也不会经常把自己灌醉。香烟又换回原先的牌子，不过味儿也没觉得那么好。戴着耳机听音乐，若是遇到老曲子，一不小心会溜神儿。晚上因为自由，睡觉的秩序开始有点乱，睡着之后还容易做梦，譬如梦见杜姐什么的。是的，我是说梦见过杜姐。

一天傍晚店员接班后，我出了店门向斜对面的书店踱去。此时书店仍是书店，只是外文旧书店换成了文艺书店，我也很久没来了。我进了门，在书架前巡走一遍，还特地在摆放教授女儿《听雨》的位置停一下步。那一小排书当年没卖出一本，书店换脸时自然就失散了，不知在流浪过程中有没有遇到喜欢的眼睛。

我丢口气，随便挑了一本书买下，然后坐到阅览桌前翻看。因为变成文艺书店，这里的生意显然好一些，坐着看书的人也多一些。我看了一会儿，起身走出旁边小门进了小园子。小园子重新收拾过了，中间搁着一张小石桌，桌边放了两张藤椅。我没有去坐藤椅，站到树下把烟点上。不用说，我脑子里出现了第一次与杜姐站在这里抽烟的情景。那时的我，比现在的我年轻许多，准确地说，是年轻十一岁。那时的我，还有紧张的心跳。

我不知道杜姐眼下在哪里，还在不在这个城市。那年结婚之前，我去过城西那个小区，房子的门打开，又换了一张脸。这次不是租客而是房主，杜姐已经把房子卖给他啦。问新房主有无老房主的联系号码，新房主摇了摇头，说只有一个没法打通的手机号。新房主又说，我买对了，这里的房子在上涨。

此刻，我挺想见到杜姐。我想瞧一眼她的容貌，瞧一眼老纪的模样。分开这么些年，不少事情是可以聊一聊的。我们甚至可以回首往事，讨论我当年在小园子里的心跳是什么情感反应，到底算不算爱。

十月下旬的一天，我坐到店里闲着无事，随手在电脑百度里打入“如何寻找一个人”几个字，结果跳出一堆无用的网页。正失望着，眼睛已看到“中央电视台寻人节目《等着你》”一行字，点开一看，原来这是一档公益寻人节目，每周一期，由一位挺煽情的著名主持人撑场。我在节目库里找一找，拣出一期试看。节目里一位头发苍白的老兵讲述故事：南方边境自卫反击战中自己腹部被弹片击中，肠子流了出来，同班的战友将他肠子塞回去，横抱着他的身子送下山坡放到担架上，此后数十年一直未遇。老兵讲得激动，观众听得感动。在大家的注视中，“希望大门”徐徐打开，一位脸面沧桑的老兵坐在轮椅上被推过来。两位老兵紧紧拥抱。

现在我知道了，这个节目是铆着劲儿催眼泪的。我不喜欢眼泪，也不喜欢暖烘烘的场面。但我仍提示自己，既然几十年未有联系的人也能找到，那你为什么不试一试呢？即使有点小题大做，即使中央台不搭理我，我至少也拿到了一种找人的感觉。我需要这种进行时的感觉。

我进入节目官方网站，点开寻人大厅，按要求先填写杜姐和自己的基本信息，又用一段文字描述杜姐的特征。嘿嘿，不用说，我写的人物特征属于以前的杜姐，我的简单文字肯定跟不上在时间中行走的杜姐。

我填好资料上交后，得到一个数字编号。这个数字让我联想到寻人者的众多。再看一看节目交流厅，着急的留言果然多得像一条街。按这样的架势，能得到中央台回应恐怕与彩票中奖的概率相似。

之后一段不短的时间，我一直没有接到回复电话。到网站输入编号查询，也得不到任何信息。好不容易打通一个咨询电话，听到的是专业而无用的回答，回答的声音来自一位丢失了热情的姑娘。

但我的热情没有丢失。没事的时候，我会在脑子里猜想杜姐的去向。如果她还在杭州，应该住在哪个方位？又做一份怎样的工作？老纪该读几年级了？我甚至想到去各个小学碰碰运气，不过我又马上明白，在全市小学生中盲目捕捉老纪，无异于在树林中寻找某一片树叶。

当然啦，我也没放弃对电视寻人的等待。每个周二晚上，我会在家里客厅守一会儿电视——以前我是很少看电视的，除非有好的音乐会或体育比赛。现在到了《等着你》播出时间，我愿意坐下来看一眼找人场面，同时妄想着屏幕下方刚好走过与我有关的文字。

# 十

十二月下旬冬至日这天，我拿出孝心和老爸一块儿吃晚饭，还按习俗烧了笋丝年糕端上。吃着年糕，两个男人讲了一些零星的话。

晚饭后我坐在客厅电视机前，先看一会儿篮球比赛，又听几个音乐评委扯嘴皮点评一位年轻歌手。拖沓了半个晚上,《等着你》节目出现了。这是我此刻要想的，虽然也打算没大意思就换台。

节目里的场面并无大异，台下布了一堆男男女女，台上坐着著名主持人和求助人。求助人是位四十六七岁的女子，戴着眼镜气质不差，坐在那里稍稍有点紧张或者激动。著名主持人说，咱们开始聊，先自我介绍一下吧。眼镜女士说，我叫张汝娟，现在是出版社的外文编辑。著名主持人说，你要找的人是谁呢？眼镜女士说，许多年前的同学，那时我们都在莫斯科上学。著名主持人说，许多年是多少年呀？眼镜女士说，九一年分别，有二十四年了。著名主持人说，二十四年中都没联系吗？为什么现在才想到去找？眼镜女士说，早些年也四处打听过，没联络上，不久前看了这个节目，就想着试一试。

著名主持人说，那么你这位同学叫什么名字？到底怎么回事就失去联系了呢？眼镜女士说，她叫杜怡，那会儿还很年轻……

我是看到这里才吃惊的。愣怔之中还以为是音似，但屏幕上分明打出了杜怡两个字——没错，前面的所有信息似乎都指向了杜姐。我想上这个节目找她，却看到了别人在节目里找她，这算什么情况呀。我甚至蹿出一种奇怪的心跳感，觉得有一股神秘之力把我拎到了今晚的电视机前。

那位叫张汝娟的眼镜女士用十分钟时间讲述了往日故事。一九八九年春戈尔巴乔夫访问中国，中苏关系解冻，当年秋天一批来自中国各大学的学生会合一起，被文化部派赴苏联留学。学生们专业不同，语言、法律、经济、历史、美术、音乐、表演等等，集中培训后被分到苏联各个大学。杜怡是莫斯科人民友谊大学，张汝娟是莫斯科大学，两校相距不远，地铁只需坐两站。那时学习紧张，留学生相互往来并不多，但杜怡经常到莫大去，因为她爱上了莫大经济系一位中国研究生。杜怡到莫大时，会在张汝娟寝室里烧些中国菜，然后三个人一起吃饭，那会儿吃上一点鸡蛋牛肉便是隆重的事儿。到了一九九一年暑假，张汝娟回国待了近两个月，返校后一直未遇到杜怡和经济系研究生。过一段时间，才听说经济系研究生受伤了，杜怡陪他回国治疗。此后跟他们俩再没见到。

著名主持人说，经济系研究生受了什么伤呀，还非得回国治疗？张汝娟说，那年暑假莫斯科发生混乱，据说他们两个人上街遇到了意外，具体情形我也不知道。著名主持人说，那后来呢？张汝娟说，后来杜怡给我来了一封信，说了不好的结果……经济系研究生的治疗没有成功。著名主持人说，这封信之后，你跟她就联系不上了？张汝娟说，是的，她信中说休学一年，实际上再也没有回到莫斯科。著名主持人说，学生不见了或者不回了，学校不管吗？张汝娟说，学校当然管，但他们毕竟回国了，学校觉得自己责任不大，而且接下来社会动荡，苏联的大学变成俄罗斯的大学，校方根本顾不上了。著名主持人说，那位经济系研究生叫什么名字？能说吗？张汝娟说，夏小松，他叫夏小松。著名主持人说，两位中国留学生的命运在那一年拐了个弯，我们无法猜想，一场变故会带来怎样的人生改写。张汝娟说，对的，这也是我特别挂念她的一个原因。著名主持人说，回国以后，你们这一批留学生之间有联络吗？张汝娟说，以前天南地北的联络不方便，现在组了微信群，拉进来的同学越来越多，大家偶尔也会讲起杜怡，讲着讲着像讲一个传说。听说做这个节目，今天现场也来了好几位同学。

镜头转到台下，几位中年男女出现在屏幕里。他们模样不一，但都颇具气度，一看就是大学教师、画家、公司高管什么的。其中有一位脸面挺熟，我使劲想一想，原来是演过什么电影和电视剧的话剧演员。还别说，他们这一拨人是见证过苏联人变化的。

著名主持人又说，我不知道这次寻找顺不顺利，此刻你还有什么话提前要说的吗？张汝娟说，那年跟杜怡联系不上之后，有一次我专门去了一趟友谊大学，在她的寝室里想找点什么线索。她的床位还铺着被褥，像是等着主人马上回来。后来我看见床墙上挂着一幅油画，心里一动取了下来。也许是想替她保留一件东西，也许是人不见了得有个纪念物，反正我把这幅油画存在了身边，一直没丢掉。著名主持人说，哇，真是难得，这幅油画什么样儿的？张汝娟说，今天我把这幅油画带来了，如果杜怡出现，我把油画还给她。这么说着，张汝娟弯腰从旁边拿起一只不很大的画框。

镜头移向画框，给了个特写。画面里有一朵金黄的向日葵从矮墙后面探出来，一个小男孩坐在墙头甩着双脚，脸上是调皮的笑容。

这幅穿过许多个年头的油画似乎触动了情感，现场不少张期待的脸在屏幕上划过。著名主持人又说几句过渡的话，将镜头引向寻人团。寻人团一个年轻帅哥拿着话筒介绍找人经过，说是几经辗转，终于发现了线索。他说，是的，我们现在来到了山西晋城——这个产生过女娲补天、愚公移山等神话故事的地方，能不能给我们一个惊喜呢？

山西晋城，一个我几乎陌生的地名。杜姐在这个地方？杜姐为什么在这个地方？没等我回过神儿，那位张汝娟已走到希望大门跟前，将手伸向开门装置平板，所有的眼睛都看向大门。

大门徐徐打开，里边空无一人！屏幕里的张汝娟难掩失望。屏幕之外，我的心也扑空了一下。

但这只是一个噱头。大门里很快走出那位刚才还在晋城的年轻帅哥，他拍拍张汝娟的后背说，张女士你别着急，我带来的是一个好消息，你那位同学杜怡找到了，只是她不愿意在这个场合现身。我们应该尊重她的想法。节目结束后，寻人团会安排你们在晋城见面。

现场响起欣慰的掌声。张汝娟一惊一喜地点头，双手抚心淡出镜头。

做足演播大厅的寻人场面之后，自然还要满足电视观看者的心理等待。节目采用时间挪移法，马上播出了两位老同学见面的场景。

见面显然是按照杜姐要求拍摄的，或者说，杜姐一定拒绝了热闹镜头。没有激动相拥，没有喧闹话语，只有两个身子坐在一间茶室里，正面的是张汝娟，背影的是杜姐。没错儿，只需一眼，我便认出那个背影属于杜姐。两个人端起茶杯碰了一下，在镜头里等于拥抱。我注意到，杜姐的小指翘着，形成自然的捏杯动作——没人会知道那是一截假肢。

当天晚上，我不停拨打节目组的联系电话，企图讨到那位张汝娟的手机号码。大半个小时后，侥幸接通了。女接线员这回比较热情，用温柔得发嗲的声音告诉我，这是第六十八个提出同样要求的电话了，但很抱歉我没法提供您想要的号码。

女接线员的回答没有毛病，我不能感到意外。

我回到卧室，把自己丢到床上。我以为自己一时进不了睡眠，因为一种飘忽的感觉像被子一样围住了我。我关了灯看着黑暗，等着自己在暗色里跑出许多念头。但我没有，我没有念头。寂静中，我像一滴水掉入水中一样掉入睡眠。睡眠里我没有做梦。

第二天上午，我坐在床上给店员打电话，让他替几天白班；随后查了高铁和航班的线路及时间，两相比较，选择了杭州飞洛阳再转晋城的出行方案。订票之后，我又出门去隔壁理发店修了修头发，去掉脑袋上的乱象。

潦草吃过提前的午餐，打车直奔机场。又一路小跑订座和过检，刚好赶上航班登机。我摸一摸脑门，摸到一层汗湿。

我的座位在窗边，飞上高空后，能看到稻田般一望无边的白云。白云稳定了我的情绪。我吸一口气又吐出，似乎此时才明白，自己要去的是一个一无所知的城市。

为了修补一无所知，我展开对这个城市的猜想。不用说，这个城市与夏小松有关，夏小松生命的出发和回归一定都在此地。杜姐把老纪带到这里，是需要想象力的，从坏处说，是困住了自己，往好处说，是让老纪在此扎了根。老纪一点点长大，等于一点点接上了夏小松的血脉。但在这么个小城一待就是十年，得靠多少耐心来撑住呀。或者说，她一定是用一个自以为是的规划来守着日子。

拉开时间想一想，我的确不懂杜姐，怎么着也跟不上她的内心节拍。可同时我又觉得自己是懂这个女人的，就像清楚自己内心某个角落里的心思一样。

这么走着神儿，航程就容易缩短。喇叭里响起到达洛阳的提示，随后机身下浮，开始了降落。到达地面后，我打开手机，再次查找洛阳至晋城的交通线路。百度兄告诉我，比较合适的选择是到车站坐大巴。

我准备打车去车站，排队的时候，好几个人凑过来问我去哪儿。我刚一说晋城，其中一个人精神一振，说好的好的，跟我来。我还没问价格，他又说，我这是拼车，又省时间又省钱。

到达晋城已是傍晚，天上还剩一些晚霞。因为是下班时间，街道两旁的人和街道中间的车都有些嘈杂，反正跟脑子中的北方城市没啥区别——只是初冬的街上站着许多松树，这一点比预想的好。

依照事先思路，我直奔晋城电视台。电视台在城区中心的一幢街旁大楼里，只要认真着脸登个记便可以进去。我在大厅的部门分布图前琢磨一会儿，看中了“民生零距离”栏目。不管怎么说，我这种寻人的事也沾着民生的边。

坐电梯上去找到栏目办公室，里边待着几个人，似乎正准备下班的样子。我截住一位络腮胡子，用求助的态度讲了来意。络腮胡子说，哥们儿，我没听明白……你是说要跟某女人碰个面？我说是的，昨晚中央台在找的那位女人。络腮胡子说，昨晚上我在喝酒说事呢，哪有时间瞧电视上的女人。我说，后来中央台派人来晋城了，拍了那位女人。络腮胡子说，中央台来人一般不跟我们汇报，我们也不乐意掺和进去。他这么一说，我便知道没问对人。正要恼火，旁边一位方脸小伙子解围说，这事儿我有个办法，你要找人可以去太平洋酒店试试。我说，为什么？络腮胡子也说，为什么？方脸小伙子说，中央台来人一般都住那家酒店，你找前台要到中央台工作人员的订房手机号，一问不就问出线索了吗？络腮胡子点着头笑了，拍拍我的肩膀说，是的是的，中央台来人都住那儿。

这个主意有点打发人的意思，但我不能反对自己一试。好在这家酒店不算太远，沿着一条街道走一会儿便到了。

我走进酒店大厅，看看女服务员身后的房间价目表，掏出身份证办理入住手续。办好之后，我才把找人的事说了一遍，希望得到中央台人员的联系号码。女服务员说，噢，这件事我听说过，半个月前中央电视台记者也的确在这儿住过，但我手里没有他们的联系号码，即使有也不能给您。我说，我看上去像坏人吗？女服务员笑起来说，您不像坏人。我说，对呀，我是一个好人，你应该帮助好人。女服务员说，在这儿住宿的全是好人，我们都会尽力提供帮助。我说，找人的事我现在就请求你提供帮助。女服务员想一想说，联系号码真的没法给，但我知道他们那天在哪儿拍摄。我问，在哪儿？女服务员说，一家民宿，您要找的那位女士开的民宿。我愣一下说，那位女士开了一家民宿？叫什么店名？女服务员说，什么店名我忘了。我说，你得想想，使劲想想。女服务员看我一眼，抓起话筒打另一位服务员的手机，一起回忆讨论了一下，然后放下电话在便笺上写了几个字。我接过一看，写的是：氧气者驿站。

我在房间里冲了个澡，又下楼吃了一碗当地有名的饸饹面，然后打车去氧气者驿站。百度显示，这家旅店在城北老区的一条小街上，旁边有一块绿色公园。

夜色中下了车，公园不见影子，两串红灯笼倒是醒目。走近红灯笼，正是要找的旅店。从外表看，像是老四合院改建的，门边挂着木牌，门内有灯光吐出来。我在门口吸一口气，提起精神走进去。

这是一间挺大的公用客厅，一张原木长桌摆在中间，周边靠墙放了书架和休闲艺术品，正面是接待台——整个布置很江南，并无北方的感觉。接待台内没有我期待的身影，而是站着一位也有江南味道的姑娘，她脸上长着一个有点调皮的单酒窝，单酒窝姑娘说，您好先生，有预订吗？我不废话，直接问你老板是杜女士吗？单酒窝点点头。我说，我不是来住店，我是来见杜女士的。单酒窝盯我一眼说，今天上午下午来了好几位都这么说。我说，那她肯出来接见吗？单酒窝说，她出差了。我说，出差？到哪儿了？得有几天？单酒窝轻笑了说，先生您的口气像讨债的，我的老板可不是跑路。我也笑了，说我是你老板的朋友。单酒窝说，是朋友干吗不直接打她手机呀？我说，靠，这句话把我问住了。单酒窝说，所以嘛您不可能是她的朋友。我抽一抽鼻子说，我讲点儿朋友才知道的事儿，你的老板叫杜怡，她的儿子叫老纪，前几天电视台来拍摄时，她的同学还送来了一幅油画。单酒窝说，您功课做了不少嘛……不过不是老纪是小纪，前几天也不对，是半个月前。我说，我还知道你的老板有一个相框，是以前她跟男友在俄罗斯麦当劳的合影。单酒窝说，又错了，不是俄罗斯是苏联。我说靠，你懂的还挺多。单酒窝说，先生您已经说了两次靠，能不能节约一点儿？我有点乐了，说这样吧，我住下来，很绅士地再跟你聊聊。单酒窝说，先生我提前告诉您，您住十天也等不到我老板的。我说，别废话，今晚我住下！

我又掏出身份证做了登记，然后到房间看了看。几分钟后，我换上拖鞋出来，扮出休闲的样子。经过一个通道拐口时，瞥见一间会客屋子。往里扫了一眼，正是昨晚电视里两位同学见面的地方——当然啦，是半月前拍摄的，比我以为的要早不少日子。我走进去转一转身子，觉得有点像西湖边的茶室。让人稍稍意外的是，墙上挂着那幅向日葵和小男孩的油画。油画的对面，则挂着那张莫斯科麦当劳里的两人合影。我在油画前站了一会儿，又在合影前站了一会儿。

回到公用客厅，仍只有单酒窝一人。我在长桌前坐下，要了一杯茶和一份茶点。

灯光明亮，四周清冷。我喝一口茶说，店里的生意没有我想象的好。单酒窝说，一会儿好一会儿不好，民宿嘛都这样。我说，北方的房子，布置挺江南的。单酒窝在我对面坐下来，说这在晋城是独一份儿，不然我也不会来打工的。我说，你是南方人吧？看上去像个在校大学生。单酒窝伸手抓一颗瓜子扔到嘴里，说你太没眼力了，我已经毕业两年啦。我说，那你怎么会跑到这儿来上班？单酒窝说，我这是周游世界。

原来单酒窝是浙江大学历史系毕业生，毕业后成了路上族，专在民宿里打短工，赚到一份钱便出省或出国旅游，旅游完了又继续漂泊打工。两年中她已跑过柬埔寨、格鲁吉亚、塞尔维亚、土耳其和青海、新疆、西藏，反正都是穷游。她到晋城是觉得这儿有历史，值得待上一阵子。她说，我跟老板说好的，干五个月就走人，下一站去摩洛哥。我说，为什么是摩洛哥？单酒窝说，哇噻，因为那里有卡萨布兰卡。

我笑了一下，拉回来说，讲讲你的老板吧，她平时过得挺自在的吧？守着一间民宿，日子怎么也有点小资。单酒窝说，小资什么呀，你别以为打理一个旅店能赚到轻松，其实赚的就是一份辛苦钱。我说，除了旅店，还得操心老纪吧？单酒窝说，是小纪，夏小纪。我点点头说，那她怎么打理小纪呢？单酒窝说，超级用心，周六教小纪俄语，周日教小纪英语。我说，一对一教吗？单酒窝说，那倒不是，有十来个孩子待在那间会客屋里一起上课，但我觉得别的孩子更像是伴读。我把手中的杯子放下，慢着声音问，夏小纪长得像他爸吗？单酒窝说，像呀，瞧一瞧他爸的照片，真是特别像。

我有点想抽烟了，但忍住了没掏出来。单酒窝说，可惜他爸生病out得早，剩下两个老人挺可怜的。我说，你是说小纪的爷爷奶奶？单酒窝说，是呀，现在他们每周来一次看孙子，带点儿好吃的东西，再讲点儿开心的话。我说，这么说他们对孙子还挺上心的？单酒窝说，不光上心还有点依赖，小纪奶奶平常有些老年痴呆，脑子基本短路，但见了小纪，许多事就记起来了。还有小纪爷爷，每次见过孙子回去，那头一顿饭会多吃一个馒头。所以现在呀，我觉得愚公移山这个成语还真是靠谱的。我说，哟，怎么拐到成语上了？单酒窝说，愚公敢去移山，靠的是有子子孙孙，小纪爷爷没了儿子还有孙子，有了孙子嘛心里的那股底气就不会漏掉。

我不吭声了，默默地喝茶。单酒窝说，先生您怎么突然严肃了？我说，我在思考。单酒窝说，思考人生吗？我说，思考你的老板这几天为什么出差？单酒窝说，实话告诉你吧，她不乐意被打扰，电视一播放，免不了有人来探个究竟，所以就提前策划啦。我说，那么也带着小纪？单酒窝说，还用说吗？不带小纪带谁呀！我说，别玩虚的啦，他们到底去了哪里？单酒窝说，实话告诉你吧，老板和小纪去俄罗斯旅行了，三天前坐的国际火车，算一算现在该到贝加尔湖了。我脸上怔了一下，心里又似乎没感到意外。单酒窝说，老板本来打算明年夏天去的，电视上一闹腾，只好改成了现在。单酒窝又说，哇噻，这条线路超好，也是我想去的。

我说，小妹，你能不能再实话告诉我一回……你老板的手机号或者微信号？现在你应该看出来啦，我是她的朋友假不了。单酒窝说，不行呀先生，别随便送出手机号微信号，这是老板特地交代过的。不过您登记住下后，我已经把您名字发给老板了，如果她乐意，会主动短信您。我说，靠，你挺有诡计的。单酒窝说，先生，您这是今晚第三次说脏字了。我说，妹子，你不食人间烟火吗？单酒窝说，靠，当初我就不该轻易下凡！我“嘿嘿”笑了。

这时两位住客从屋子里逛出来，坐到桌子前点了茶。他们似乎要讲一箩筐的闲话。我站起身离开，回到自己的房间。房间布置简约，但不失温馨。我走到窗前，看不清外面的暗色，不过能呼吸到清洌的空气。

我洗漱过了躺到床上。确实有些累了，可不甘心马上睡去。我时不时点开手机，怕漏掉杜姐的短信。我对自己说，我跟别的来看个好奇的人不一样。我此刻就躺在这家叫“氧气者驿站”的旅店里。我不相信杜姐知道我来了，连个招呼都舍不得打一下。

不知过了多久，手机“嘟”了一声。我脑子一跳，手机已经摁开，果然是杜姐的短信：知道你会找过来的，你的出现我不奇怪。我赶紧回复：你现在到哪儿了？杜姐：贝加尔湖边。我：加个微信好吗？我想马上看到你和老纪的照片。杜姐没加我微信，但很快在短信里发来两张图片，一张是贝加尔湖的漂亮蓝冰，一张是一个十来岁小男孩的脸。这小脸像夏小松，真他妈的像呀！我有点激动又有点迷茫，问：现在老纪叫夏小纪对吗？过了半晌，杜姐回复：章朗，谢谢你来看我！既然来了，也去看看夏小松吧！我沉默一下，写：好吧，可我不知道他的坟墓在哪儿。也许我的口气有点不对，杜姐没有再答复。

第二天醒来打开手机，上面没有一条杜姐的短信。我有些沮丧，但还是记起梦里答应的话。我去问了单酒窝，她不用转问竟知道夏小松的坟墓在哪里。她把地址做成短信发给我。

我坐上出租车，驶向一个叫小析山的地方。

半小时后，车子到了山脚下。我下车依着百度导航，去爬一条山坡石道。石道上去之后，便是一个有点简陋的陵园。我进去找了找，见到了夏小松的墓碑。

墓碑有些旧了，留着风雨的痕迹，但名字和生卒年月用金漆重新描过，看上去挺新鲜。夏小松生于一九六六年，卒于一九九一年，活了二十五岁。

我在旁边坐下，掏出烟点上。不用说，我的脑子有点飘。我想，夏小松比我大十岁，永远停在了年轻的岁数，我比夏小松小十岁，却越活越沧桑了。我又想，虽然只差十岁，却像是两代人。他们这一代人，心里似乎多存了一些大的东西，譬如理想，譬如情爱。

我记起昨夜的梦，记起贝加尔湖的蓝冰和蓝冰旁边的母子。我拿起手机点开一首曲子，李健的《贝加尔湖畔》。这是不错的歌儿，旋律空灵温暖，带着俄罗斯的风味——我觉得夏小松此时需要这样的声音。

音乐声中，我把烟盒里的烟支全部取出一一点燃，在墓碑前列成整齐的两排。烟雾升起，摆动着贴向碑面。我双手合十拜了三拜，然后轻声告诉夏小松：杜怡和夏小纪眼下不是在贝加尔湖畔，就是在前往莫斯科的路上。

图书在版编目 (CIP) 数据

等待呼吸 / 钟求是著. — 北京 : 北京十月文艺出版社，2020. 4
ISBN 978-7-5302-2014-6

Ⅰ. ①等… Ⅱ. ①钟… Ⅲ. ①长篇小说—中国—当代 Ⅳ. ① I247.5

中国版本图书馆 CIP 数据核字 (2019) 第 289191 号

等待呼吸
DENGDAI HUXI
钟求是 著

出　版　北京出版集团公司
　　　　　北京十月文艺出版社
地　址　北京北二环中路 6 号
邮　编　100120
网　址　www.bph.com.cn
发　行　新经典发行有限公司
　　　　　电话 ( 010 ) 68423599
经　销　新华书店
印　刷　河北鹏润印刷有限公司
版　次　2020 年 4 月第 1 版
　　　　　2021 年 3 月第 2 次印刷
开　本　850 毫米 ×1168 毫米 1/32
印　张　11.875
字　数　239 千字
书　号　ISBN 978-7-5302-2014-6
定　价　59.80 元
质量监督电话　010-58572393
如有印装质量问题，由本社负责调换。